誰是審判人

——Trick–or–Trial——

目錄 contents

推薦文

上帝的天秤，審判者的拔河

《火神的眼淚》製作人／編劇 李志薔

長久以來，臺灣的創作類型，不論小說或影視，鮮少以「律政」爲題材。「律政」類型的小說創作之所以荒蕪或褊狹的原因，不外乎創作門檻太高、跨界人才太少、類型累積不見成熟等，因而常讓創作者卻步。

但近幾年來出版環境丕變，加上影視ＩＰ轉譯的推波助瀾，許多法律人紛紛投入小說或影視的創作，因而大有風生水起之勢。比如《八尺門的辯護人》技驚四座，《最佳利益》系列影集及《王牌辯護人》、《正義的算法》也備受到矚目，代表結合刑偵與法律辯護的律政類型，都有一定數量的擁護者。

因而當我讀到「不帶劍」的最新小說《誰是審判人》時，驀然起了一股興奮之情。這是一本眞正跨界的法律人所寫的律政小說，不僅流暢好看，其碰觸之議題正是當下最熱門的「國民法官」和「廢死」爭議，並且它在高潮起伏的劇情發展下，一層層跌宕翻轉，引導讀者去深思法理與正義之間的問題。

在PTT和網路社群裡，「不帶劍」早已是個傳奇人物。六年內出版八本書，從警官到法官，不帶劍乃一眞正跨領域的法律人，又兼備文學創作的天賦，是以他的筆下，罪犯、法醫、律師、法官皆是活生生的眞實人物，不帶劍以他豐富的生命經歷，將這些法律社會事件一一編織成懸疑、動人的故事，不僅題材精采，其背後思辯的議題，又深深震撼人心。

作爲一本好看的類型小說，《誰是審判人》塑造了幾個多元立體的角色：有非典型法官程平奭、深沉冷酷的罪犯黃遊聖、天才檢察官羅宇妍、和亦正亦邪的公設辯護人「施公」等，正是法庭攻防的主要人物，也是閱讀刑偵、法律小說最具樂趣之所在。藉由審判制度設計中，不同立場、不同性格和不同價值觀的人物，來辯證不同的觀點和正義問題，不但能深入探討刑罰的本質，也能夠平衡不同面向的觀點。

小說的另一個重要意義，在於它與時俱進，跟隨臺灣司法改革的腳步，第一次把「國民法官」這群角色寫入，讓讀者一窺法庭訴訟的堂奧，也順勢理解了國民法官運作的方式。對於這樣新的審判模式，在法理與人情，以及群眾好惡的集體社會心理的驅使下，究竟是優是劣？而非法律人涉入審判，又會爲最終的結果帶來怎樣的影響？

透過小說的情節，作者對「廢死議題」其實做了很多深刻反覆的辯證：比如司法實務過度注重自白的證明力、無法落實無罪推定原則的危險性，以及國民法官審判可能帶來的粗糙、草率問題等。不帶劍透過小說中公設辯護人的辯論：「死刑是不可逆的刑罰，國家殺害無辜者，絕對是法治國家不允許的悲劇。我們難道要矇上眼睛賭一把嗎？」提出了振聾發饋的提問。然而，他亦透過檢察官的嘴道出了：「刑罰，不只是用來回復被害人的損害，更有維護法律秩序、追求正義的功能。」面對終極邪惡，法律能夠選擇逃避、不去正視邪惡的存在嗎？

這是我對《誰是審判人》最爲激賞之處。它用小說的虛擬性，去挑戰現存社會既有的秩序。在國人對廢死議題仍爭論不休的情況下，小說情節模擬了一些可能性，藉以探討或反省法律無法顧及的灰色地帶。它的內裡有著十分精采的設計，獨具創意，又直指議題的本質核心，一步一步引領讀者去思考刑罰、甚至死刑的意義。

到底惡從何而來？善又如何發揮力量？這是哲學式的大哉問。而對於廢死與否？最終的結論，留待讀者自己去回答。

法律馴服國家，人審判人。

本小說為虛構之創作，並非寫實紀錄，
小說中出現之人物、學校、機關、事件等均與真實世界無關。
又為了情節安排、劇情張力之創作需要，小說內容提及的偵查、
審判或者相關法律程序，可能與真實情形有所出入。

第零章 假釋

外頭，是一道灰冷的高牆。

冬日陽光穿透了鐵窗，可以合理判斷外面的天氣晴朗。然而黃遊聖卻常常懷疑窗外世界的眞實性，在被囚禁了八年又六個多月之後，他漸漸遺忘了這裡是監獄，因爲他清楚地認知且相信，外面的世界也早已遺忘了他。

早上七點，雲林第二監獄仁一舍第三房，同房室友「同學」們都還睡眼惺忪地倚靠著灰牆發愣，只有黃遊聖精神奕奕，拿著洗衣刷不停地刷洗著「小白」——他們五人共用的白瓷蹲式馬桶。

只見他一邊刷著、一邊低頭呵氣擦拭，仔細得像在清潔保養心愛的古董珍藏，整座「小白」有如全新般晶亮。這是他自發性的每日例行工作，不用任何人要求或催促，他總是會花上半個小時刷洗「小白」，即使今天已經是他服刑的最後一天。

「0812，今天還是這麼骨力？」監所管理員蔡瑋森站在鐵門外，從狹窄的監視孔露出微笑。

「當一天和尚，撞一天鐘。」黃遊聖也笑了，「我當一天人犯，就要幫小白洗一天澡。」

「唉唉，以後都沒人刷馬桶了要怎麼辦啊？」一旁的「同學」老許也搭上他們的話題，興嘆著黃遊聖今天就要出監的離別感傷。

黃遊聖向他隨意揮了揮手，逕自趴了下去，將臉貼近小白，用舊牙刷用力刷洗著，進行最後的細部清潔，只見他瞪大雙眼，不容許放過任何一點髒污，他不斷使力刷洗，讓右手前臂上的長條傷疤因爲充血而顯得更加明顯。

「有必要刷成這樣嗎？」蔡瑋森搖搖頭，輕敲了下鐵門，「等等先收拾東西，準備要辦出監手續了。」

「當然有必要啊！」黃遊聖略微提高了一點音量，目光依舊專注在完美無瑕的「小白」身上，只見他用手細細撫擦過整座潔白瓷面，「好了！」

他輕輕親吻了一下「小白」，站起身來走近鐵門。

「黑白之間就是要清清楚楚，不能越線。」黃遊聖看著監視孔外的雙眼，沒有絲毫閃避，「蔡主管，你是邱令典教授的高徒，一定看過林山田教授的黑白書吧？」

明正大學法律研究所刑事法組出身的蔡瑋森，自然知道黃遊聖講的「黑白書」，是指已故台大法律系林山田教授經典的刑法總則教科書，《刑法通論》上下冊。封面呈上下兩色，上爲白，下爲黑，黑白分明；書的背面，林山田老師還寫了「白與黑」三個字，說明刑法的犯罪判斷必須黑白分明、是非清楚。

「好啦不要再抬槓了，快點！我們要趕九點送你出去。」蔡瑋森總覺得黃遊聖侵犯性的注視令人不自在，也不想再和他多做牽扯，聳聳肩離開了監視孔的視線範圍。

事實上，從蔡瑋森一年多前因職務調動，管理區域包含了仁一舍第三房開始，黃遊聖總是會藉機找他攀談，一般受刑人親近、討好管理員，有人是爲了尋求監所管理方面的通融；有人是認同管理員的爲人與管理方式，眞心想結識這位朋友；有人則是爲了可以「狐假虎威」，假借管理員的名義遊走在潛藏的地下秩序——但黃遊聖顯然和他們通通不同。

在蔡瑋森擔任監所管理員的五、六年間，或者他所聽聞的監所管理實務經驗裡，從來沒見過黃遊聖這種樣子的受刑人。

他還清楚記得，黃遊聖知道他是刑法組碩士後，第一個問他的問題，是關於刑法上「容許構成要件錯誤」與「容許錯誤」的辯證，從黃遊聖提問過程所呈現出的思考脈絡，蔡瑋森覺得自己好像回到了研究所時代的分組討論課程，黃遊聖提出的質疑是多麼犀利、直指核心而讓他無法招架。

蔡瑋森後來才從其他學長口中知道，黃遊聖已經自學法律好多年了，尤其關注刑事法領域，他微薄的勞作金都用來買了一本本的教科書，一本本教科書上面滿是鉛筆塗抹劃記的痕跡，不知道他翻閱了多少次才能讓書頁的紙張變得如此蓬鬆，每本書都呈現出主觀嫻熟的客觀狀態。

而當黃遊聖知道了蔡瑋森的碩士論文指導教授，就是知名的廢除死刑支持

者、嘉義明正大學的邱令典教授後，更是每次看到蔡瑋森就緊追著他問問題，問題面向也更加偏向了死刑存廢的議題。

「我們都知道，死刑是一種法律效果，」黃遊聖稍微頓了頓，「但你認爲死刑的存廢，只是一種法律問題嗎？」

傍晚在監獄運動場的放風時間，黃遊聖向蔡瑋森提出了這個問題。

蔡瑋森瞇了瞇眼，眼前這個理著平頭、穿著白色脫線汗衫、還不到三十歲的年輕受刑人，竟然讓他想起了多年前在法學院，難熬的碩士論文口試中，那張長桌對面三位西裝筆挺的口試委員。

蔡瑋森忘了自己是用什麼話語搪塞過這個問題，一如他也早已想不起來自己碩士論文曾經探討過的議題爭點，但他還記得，出於好奇心，他查找了黃遊聖的相關資料，包含當時判處他十三年二月有期徒刑確定的判決書。

「**黃遊聖犯殺人罪，處有期徒刑拾參年貳月。**」判決主文如此記載，也總括描述了黃遊聖其後在監獄的每一天，再簡約直白不過了。

「十八歲啊……」蔡瑋森看著判決書喃喃，合議庭法官在判決書寫下，黃遊聖當天在熱炒店與友人慶祝十八歲生日，一群人酒後與鄰桌起了口角，黃遊聖持酒瓶砸向被害人的腦袋，甚至兩人倒地扭打時，黃遊聖還持酒瓶碎片多次刺進被害人的胸口，導致被害人因失血性休克不治死亡。

蔡瑋森那時候才明瞭，原來當時還未成年的黃遊聖曾經站上審理庭，站在刑法第二百七十一條第一項殺人罪，站在「十年以上有期徒刑」、「無期徒刑」及「死刑」的選擇之前。

難怪「死刑」對於他來說，遠遠不只是一種法律效果，而是曾緊緊掐住他咽喉的窒息雙手。

黃遊聖脫去了橘色的受刑人衣服，換上便服——那是他二十出頭歲帶進雲二監的衣服，八年多過去了，他穿起來還算合身，只是衣物堅硬的老舊纖維提醒著已經逝去無返的光陰。

「許大哥，這些東西看你有沒有需要的，自己拿去，免客氣。」黃遊聖將一個大麻布袋遞給室友老許，裡頭裝滿了牙杯、牙膏、拖鞋、沐浴乳、洗髮精、衛生紙、毛巾、碗筷等等日用品。

「免啦！這又沒有什麼好料的，連包長壽攏無。」老許嘴巴抱怨，臉上卻是帶著笑容，「你自己帶出去用啦！剛出去總是辛苦。」

老許知道黃遊聖平日總是省吃儉用，下工廠辛勞工作的微薄（或者有人稱之爲「剝削」）勞作金，他都攢下來買了一本本法律教科書，就連內衣褲穿到破爛都捨不得買新的。當「同學」們在牢房裡吃零食、喝汽水閒聊時，他總是一個人安靜地蜷縮在牆角，津津有味啃著厚重的書本。五十多歲、因爲背信罪入監的老許，他大半輩子認識了很多人，也看過了很多事，他一眼就知道黃遊聖不屬於這裡，這之間一定發生了什麼誤會——雖然一年多的相處下來，他也漸漸不確定黃遊聖適不適合外面的世界。

黃遊聖沒有回應，僅微笑拍了拍老許的肩膀，逕自留下了大麻布袋，感謝他在監獄裡的好朋友。他自己只帶走一個黑色大背包，從包包側邊破爛的洞口可以看見，裡頭裝了數十本的法律教科書。他當時有如赤身裸體地空手進來，如今卻是收穫滿載、沉甸甸地離去。

「有機會出去找你！」在黃遊聖踏出舍房鐵門前，老許喊了聲。

「一定。」黃遊聖點頭，用前臂傷痕的右手輕拍了左胸口。

雖然他們並沒有彼此的聯絡方式，他們也都知道這只是社交性質的客套，但在這種地方，這樣的關心就已經非常足夠。

†

仁舍辦公室，單調呆板的日光燈管映照著各式各樣慘白的文件，蔡瑋森將最後一份確認書交給黃遊聖簽名。

「恭喜假釋『退伍』啊！好好做人，不要再進來了。」蔡瑋森微笑，打從心底的祝福。

「蔡主，謝謝！」黃遊聖點頭答謝，接過了蔡瑋森交付的大牛皮紙袋，裡頭裝的文件記載了關於他生命當中的三千一百一十三天，以及他每天用勞力換取的剩餘報酬，一萬兩千一百零一元，大致完整地將他這段人生剖下，有條不紊地收納其中。

「蔡主！」黃遊聖起身離開辦公室前，像突然想起了什麼重要的事情，「我們這裡頭是黑的，外面是白的嗎？」

蔡瑋森皺眉，他總是不知道該如何面對黃遊聖這種又無厘頭、又哲學的疑問，或者可以說是逼問。

「你知道抓一把土丟進海裡，會變成什麼嗎？」黃遊聖繼續離開辦公室的動作，或許他的提問根本就不打算獲得答案。

蔡瑋森站在辦公室門口，看著其他同仁帶著黃遊聖離開二監。

「會比粉身碎骨還要慘，連一點點骨頭都不剩了！哈哈哈！」黃遊聖大聲笑了，他回頭看蔡瑋森最後一眼的眼神竟是如此尖銳。

那股銳利，讓蔡瑋森不禁想起了判決書上，在十幾年前，重擊刺進被害人胸口的酒瓶玻璃碎片。

黃遊聖已經走了出去，從這座深不見底的水泥黑洞。

二監門外，是一片開闊的鄉間荒涼，沒有任何人在等黃遊聖，甚至連一台計程車都沒有。

從小單親的黃遊聖，在他入監的前幾年，爸爸偶爾會來探望他，更偶爾才會匯給他幾百元的生活費，但黃遊聖並不責怪他，酗酒成性、窮困潦倒的爸爸能爲了他省下一點酒錢，還能保持清醒來看他，他就已經非常意外。雖然後來已經好多年沒再看到爸爸，最後的消息是他又失業了，或許他現在也在某座監獄服刑吧？無妨，畢竟黃遊聖離開監獄，本來也就不打算回去他在更多年前早已離開的「家」。

揹著沉重背包的黃遊聖，獨自徒步走了好一陣子，他在一間路口的便利商店買了一包七星中淡、一個打火機，吃完陌生的微波食品，裝在紙袋裡的錢少了一些，然後他繼續徒步前行。

他有目的，卻沒有目的地。他徒步，換了幾台公車，又徒步，換了一台偶然經過的計程車，最後獨自走著山路向上，天色逐漸轉黑。

他在山路旁找了一處無人空地，終於站上漆黑的山頭，遠眺著下方不知道是雲林還是嘉義的城市燈火。

他點了一支菸，想起在獄中老許接濟他的每一根長壽。

他卸下背包，將包裡的法律教科書一本本倒落在地，凌亂的書堆中，半開半掩著滿布鉛筆線條的幾千張書頁。

他拿起了其中一本，刻意地選擇了那本黑白書，用打火機將背面的左上角點燃，橘紅火焰慢慢侵吞了「白與黑」三個字，再緩緩延燒到白與黑的分界，成為一團不復辨識的火種。

於是成堆的法律教科書一同焚燒起來，火光映照著他的臉龐，在冬夜裡，他同時感到寒冷與溫暖。

書裡頭的文句彷彿都融進了他的心裡，在那扇鐵窗內的多少年，他緊緊摸索著那些文字，像是墜入新世界的深谷中，他唯一能夠拉住自己的繩索。

如今他抽著菸，看著熊熊焰火。

他今年要三十歲了，三十而立，他正站立在這片焚燒法律的山頭。

這天是二〇二三年一月十七日，臺灣國民法官法施行的第一年。

第一章 分發

二〇二二年八月，雲林縣虎尾鎮，臺灣雲林地方法院。

從大門口的傳統噴水池往內望去，法院是一座兩三樓高、外觀老舊的灰色建築，它佇立在此，已經靜靜聽訟了五十多年。

走進法院內，右側白牆上有一塊深色石牌，刻著「公平正直」四個斑駁金字，大廳正中間則是老式的大紅色樓梯，寬敞而顯眼。

中午時分，法院二樓會議室，正召開刑事庭會議。

「各位學長姐，我們今年九月開始，法官的事務分配，經過事務分配小組多次開會討論，結果就如同各位手中的草案，不知道有沒有人有意見要表達的？」主席刑一庭王庭長徵詢與會人員的意見。

「主席，不好意思。」相當資深的前庭長許法官舉手發言，「今年我們法院有一位新分發的法官，按照我們法院的優良傳統，應該要給予這個新分發的學弟多一點的保障或者關懷，讓他能夠慢慢學習成長、勝任法官工作。國民法官法明年才上路，大家對於這個制度都不是很熟悉，新分發的學弟也沒有參加過模擬法庭，我個人覺得，草案將他排入國民法官專庭，並不是很適當，應該由其他較資深的學長姐來擔任專庭成員會比較適合。」

她在「優良傳統」的「優良」二個字加了重音，強調她捍衛雲林地院過往傳統的立場。

較年輕的王庭長認同地點了點頭，也順勢說了下去：「謝謝學姐！其實這也是我今天召開刑事庭會議的目的之一，當然事務分配小組有他們的整體考量，但讓新分發的法官直接成為國民法官專庭成員是不是適當？或許我們可以再多考慮看看。即便是我們這些相當資深的法官，對於國民法官的新制度，到底該怎麼操作也都還不是很有把握，讓一位才剛分發的學弟承擔，是不是跟我們法院先前的慣例不太一樣？新分發的法官會不會吃不消呢？」

「庭長，我想大家可能過度擔憂了。」一位中年男法官舉手，他是刑事庭胡法官，同時也是事務分配小組的成員，自然要為被質疑的草案發聲。

「好，我們也想要聽聽事務分配小組當初開會的考量。」王庭長示意他繼續往下說。

「首先，我們法院事務分配，基於審判工作的安定性，一向都是以『最小變動』為最大原則，今年本院異動的法官不多，刑事庭更只有楊法官調動到士林地院，讓新分發的法官直接補上刑五庭楊法官的空缺，這樣其他庭就可以維持原本的合議組織，我想是最為理想的狀態。」胡法官起身說得振振有詞，「再來，比起像我這種已經服務好幾年的法官，新分發的法官他們才剛從司法官學院結業，相信他們在學院裡一定是學習到最新的實務見解及法學理論，國民法官法正是一個全新的制度，由新分發的法官來擔任專庭成員，我想是非常適合，加上專庭的徐審判長非常有經驗，庭員劉法官長期鑽研實務見解，裁判品質優異，合議庭成員的組成非常堅強，我們又給予專庭相當優渥的案件折抵，我相信新分發的法官一定可以勝任愉快。」

「從最小變動原則來看，草案也是有一定的道理。」王庭長沉吟，轉頭看向右側的「主角」，兩個國民法官專庭之一的審判長徐義霆，大家正在討論的，就是他庭裡的庭員空缺。

徐義霆四十多歲年紀，留著俐落的平頭，戴著一副金框眼鏡，檢察官出身的他，雙眼炯炯有神，眉宇間自有一股威嚴。

眾人的目光一同看向他，不知道一向與人為善、也很照顧學弟妹的徐義霆，打算怎麼處理這個難題。

徐義霆起身，正準備發言時，刑二庭的黃庭長卻打斷了他。

「不好意思，主席、各位學長姐，我可能要插播一下。」黃庭長拿出她的手機展示在大家面前，「新分發的法官剛剛聯繫我，表達出很強烈的意願。」

王庭長跟大家一起湊了過去看她手中的手機，只見LINE的對話畫面，新分發的法官剛剛傳了一個訊息。

「庭長，萬事拜託了，我真的好想成為國民法官專庭的一員啊！」

然後附上一張造型詭異的白色外星人，在地上揮淚跪求的貼圖。

與會的法官們都笑了，會議室裡的氣氛頓時變得輕鬆許多。

王庭長也笑著搖搖頭，他在雲林地院這麼多年，還沒遇過這麼特別的新人，但當事人的意願既然這麼強烈，也就讓他省得處理這件原本左右爲難、非常棘手的爭議。

於是雲林地院二〇二三年九月起的新事務分配，隨後也就拍板定案，第二個國民法官專庭爲刑事第五庭，審判長是四十期的徐義霆法官，庭員爲五十三期的劉苡正法官，以及剛分發、六十一期的程平爽法官。

二〇二三年九月一日，各級法院法官整體遷調報到日。

早上八點，雲林地院刑事紀錄科第二辦公室，秋日陽光從木框的窗戶降落，光亮鮮明得像每個值得好好甦醒的早晨。

二十多歲年紀、一雙鳳眼、留著及肩棕髮、身材較爲嬌小的書記官丁朵雯，她爲自己泡了一杯即溶二合一咖啡，目光卻始終離不開辦公桌上，那張上個月拿到的手寫卡片。手寫的感謝，手寫的溫度，俊美的字跡寫著她分發擔任書記官以來，將近三年的回憶。

「調走了調走了！」書記官蘇恩瑜伸手闔上那張卡片，露出惡作劇的笑容，「不要再當迷妹了，楊法官都已經是兩個孩子的爸了，相信我，妳長得這麼可愛，絕對值得更好的！」

「妳在亂說什麼啊，我是擔心萬一再也配不到這麼好的法官要怎麼辦啊？」丁朵雯雙手撐著下巴興嘆，「希望楊法官到士林地院一切都好！」

丁朵雯是打從心裡感謝她先前搭檔的楊法官，她那時候剛分發到雲林地院，大學剛畢業的她，不僅打字速度慢，更是沒有任何工作經驗可言，還好溫文儒雅的楊法官耐心地帶領她，相對資深的楊法官可以說是手把手地教導她，一位法官在審判工作上，需要書記官協助的各種事項。楊法官透過每個案件，仔細解說他批示每張審理單的用意，向丁朵雯說明該怎麼進行他交辦的工作。甚至有好幾次，丁朵雯腦袋當機或者手殘，不小心出了難以收拾的「大包」時，楊法官也只是報以她溫暖而令人安心的微笑。

「沒問題的，讓我來想一想該怎麼處理。」楊法官總是這麼說，而他那一句「沒問題的」，就是丁朵雯每天勤奮上班的最大動力。

三年過去了，丁朵雯早就已經不是當年那個菜鳥書記官，而是成為了楊法官最得力的左右手，楊法官甚至還變成了其他法官稱羨的對象，但只有丁朵雯自己最清楚，這一路走來都要感謝楊法官的照顧。

三年來，爲了製作裁判正本，丁朵雯不知道看了幾千篇楊法官的判決；爲了開庭打筆錄，丁朵雯不曉得敲下了幾萬句楊法官的話語；楊法官穿上鑲藍邊法袍的模樣，漸漸成爲了她心中理想的法官典範。

北部人楊法官爲了家庭，終究是選擇調往士林地院，臨走前他送給丁朵雯那張卡片，裡頭寫著對於她的眞摯感謝，楊法官知道丁朵雯一邊工作、一邊默默準備司律考試，所以也寫下了對她的鼓勵與祝福：「我相信以妳優秀的能力與敬業態度，未來也會是很棒的司法官或律師喔！加油！」但楊法官不知道的是，那天晚上丁朵雯看著那張卡片偷偷哭得唏哩嘩啦，流下了多少不捨的淚水，滴滴都是成長的記憶。

現在的丁朵雯已經不是吳下阿蒙了，優秀的能力及用心負責的工作態度，在刑事紀錄科中有口皆碑，楊法官調離後，甚至還引發了法官間小小的搶人角力，最後王庭長決定讓她留在原股，好好協助新分發的法官上軌道。

「他這麼優秀當然去哪裡都好啊，妳先擔心妳自己好不好？」蘇恩瑜拍了拍丁朵雯的肩膀，故意望向窗外嘆了口氣，「今天下班時，還看得到美麗的夕陽餘暉嗎？還是已經加班加到天黑了？」

「妳不要嚇我了！」丁朵雯回以她白眼，「聽說新分發的法官都乖乖的，應該不會有太多花招吧？我相信我的強運還在！」

蘇恩瑜正想回嘴，一名年輕男子走入。只見他二十多歲年紀，一頭亂髮，穿著黑色薄帽T、牛仔褲、白色帆布鞋，應該是要來聲請搜索票或監聽票的便衣刑警。

「來請票嗎？證件麻煩讓我看一下，等等帶你去找值班書記官。」坐在門口最前方位置的丁朵雯起身，謹慎的她想先確認對方的身分。

「哈，不是喔！」帽T男笑了笑，「我想請問人事室怎麼走？」

「人事室？」出乎意料的問題讓丁朵雯愣了一下，趕緊回神，「你出去右轉樓梯走上三樓，正向樓梯口的那間辦公室就是了。」

「好的，謝謝！」帽T男還是在笑著，他瞄了一眼丁朵雯桌上的職名牌，「丁官，謝謝喔！」

丁朵雯還站在原地出神，帽T男已經離開。

「恩瑜，我們今天還有其他人要來報到嗎？」

蘇恩瑜沒有回答，只拍了拍她的肩膀，長長地嘆了口氣：「年輕人終究是年輕人。」

丁朵雯的臉龐開始發燙，她萬萬沒有想到這個不修邊幅的帽T男竟然就是今天新來報到、她未來要搭配的法官！

「欸不是，他們法官應該有規定報到要穿西裝或襯衫之類的吧？」丁朵雯抱

怨著，「還有那個頭髮看起來就是剛睡醒吧？這樣直接來報到眞的沒問題嗎？」

「對對對，妳說得對，我完全贊同。」蘇恩瑜的臉上滿是嘲諷的笑容，看完好戲的她自顧自地走回座位。

「唉唉唉，開工大凶。」丁朵雯喝下苦澀的咖啡，卻都涼了，就像她前途未卜的新工作一樣。

「哈囉，我是新報到的法官！」帽T男走進人事室，朝氣蓬勃地打招呼。

「喔……歡迎法官！」人事主任雖然也是被他的造型震懾住了，但還是有禮貌地表達歡迎，「請法官先辦理一些報到手續。」

承辦報到業務的人事科員拿出一張張表格請他填寫，並且小心翼翼地問道：「法官不好意思，請問你名字的最後一個字是唸作『爽』嗎？」

「奭（音同『是』）。」帽T男回答。

「所以法官是叫程平爽？」科員恍然大悟。

「……」

「我的意思是，那個字唸作奭（音同『是』），我叫程平奭，承平盛世的程平奭。」程平奭開朗地笑了，「不過妳可以叫我爽哥就好，我爸媽取名字的時候，早就有兒子被取這個綽號的覺悟了吧。」

「哈哈！法官眞不好意思。」科員也被他的自嘲幽默逗笑了。

程平奭塡完了表格，也拿到了法院的員工識別證。

「程法官，今天報到的手續差不多完成了，等等就會帶你到你的辦公室，不過這個……」主任搔了搔後腦袋，思考著合適的措辭，「因爲等等要去拜會庭長、院長，不知道法官有沒有準備另一套比較正式的服裝，現在的穿著好像有點太……太休閒。」

「小事，主任你放心，這職場禮儀我完全瞭解！」程平奭依舊是招牌的陽光燦笑，「我早上宿舍行李搬到一半就趕著過來報到，西裝皮鞋那些我都有準備，等等保證不會失禮！」

主任看著他比的自信大拇指，他還眞沒遇過這麼「特別」的新分發法官。

丁朵雯跟在王庭長身後，庭長要帶她去拜會將來搭配的新分發法官，丁朵雯想起剛剛發生的糗事，耳根還是熱熱的發紅。

「叩叩叩！」庭長敲了敲程平奭辦公室的門。

「嘿，請進！」程平奭走近門邊迎接，丁朵雯的眼睛一亮。眼前的他就是剛剛問路的帽T男沒錯，但程平奭已經換上了成套的黑色西裝、深色皮鞋，甚至還梳好了油頭，戴著一副沒有鏡片的黑框眼鏡。丁朵雯必須承認，這位新分發的法官打扮起來還蠻有模有樣的，跟一開始的剛睡醒大學生裝扮簡直有著天壤之別。

「平奭，這是要搭配你的書記官丁朵雯，丁書記官能力很強，非常優秀，相信你們一定可以合作愉快！」王庭長介紹雙方認識。

「丁官，再來就麻煩妳了！」程平奭露出熟悉的笑容，眼神有著調皮調侃的笑意。

丁朵雯雖然有點想翻白眼，但社交場合下還是只能禮貌性的點頭微笑，這是荒股法官與書記官合作的第一天。

王庭長一路帶著程平奭，拜會了院長及每間辦公室的法官，最後帶他到了徐義霆審判長辦公室，要讓他好好認識將來刑事第五庭合議庭的成員。

徐義霆的辦公室寬敞而素雅，牆上掛著一幅攝影作品，在黃昏將夜的紫紅交界間，佇立一棵枝椏枯樹，像是獨力支撐著天地蒼茫，有種凋零悲壯的特殊美感。

「平奭，你坐啊。」四十來歲、穿著白色短袖襯衫、戴著金框眼鏡的徐義霆端坐在沙發區的正中央，不怒自威地請程平奭坐下。程平奭注意到他身後的書架上擺著一個深藍色小方盒，裡頭似乎放著一枚小小的金色徽章。

王庭長因為公忙先離開了，沙發區還坐著一位年輕的女法官劉苡正，微微淡妝但還是亮麗動人，正靜靜地啜飲徐義霆沖泡的熱茶。

「學長好，學姐好，我是程平奭，因為我名字的那個『奭』長得很像『爽』，你們也可以叫我爽哥就好。」程平奭自在地坐了下來，拿起桌上徐義霆準備的一盞熱茶，微笑地自我介紹。

「二十七元。」徐義霆突然說道。

「咦？」程平奭困惑。

「這泡是梨山頂級的高山茶，我放了大概四克的茶葉，只會回沖三次，你的茶杯有八分滿，換算起來你那杯成本價應該至少要二十七元。」徐義霆掐指算著，露出笑容，「這比外面賣的什麼手搖飲都好多了吧！」

他這一笑，立刻從威嚴的法官變成了巷口麵攤的親切大叔。

「不過這種茶沒辦法加珍珠耶。」劉苡正也笑著回應，「我們年輕人還是比較喜歡喝可以加料的手搖飲，是不是啊爽哥？」

她這一笑，也從原本難以親近的冰山法官，轉化成了大學時代好相處的亮麗學件。

「這位小姐請自重，妳的兩位小孩還在等媽媽回家複習功課，不要跟我們剛分發的小鮮肉爽哥混爲一談好不好？有沒有聽過憲法上的區隔原則？」徐義霆繼續說著與威嚴外表有著嚴重反差的幹話。

程平奭打從心底愉快地笑了，能夠加入氣氛這麼歡樂的合議庭眞的是太好了，他喝下手中徐義霆再次斟滿的熱茶，茶香芬芳回甘。

Ｔ

「爽哥，你剛受訓結業，法學知識是最新版的，我想請問一下，上上個月最高法院剛出來的徵詢階段統一見解，一一〇年度台非字第二三〇號判決，你們受訓時有講座提到嗎？」討論到法律問題的劉苡正，精神奕奕地雙眼發光。

「學姐，妳指的是……？」程平奭摸了摸額頭，對於這個判決字號一點印象也沒有。

「就是那個認爲法院權利告知，要告知罪數變動的見解，記得嗎？」劉苡正補充。

「學姐妳這麼說，我記得課堂上講座好像有說過這麼一個見解。」程平奭努力回想起在司法官學院受訓的片段記憶，「不過似乎就是介紹最高法院判決的理由而已，沒有什麼特別的評論。」

「講座有沒有批評說，這樣的見解，在審判實務上會很難操作？」求知若渴的劉苡正不放棄地追問。

「講座應該沒有提到這部分，不過想像上，爲了避免突襲當事人，要求法院告知當事人可能的罪數變動，好像也還算可行。」程平奭喝下手中剛斟滿的茶，還沒有開過庭的他比較難想像劉苡正所謂的實務操作困難。

「保障當事人防禦權當然是很好，但是審理過程不斷調查證據，心證一直在變動狀態，連帶也會影響罪數認定，這樣我們不就要時時刻刻注意可能會論處的罪數？當事人或辯護人，難道自己沒有辦法注意嗎？」劉苡正的言談流露出對於最高法院判決見解的不以爲然，「我們每天收那麼多案件，審理時又被要求什麼都要注意，什麼都要做到最好的程序保障，這些都很好沒錯，只是正義，不管是實體正義還是程序正義，全部都是需要成本的。」

「學姐的意思是……」程平爽還想要提問，卻被徐義霆打斷。

「她的意思是要你快喝茶，茶快涼了。」徐義霆笑著搖搖頭，「我們現在是迎新小茶會，不是在評議耶，討論法律問題也未免太沉重了吧！爽哥今天第一天當法官，苡正妳不要嚇唬他未來工作有多黑暗好不好？」

「哈，好的，學長英明，我們乖乖喝茶。」劉苡正從善如流中止了法律問題的討論。

「爽哥，你爲什麼會自告奮勇加入國民法官專庭啊？」換徐義霆開啓新的話題，他又爲程平爽斟滿了一杯熱茶。

「對啊，我還沒看過你這麼勇猛的新人耶，竟然自己跳進火坑。」劉苡正也好奇。

「因爲我想跟大家一起審判啊！」程平爽陽光燦爛地笑了，自信得像在敘說一件再自然不過的事，「我從以前就很喜歡交朋友，但又很喜歡當法官，當了法官之後如果還一直到處交朋友，總是感覺怪怪的，擔心會影響審判中立性，難怪大家都說法官很孤獨，是孤獨的審判者。現在好不容易有國民法官這個機會，可以跟大家一起審判，這不是很棒嗎？」

徐義霆、劉苡正都安靜地專注聽著，程平爽的回答出乎他們意料。

「我以前很愛玩，住過很多地方，也做過各式各樣的工作，認識了形形色色的朋友，可以算是在社會上走跳多年，哈！以網路鄉民的標準來說，我應該算得上是社會經驗豐富吧，理論上不會是什麼奶嘴法官、恐龍法官。」程平爽自嘲地笑了笑，「不過我不相信，司法官考試會是什麼神奇的考試，剛好都把這些不正常的恐龍、巨嬰通通篩選出來，讓他們高分上榜。怎麼原本好好的正常人，一考上司法官特考、受訓出來後，就會搖身一變，成爲了社會大眾眼裡的恐龍法官或者奶嘴法官呢？」

「會不會是司法官學院的養成教育出了問題？辛亥路上的霍格華茲，難道是分類帽壞掉了嗎？」劉苡正開著玩笑，那繫上綠色領巾的黑色金釦學習司法官袍，受訓時常常被逗趣比喻成哈利波特的魔法袍。

「一定是你們現在都不用手寫書類的關係，都改用電腦打字，訓練不夠扎實。聽說還不用寫週記，也不用強制住宿，這樣怎麼能夠養成莊敬自強、處變不驚的司法官啊？」童心未泯的徐義霆也跟著開玩笑反串，遙想起自己二十多年前經歷過的軍事化管理訓練日子。

「哈，我是覺得學院的課程已經太過精實了！」程平爽笑著舉手投降，「恐龍法官、奶嘴法官這些封號，代表了人民對於司法欠缺信任，法官站在了民眾的對立面。在民眾心裡，法官要不是食古不化，就是不食人間煙火，永遠都跟公平正義扯不上邊。

「說個笑話，『司法爲民』。」程平奭敘說的表情卻無比認眞，「司法是爲了人民而存在的，就算我們身爲審判者，對於審判工作永遠問心無愧，但失去人民信任的司法、不受人民信任的判決，還有存在的價值嗎？」

徐義霆、劉苡正繼續安靜聽著，聽著第一天當法官的程平奭，初生之犢卻毫不怯縮地，指出司法改革數十年來一直未解的難題。

「我準備司法官考試好幾年，那陣子眞的苦讀得不成人形，我學習到的法律知識告訴我，什麼是法治國的基礎、什麼是法律的核心價值，我相信這些觀念都是正確，也非常重要的，公平正義本來就應該要建立在這些觀念之上。」程平奭稍微頓了頓，喝了口茶，「不過就像我很多好朋友，他們雖然不是讀法律的，但他們也很關心社會議題，常常也會跟著媒體一起批判法院的恐龍判決，我想他們心裡，也一定有對於公平正義的理想圖像。那爲什麼兩者會有這麼大的落差呢？這之間一定有著什麼樣的誤會。

「我考上司法官後，有很多朋友常常拿恐龍判決的新聞報導想找我吵架，結果不是新聞媒體把判決書沒有寫的內容硬塞到法官嘴裡，就是過於簡化、甚至扭曲了判決原意。」程平奭輕輕嘆了口氣，「不過現實就是，人民不相信看過卷證、參與審判的法官寫的判決，反而是相信聽故事、寫故事的新聞媒體，甚至是那些跟通靈沒兩樣的名嘴。但我完全不怪那些朋友，我如果不是學法律的，我怎麼可能去法學資料檢索系統把判決書找出來看？判決寫得那麼長又文謅謅的，當然是看新聞媒體報導、聽名嘴分析比較快。」

徐義霆點點頭，伸手將程平奭杯中的茶注滿。

「不過平心而論，還是要感謝新聞媒體的監督，因為確實有少部分的判決，連我們法律人看了都覺得有些問題。」程平奭拿起了桌上的茶，繼續說道，「司法改革，我們法官看起來就是被改革的對象，這雖然令人喪氣，但我們也不能要賴，對於自己的缺點通通視而不見。老實說，現行司法並不是完美無瑕的，一定存在著要改進的問題。不過我覺得更大的問題，還是來自於雙方的誤會，現在人民與司法之間，有著巨大的落差與誤會，如果誤會沒有解決，司法改革可能會浪費很多資源，來處理根本不存在的問題。

「所以我覺得國民法官是很好的制度，能夠讓人民來參與審判，一起來當法官，一起做決定。」程平奭打從心底開懷地笑了，「就像我之前跟那些拿報導來吵架的朋友說的，『不然換你來當法官啊！』現在他們終於有機會可以一起來審判了，民眾可以更加瞭解審判的過程，知道我們法官是怎麼樣做出決定。當媒體報導寫出根本不是卷證內容的事情時，也可以知道沒有麥克風、沒有話語權的法官，是多麼的有口難言。

「成為國民法官專庭法官，我最期待的事，就是案件宣判之後，和參與審判的國民法官們說一聲——」程平奭露出調皮的神情，「恭喜你們成為恐龍法官！

「能被抽選為國民法官的人或許很少，但每位國民法官參與審判回去之後，可以把他們開庭的經歷、心得告訴親朋好友，讓大家知道法院是怎麼樣進行審判，法院所追求的法律價值是什麼，原來判決裡的每一個認定都是有證據支持的。我想這樣的發散、傳播效力應該會非常驚人。」侃侃而談的程平奭雙眼有光，「我相信總有一天，當每個人都成為了恐龍法官或者恐龍法官的親友，那就是恐龍法官滅絕的時候！」

「怎麼辦？我聽了好想要鼓掌。」劉苡正讚嘆。

「我聽了都要流淚了。」徐義霆摘掉金框眼鏡作勢擦拭眼眶。

「學長你那是流目油吧？」劉苡正笑說。

「哪有！我們爽哥演講真的是賺人熱淚，看到這麼勇猛的新血加入，我們司法有救了！年輕人眞的不簡單！」徐義霆戴上眼鏡，玩笑言談間的雙眼卻滿是肯定。

「小事小事，騙吃騙吃，其實在學院結訓口試時，講座有考這一題，我還有一些殘存印象，哈。」程平奭笑著揚了揚手，喝下了手中的茶。

「零元。」程平奭突然皺眉，徐義霆與劉苡正疑惑地看著他。

「學長，你這泡茶是第四泡了吧，都沒有味道了。」程平奭大笑，「這杯應該價值零元吧。」

「天啊！我聽你演講聽得太認眞，竟然失手了。」徐義霆拍了拍後腦杓。

三人的笑鬧聲穿梭在刑五庭審判長辦公室。

當天，徐義霆建立了三個人的LINE群組，他將群組名稱取為：「滅絕恐龍小組」。

翌日，清晨五點多，初升的太陽爲剛甦醒的雲林地院梳洗新妝。

空蕩無人的法院還沒開燈，特早班的工友大姐們卻已經開始了忙碌的清潔工作，辛勞的她們要趕在法院職員上班前，整理出乾淨的辦公環境。負責清掃二樓的阿月大姐，打開一間間法官辦公室，拿著掃把拖把掃地、拖地，忙進忙出。

「啊！」阿月大姐的驚叫聲，劃破了寂靜的法院走廊，銳利地與清晨時分顯得格格不入。

她打開了荒股法官辦公室的木門，沒想到裡頭竟然有人，還是一位身穿黑色運動背心、花色海灘短褲、一頭鳥巢風亂髮的陌生男子，他正一手拿著卷宗、一手舉著啞鈴，構築成阿月大姐從未在法院見過的怪異景象——她的第一直覺就是有陌生人闖入了法官辦公室！

「等等……我可以解釋！」陌生男子也被她的驚叫聲嚇到，一時間也慌亂得手足無措，反而讓自己看起來更加可疑。

阿月大姐也不理會他，逕自轉頭離開，急奔的她打算直接找法警來處理，恰好在二樓出入口遇到了丁朵雯。

「大姐怎麼了嗎？還好嗎？」剛要進到法院上班的丁朵雯看到阿月大姐緊張的模樣，關心問道。

「有……有陌生人闖到荒股法官辦公室，我……我要快點去通知法警室。」上氣不接下氣的阿月大姐還心有餘悸。

「呃，大姐妳先等一下，我想那個人很有可能就是昨天新報到的荒股法官。」丁朵雯苦笑，程平爽的打扮實在太過隨性，她昨天也沒認出他來，而她也在心裡嘀咕：「不過這麼早，他怎麼就出現在辦公室啊？」

「法官，不好意思，我昨天早上九點就下班了，沒有遇到你，才不認識你，真的很不好意思！」阿月大姐向程平爽彎腰道歉。

「沒有啦，大姐是我比較不好意思，這麼早出現在這裡嚇到妳！」程平奭也連忙鞠躬回禮，沒想到一大早就鬧出一場烏龍。

「法官，你也太早進辦公室了吧？」陪同阿月大姐過來的丁朵雯忍不住問道。

「不是吧，妳也很早就來上班啊！奇怪我應該還沒有交辦工作吧？」程平奭瞄了眼丁朵雯沉甸甸的手提袋，突然瞭解了，「咦，妳在準備考試嗎？」

丁朵雯沒想到程平奭竟然一眼就看穿，她雖然一邊工作一邊準備司律考試，但對於書記官工作還是一點都不怠慢，她每天總是六點前就到法院上班，提早上班處理公務，才能爭取一點點讀書的空檔，她相信應考的實力就是這樣一點一滴的累積。

「沒……沒有啦，就隨便看看書，充實一下自己的法律知識，平常工作也算用得到。」丁朵雯打哈哈掩飾心虛的困窘，她總覺得被搭配的法官知道自己在準備考試，好像就會被貼上工作摸魚的標籤，令她感到相當不自在。

「準備考試很好啊，我以前也是一邊工作一邊準備考試，不過眞的很累人就是了！繼續加油啊！」沒想到程平奭卻是報以招牌的陽光燦笑，他放下啞鈴，比了個大拇指，「我昨天第一天上班太緊張又太興奮，在宿舍也睡不太著，乾脆就先來法院看卷，前手楊學長已經幫我訂了好多庭期，不先看卷也不太行。我不知道原來工友大姐這麼早就會來法院打掃耶，所以才會這樣服儀不整，哈！」

於是荒股法官第二天上班，他和書記官就成爲了雲林地院最早上班的一股。在之後的許多天，他們也常常是這樣，全地院最早上班的組合。

荒股的前手法官楊伊綸，台大法律系畢業的他，處理審判工作節奏明快而有條理，荒股在他的認眞經營下，不僅沒有任何遲延案件，未結案件數也是相當優異，長期排在雲林地院的前段班，他手上也沒有特別繁雜的大案，可以說是一個不折不扣的「好股」。而他爲了讓後手法官能夠延續這樣順暢的審理、結案步調，也很貼心地挑了一些案情相對單純的案件，先訂好準備程序的庭期，省去了後手法官訂庭還要等待傳票送達、就審期間的時間耗費。

於是很快的，程平奭就迎來了人生第一次以法官身分開庭，週四下午兩點半第二法庭，傷害案件的準備程序。

雲林地院每間法官辦公室，都有一大面半身鏡，讓法官開庭前穿上法袍，可以整理自己的服裝儀容。在某種程度上，至少以最小單位來說，審判獨立的法官就代表著司法權，代表著國家——程平奭總是這麼提醒自己，所以雖然生性不羈的他，平常打扮隨性甚至可以說是隨便，但不修邊幅的是程平奭本人，並不是程法官，只要是他以法官身分出現的正式場合，他就會要求自己的穿著打扮、言行舉止，要符合社會對於法官的合宜想像形象。

鏡中的他早已梳好了油頭，雙眼視力都一點二的他還刻意戴上無鏡片的細黑框眼鏡，白色襯衫繫上黑色領帶，穿上平整的鑲藍邊法袍，他的雙眼炯炯有神——程平奭法官的開庭初登板已經準備就緒。

他攜著深褐色皮質封面的庭期本，開庭前五分鐘，他緩緩下樓，穿過法官通道，信步走向第二法庭。他記得在司法官學院受訓時，有一位講座告訴他們，法官工作相當勞累，收入可能也不如執業律師優渥，但至少是在自己的法院開庭、也是自己訂的庭期，法官工作可以圖個優雅，在開庭時保持優雅、從容的姿態，期勉同學們未來都能當個優雅的司法官。程平奭心裡清楚，講座說的優雅，並不僅僅是外觀舉止，而是法官對於案件的熟悉與投入，才能在開庭審理時，自然而然地展現出定紛止爭、平衡兩造的從容自信。

「起立！」當程平奭從後方側門走入法庭，庭內法警喊道，法檯下的眾人也跟著起身。

依照法庭席位布置規則第四條本文的規定，法官席地板距離地面二十五公分至五十公分，而這段一、兩個階梯的距離，高出在當事人、旁聽席之上，所以審理時，當事人也常常稱呼法官為「庭上」。法庭之上，某種程度樹立而象徵了司法的權威。

「請坐，謝謝！」程平奭走到法檯中央就定位，向臺下眾人微微鞠躬致意，這雖然只是他第一次開庭，但他希望未來在他的法庭上，大家都是彼此尊重，無高低之分，因爲只有在平等的基礎上，才能尋求法律中的公平正義。法檯高度的設計，可能有營造莊嚴形象或者避免法庭滋事的實際需求，但對於程平奭來說，他理想中的法庭圖樣，應該像是少年法庭的圓桌審理，法官、當事人、辯護人都沒有高低之分，大家一同圍聚討論、處理案件——或許是因爲在程平奭的內心深處，總覺得由人來審判人這件事，實在太過沉重。

程平奭坐下後，環視了一下法庭，左手邊是穿著鑲紫邊法袍的公訴檢察官董雲瑋，三十多歲年紀，三七分瀏海、粗框眼鏡，外型精明幹練。坐在他一旁的是告訴人，約莫四十多歲、頭頂微禿的中年男子。程平奭的右手邊則是被告，大概五、六十歲年紀，留著灰白交雜的平頭，穿著白色短袖汗衫。旁聽席還有一位中年婦女，坐在靠近告訴人位置的後方，應該是陪同告訴人來開庭的家屬。

「本院受理一一一年度訴字第七四一號傷害案件，現在進行準備程序。」程平奭朗讀了案由，他拿著被告的身分證核對身分：「被告叫什麼名字？出生年月日？」

被告卻一臉茫然的看著程平奭，沒有任何回應。

「請問被告，你叫什麼名字？」程平奭不確定他是不是重聽，於是提高了音量，嘗試讓自己的發問更加清楚。

被告依舊是一臉茫然，還搖了搖頭。

「他聽不懂國語啦！法官你要講台語。」雙手環抱胸前的告訴人出聲說明。

「被告，法官講國語你聽不懂嗎？」程平奭向被告確認。

「聽嘸啦！」被告揮了揮手，用台語表達不解。

「法官，你可以請法警或者通譯幫忙你翻譯台語。」法檯下穿著黑色法袍的丁朵雯，擔心新分發的程平奭不會說台語，在法庭上陷入窘境，貼心地在電腦螢幕顯示的筆錄上，打下這段話提醒程平奭。

「無要緊，我講台語嘛是會通。請問叫什麼名？」程平奭笑了，開始用道地的台語和被告溝通，暗自詫異的丁朵雯默默地將剛剛打在筆錄的提醒刪除。

「請檢察官陳述起訴要旨及被告涉犯罪名。」程平奭向被告確認完身分、住居所地址後，切換回國語，請檢察官說明本案起訴的梗概。

「被告與告訴人兩人為厝邊，被告於一一一年一月十五日上午十一時許，在雲林縣……呃……在雲林縣斗六市大樂路二十八之一號旁，因細故與告訴人發生爭執，竟基於傷害他人身體之犯意，徒手接續毆打告訴人，致告訴人受有臉部擦挫傷、左上肢擦傷等傷害，因認被告涉犯刑法第二百七十七條第一項之傷害罪

嫌。」董雲瑋一開始也試圖用台語朗讀起訴書，但講沒幾句話就卡住了，只好尷尬地改回國語陳述，而聽不懂國語的被告只能困惑地看向程平奭。程平奭馬上用台語翻譯了一次檢察官起訴的內容，並且告訴他，檢察官認爲你涉犯的是傷害罪，可以保持沉默，想要說話就照自己的意思說就好；可以請律師辯護，如果具有低收入戶、中低收入戶、原住民身分，可以請求法律扶助，或聲請法院指定免費律師辯護；可以請求法院調查對自己有利的證據。丁朵雯越聽越覺得不可思議，這還是她當書記官以來，第一次聽到法官用台語這麼流暢地進行刑事訴訟法第九十五條規定的權利告知，被告聽了也理解地點頭，表示知道自己被檢察官起訴什麼事情，也瞭解自己的相關權利。

「你對於檢察官起訴你的代誌，有承認否？還是無承認？」程平奭向被告確認是否爲認罪答辯。

「哪有承認，我無打伊，我兩個相罵，在那邊相拉，伊拉到自己跌倒，甲我無關係。」被告揮手否認。

「哼！講那些白賊話，做人要憑良心。」告訴人在一旁嗤之以鼻。

程平奭比了個手勢，請雙方都先緩緩，不要在法庭上吵起來。對於法院刑事庭來說，這是一件相當平常的傷害案件，告訴人所受的傷害有醫院的診斷證明書可以證明，被告雖然辯稱雙方只是拉扯，但除了告訴人指證歷歷外，也有其他目擊證人能夠證明，檢察官的舉證可以說是相對充分，如果被告仍然堅持採取否認答辯，今天準備程序終結後，之後的審理程序，大概就是傳喚告訴人、證人到庭，讓檢察官及被告交互詰問，一個庭期就能夠辯論終結、定期宣判。不過傷害罪是告訴乃論罪，如果雙方能夠成立和解，告訴人願意撤回告訴，法院就會判決不受理，也就沒有法院判決有罪或者無罪的問題。

程平奭知道，刑罰的功能有限，有時候案情被釐清了、被告被判刑了，但問題卻依舊沒有解決。他早已看過卷證，知道雙方是十幾年的老鄰居，過往並沒有交惡，這次因爲停車問題起了口角，也不算是什麼深仇大恨，如果能夠和解或者調解，或許雙方才能解開心結，有重修舊好的可能。於是程平奭開始用台語跟雙方溝通、確認有無商談和解的意願。

「毋免，這無是錢欵問題，我要的是一個公平正義，請法院還我一個公道。」告訴人一口否決。

「我又沒有打伊，我爲什麼要跟他講和解？」被告也倔強地搖頭，互不退讓。

這僵局程平奭倒也不意外，因爲偵查中檢察官也曾經勸諭雙方調解未果。他繼續耐心地向雙方說明：從被告的角度來看，現在我們開的是刑事庭，是要來審理你有沒有成立傷害罪？當然否認是你的權利，但檢察官已經有提出證據了，法院也會調查，如果審理結果認爲你成立傷害罪的話，你就會被判刑，這還只是刑事的部分，如果告訴人向你提起附帶民事訴訟，或者另外提起民事訴訟請求損害賠償，法院可能會另外判決說你要賠償他多少錢，所以你有可能被法院判刑了，又被法院判說要另外賠償對方。比起這樣，如果你能夠跟對方談成和解或者調解，雙方民事賠償金額就要依照和解內容，告訴人也不能再告你民事，而刑事部分也會因爲你依照和解條件賠償告訴人，而告訴人撤回告訴，法院判決不受理，也就沒有刑事處罰的問題，等於一個和解或調解，可以一次解決本案刑事跟民事的問題。

程平奭從被告的立場出發，分析相關法律程序及效果，被告聽了點點頭若有所思。

再來，告訴人的部分，我們目前是審理刑事案件，如果你沒有向法院提起附帶民事訴訟或者一般的民事訴訟，法院就不會處理你們之間賠償的問題，只會審理檢察官起訴的部分，被告是不是構成傷害罪，如果被告成立傷害罪，法院就會判刑。當然你可能認爲賠償不重要，重點是被告傷害你，你覺得他應該要受到警惕，不過依照本案檢察官主張你受的傷勢跟被告的犯罪情節，就算法院認定有罪，量刑可能也不容易超過六個月，也就是有可能有易科罰金的機會，最後執行的結果可能就是被告繳一筆錢給國家，這當然會有一些警惕功能，但事實上還有其他警惕的方式，比如說請他支付、負擔和解金，請他向你道歉，這也都是一種警惕或者教訓的方式，不一定說只有法院判刑、要他繳錢給國家才算是處罰。重點是，就算他被判刑了，他易科罰金甚至入監服刑了，你覺得他就會因此痛改前非、眞心覺得自己錯誤而不會再犯了嗎？還是你展現大量，願意接受被告的賠償與道歉，反而被告才有可能眞正檢討自己？你們已經當了十幾年的鄰居，應該也都不會搬家，將來每天都還是有可能碰到面，如果你們之間的結沒解開，我想以後也很難眞的可以和睦相處。

換告訴人聽著程平奭的分析，他也低頭思考。

於是程平奭做了總結：不管是被告還是告訴人，如果你們堅持不和解，法院當然就只能依照程序審理後，依法判決，但法院會怎麼判，你們都很難預測，如果你們不服法院的判決，可能會由檢察官或者被告上訴，再由臺南高分院來審理，到時候你們還要跑到臺南去開庭，整個程序不知道要多久才會結束。或許你們可以考慮看看，是不是透過和解或者調解的程序，把這件紛爭徹底解決，早日回歸各自平常的生活，雙方都不要再繼續陷在這個糾紛裡了。

「我看卷裡相片，告訴人你停車的位置眞正完全擋到了被告家的出入口，不過再怎麼樣，若是被告你有動手打人，那絕對就毋對的，就算你們眞正只是相拉而跌倒，你還是可能有傷害或者過失傷害的問題。」程平奭看雙方神情已經變得緩和許多，也就順勢拋出了最後的徵詢，「你看告訴人對你不錯，今天一開始開庭時還幫你跟法官講你聽嘸國語，我看你們平常的交情應該也還算可以，多年來應該互相多多少少都有幫忙過，是不是有可能雙方退一步，來講看麥和解？」

「好啦，講和解看麥啦！大家厝邊好來好去啦！」旁聽席的中年婦女突然發聲，她輕推了一下告訴人，法警原本要制止旁聽民眾未經法官允許的發言，但被程平奭一個眼神示意擋下。

「這是你太太？」程平奭詢問告訴人，他點點頭。

「歹勢啦！是我太衝動，眞正歹勢！」看到對方釋出善意，被告忽然站了起來，以手勢向告訴人致歉。

「沒啦！我車也是擋住你家門口，那天你女兒回家，我這樣擋住，你家出入無方便，我又凶你。」告訴人也起身回禮，原本對峙的氣勢已經完全煙消雲散。

最後在程平奭的促成下，雙方當庭達成和解，原本告訴人想要無條件和解，但在被告的堅持下，他當庭用紅包袋裝了六千六百元吉利數字的賠償費用交給告訴人，兩人順利握手言和，告訴人也當庭具狀撤回告訴。和解筆錄簽署完畢，程平奭宣示本案準備程序候核辦，下庭後他會再製作不受理判決的判決書送達，雙方現在可以請回了。

被告、告訴人及家屬離開法庭時，都向程平奭微微鞠躬。

「法官，多謝！」他們這般說道。

「免這樣講！請回！慢行！」程平奭也揚手致意。他認爲，相對於判處被告罪刑，這或許是解決雙方問題更好的選擇。刑罰不僅不是萬能，在某些情形，恐怕根本欠缺適合的效果。法官審判案件，有時候案子雖然結掉了，但問題卻被留下，但他法官生涯的第一件案子，他看到雙方離開法院的神情，相信他們之間應該已經沒有什麼大問題了。法檯下的丁朵雯看著他們握手言和的背影，心裡也有種難以言喻的舒坦踏實感。

前手楊法官可能考量程平奭是第一次開庭，所以今天只安排了這一案的準備程序，第二法庭後面也沒有其他股開庭了，於是被告、告訴人離開後，檢察官、法警及通譯也都陸續離開法庭。丁朵雯還在上傳筆錄電子檔，等待關閉電腦，法檯上的程平奭則是收好了卷，走下法檯等待丁朵雯。

「咦？法官你可以先上去忙啦，卷給我就好了，我關一下電腦再上去。」丁朵雯有些訝異，因爲一般法官通常開完庭就是直接回辦公室。

「也沒有這麼忙啦，我們一起上去就好，我剛好幫妳拿卷啊。」程平奭哈哈一笑，下了法檯之後，他又切換回不拘小節的隨性模式。

於是穿著鑲藍法袍、全黑法袍的兩人一同從法庭後方通道走回二樓辦公室，行經的甬道灑滿舊式木窗透進的午間微光。

「法官，你台語也太好了吧，我本來還以爲你可能不太會說台語耶！」丁朵雯眞心佩服程平奭台語的流暢度，先前北部人楊法官好幾次都爲了只會說台語的被告聽不懂國語而苦惱，有時候還要由丁朵雯一邊打筆錄、一邊充當台語翻譯。

「我以前在臺南的飲料店打過工，認識一個號稱台語教科書的朋友，他台語眞的很猛，我跟他學了一年多的台語，還算能夠騙吃騙吃。」抱著卷的程平奭回憶起往事，臺南全糖手搖飲的香味彷彿又在喉間回甘，「我這個人沒有什麼專長，但就是喜歡交朋友，朋友會的東西我就會跟著偷學一點，哈！」

回到辦公室換下法袍的丁朵雯，喝了一杯水，就迫不及待向蘇恩瑜分享剛剛開庭，程平奭全程用台語勸諭和解成立的英勇事蹟，沒想到故事才說不到一半，就接到男主角打來的電話。

「朵雯，妳剛剛有沒有拿什麼東西到我的辦公室？」程平奭沒頭沒腦地問道。

「咦？什麼？我沒有拿東西過去耶。」丁朵雯一頭霧水。

「那麻煩妳過來一下好嗎？」

「好。」丁朵雯掛上電話，總感覺程平奭的語氣嚴肅得不太尋常。

丁朵雯敲門進入程平奭的辦公室，和他一起看著辦公桌上的古怪物件。

一個4K大小的牛皮紙袋，用釘書針釘住封口，外觀看起來鼓鼓的，不確定裡頭裝了什麼東西，封面用鉛筆草寫著「程平奭法官」五個字，卻無人具名，這樣的不明物件突然出現在法官辦公室，未免有些敏感。

「裡面也不知道裝什麼東西，妳知道這是誰拿來的嗎？」程平奭困惑，還穿著襯衫打著領帶的他難得皺眉，丁朵雯搖搖頭，她也沒聽楊法官說過類似的情形，不過程平奭才剛報到沒多久，誰會對他有這麼奇怪的舉動呢？除了傳送公文的工友，或者法院同事，誰又能自由進出法官辦公室留下這個東西？但法院同事，怎麼會沒先跟程平奭說一聲？又爲什麼寫著「程平奭法官」自己卻不署名？

「麻煩妳當個證人，跟我去政風室一趟好嗎？」凡事大而化之，唯獨對於審判工作高標準的程平奭，決定用最謹愼的方式處理這個拿起來有點重量的不明物件。

「法官您的處理方式完全正確，這可能涉及到法官倫理規範及公務員廉政倫理規範的問題。」政風室主任將那個牛皮紙袋物品放在桌上，幹練的他已經請一位科員在一旁架好攝影機，也請另一名科員去調閱法院走廊的監視錄影，「法官您說您今天是什麼時候發現這個東西的？」

「大概三點二十幾分，我下庭後去上個廁所，回到辦公室就看到我桌上放著這包東西。」程平奭回想。

「時間應該差不多，我們開庭開到三點出頭，我回辦公室沒多久就接到法官的電話。」丁朵雯補充。

「好，沒關係，我們等等看監視錄影就知道是誰拿進您的辦公室，我們先將這包東西打開來看看裡面到底裝什麼東西，法官您放心，我們會全程錄影存證，避免有爭議。」戴上防疫醫療用手套的政風室主任，將那包牛皮紙袋靠近鏡頭，在程平奭、丁朵雯及另一名科員面前慎重地打開了它。

只見政風室主任從中倒出了一堆原子筆、立可帶、便利貼、釘書針、印台等等文具用品，散落一桌。

如果是老派的漫畫或者卡通動畫，這時候會有一排烏鴉嘎嘎飛過。

「噗哧！」丁朵雯忍不住笑出聲來。

「哎呀，搞笑了，哈哈！眞不好意思！」程平奭搔搔後腦哈哈大笑。

他們一看到就全都明白了，原來這是昨天下午程平奭在法院內網登記請領的辦公室文具用品，因爲品項比較多，物品庫人員用牛皮紙袋裝好，寫上程平奭的名字，再請工友送到他的辦公室。

「不會啦！法官您的觀念還是很標準的，小心駛得萬年船。」政風室主任也只能尷尬陪笑，默默脫下手套，也示意一旁的科員不要再錄影了。

隔天，週五下午三點半，忙碌一週的上班日中，最為慵懶迷人的時刻，一身白色短T及海灘褲的程平奭剛脫離辦公桌成堆的卷宗，踩著藍白拖鞋走在法院長廊上，還伸了一個疲憊的懶腰。

「爽哥，你上班也穿得太隨性了吧？我還以為是民眾闖到法院管制區來耶，你穿成這樣是要去墾丁嗎？」後頭傳來劉苡正挖苦的聲音。

「學姐，我這是外表輕鬆，內心嚴肅。」程平奭回頭一笑打哈哈，「如果可以不用加班，我也好想殺去墾丁喔，陽光、沙灘、海水都在向我揮手啊，哈哈！」

他們一同敲門進入了審判長徐義霆的辦公室，因為徐義霆今天早上在LINE的「恐龍滅絕小組」群組傳了一個訊息：「下午三點半，來我辦公室，我們來開刑五庭第一次下午茶會議！」

「你們坐啊！」徐義霆早已備好茶具，滿室茶香芬芳，「這是我向鹿谷朋友訂的凍頂烏龍茶，昨天才剛寄到，搶先第一泡就留給你們了。」

徐義霆將滾燙熱水注入紫砂壺中，他算好茶葉浸泡秒數，提手爲程平奭、劉苡正二人斟茶。程平奭看了看杯中金黃琥珀的清澄，緩緩啜了一口，韻味濃郁回甘。

「好茶啊，學長！」程平奭讚嘆，「我猜這杯要四十元？」

「學長泡的當然都是好茶啊！不過老實說我也喝不出區別就是了。」劉苡正也淺嚐了一口，抿嘴微笑。

「這杯大概要三十八到三十九元，奭哥不錯喔，識貨！」徐義霆笑著說，打開桌上的月餅禮盒，「這裡還有月餅可以配茶，大家辛苦工作了一週，一起用好茶好點心來作收尾，眞的是人生一大樂事！」

「奭哥不是昨天剛開完人生第一次庭？狀況還好嗎？」劉苡正關心道，她已經記不太清楚自己第一次開庭的模樣了。

「哈，這就要聽我娓娓道來了。」程平奭放下茶杯微笑，他把昨天如何用台語勸諭雙方和解的過程說了一番，包含如何從十幾年的鄰居關係找到施力點，如何向雙方分析利害關係等等。

「厲害，台語我只會聽，還眞的不太會說，口說我只能中英文切換而已。」劉苡正佩服。

「就像你說的，刑罰能處理的事情有限，雙方能夠握手言和，或許才是解決問題最好的方法，也是最有可能避免將來再起衝突的方式。」徐義霆點頭認同。

「第一次開庭就撤回告訴眞是太完美了，不過雲院刑庭老規矩，學長你還是要教一下。」劉苡正似笑非笑地看了徐義霆一眼。

「啊！對，差點忘了。」徐義霆大笑，「雲院刑庭潛規則，一個月撤回告訴不受理判決三件以上，要請大家喝飲料喔！」

「四季春茶加珍珠無糖去冰，謝謝！」劉苡正先舉手報名。

「什麼四季春茶，苡正妳那杯茶快喝，眞正的好茶就在眼前。」徐義霆忍不住抱怨，三人也鬨笑起來。

程平奭接著分享他將物品庫發的請領文具送到政風室蒐證的糗事，劉苡正聽了掩嘴大笑，徐義霆更是笑到摘掉眼鏡拭淚。

「我的天啊，政風室主任一定覺得很尷尬。」劉苡正還難止笑意。

「沒關係啦，小心一點還是好的，喜劇收場也很好。喝茶喝茶！」徐義霆邊笑邊倒茶。

「來說點正事，爽哥，你的第一件審理庭，伊綸之前就有先幫你訂庭了，九月二十八日，也就是下下禮拜三早上九點十分。」徐義霆說明，「一件單純的販毒案件，被告被起訴一次販賣而已，被告在偵查中、準備程序都坦承犯行，也有

通訊監察譯文佐證，審理期日就只是提示卷內證據、雙方辯論而已，法助也都校對、確認過卷證，下禮拜卷應該就會送到你那邊，你再研究看看，應該是沒有什麼大問題。」

「好喔，感謝學長！」程平奭有些興奮，沒想到這麼快就要迎來法官人生第一次的審理程序。

「學長你不要說得這麼輕描淡寫，最可怕的事你還沒跟他說耶！」劉苡正又是似笑非笑的神情。

「哪有這麼可怕！苡正妳不要一直嚇奭哥啦。」徐義霆笑了笑，喝了口茶。

「好啦，我是開玩笑的，不要太緊張。」劉苡正看程平奭一頭霧水，笑著解釋，「董檢下下禮拜剛好要請假幾天，所以那天庭期會請代班公訴過來幫忙，而答應代班的公訴檢察官是我同學，羅宇妍。」

「喔喔，瞭解。」程平奭點頭。

「哇哇哇，果然是新人的反應耶！」劉苡正調皮地笑道，「新人的反應就是毫無反應，哈。」

「厲害！一般我們這邊聽到羅檢的威名，都沒辦法像你這麼鎮定。」徐義霆也笑了，「苡正妳不要再賣關子了，好好跟奭哥介紹一下妳同學啦！」

「羅宇妍，台大法律系畢業，應屆司法官、律師、台大法研刑法組三榜，司法官榜首、律師榜眼，司法官五十三期結訓成績第一名，檢察實務總平均九十八點多分，聽說還創下了學院史上最高分紀錄。」劉苡正回想著羅宇妍不可思議的考試成績。

「原來她這麼會考試喔，難怪我們雲院的『人體法學檢索系統』苡正只能屈居第二名結業。」徐義霆笑了，「不過妳們兩個一、二名結業的，分發竟然都選擇了雲林，我記得當時還有上新聞。」

「當初在學院假分發時，學院的導師們都嚇到啊，一再跟我們確認是不是眞的要塡雲林，哈。我沒有宇妍這麼偉大的抱負，我只是單純爲了我老公，所以選擇分發回來雲林而已。」劉苡正微笑。

程平奭點頭表示理解，依照司法官學院過去分發的經驗，前幾名結業的學員，通常還是以士林院檢或者臺北院檢作爲首選，當年結業的前兩名竟然選擇了雲林院檢，確實令人驚訝。

「宇妍她說，檢察官是站著的法官，是法治國的守護人，而雲林是她的故鄉，她要從雲林開始實現理想。」劉苡正說著，她還清楚記得羅宇妍在司法官學院頂樓空中花園，面向下方川流的車行燈火，臉上堅毅而美麗的線條。

「她的理想是什麼啊？」程平奭忍不住發問。

「**除惡務盡，刑期無刑。**」劉苡正唸出了現在高掛在羅宇妍辦公室牆上，羅宇妍自己揮毫的那幅奔騰墨字。

「也太帥了吧！」程平奭讚嘆，感覺胸口的血液都發熱起來。

「宇妍分發後，接連辦了幾十件違反廢棄物清理法的環保案件，不肖業者聽到羅宇妍這三個字可能都嚇得發抖，組織犯罪就不用說了，好幾個在地幫派都被她連根拔起，帶頭的現在都已經入監服刑。後來遇到地方選舉，她一個人扛了十幾個賄選專案，好幾個候選人都被起訴判刑。」劉苡正細數著羅宇妍的豐功偉業，卻發現怎麼說都說不完，「最絕的是，她有一次跟朋友去吃火鍋，吃完回去竟然就用店家名片簽分偵辦，辦出了一連串的食安案件，上下游都被她掃蕩得乾乾淨淨。」

「哇，也太猛！」程平奭咋舌。

「更令人不得不佩服的是，她從分發到現在，偵查起訴的案件還沒有被法院判過無罪。」劉苡正聳聳肩，「也就是定罪率百分之一百。」

「有沒有看過小李飛刀？一出手就是例不虛發。」徐義霆做個投擲手勢補充說明，「羅檢起訴的案件，數量實在有夠多，但品質又偏偏眞的很好，不知道她一天到底有幾個小時可以用啊？」

「學長我記得我說過啊，宇妍每週一、三、五都會在辦公室過夜啊！眞正的以署爲家。」劉苡正到現在還是難以想像羅宇妍的超人意志力，「我不是在結案，就是在結案的路上。」

「原來鋼的意志是真的存在的啊！」程平奭想起了民事訴訟法大師的名言。

「就因爲她太喜歡辦案了，所以明明年資已經排到好幾次可以到公訴組喘口氣休息一下，但她都拒絕了，她認爲偵查才是檢察官的主戰場，不過她爲了累積公訴經驗，偶爾還是會願意幫其他檢察官代班公訴。」劉苡正笑了，「其實我們院方還是希望她有機會可以到公訴緩一緩、休息一下，不然她起訴這麼多大案到法院，我們還眞的有些吃不消啊。總之，你到時候就可以見識到她的驚人氣勢了！」

「羅檢就是，檢察官中的檢察官。」徐義霆也下了結論，目光裡似乎有當年偵查的火炬。

程平奭喝下手裡的茶，他沒想到有檢察官能夠得到由資深檢察官轉任法官的徐義霆這麼高的評價，不禁越來越期待自己第一次的審理庭，想要一睹這位傳奇檢察官的風采。

第二章
論告

星期一早上，丁朵雯抱著一大疊卷敲門進入程平爽辦公室。

「法官，這是今天的四件新案，還有下禮拜三審理庭的庭期卷。」丁朵雯將厚重的綠色卷面卷宗放在辦公桌上，她發現自己已經越來越習慣程平爽的「奇裝異服」。

「早安啊，這麼多新案，簡直比咖啡還要提神。」今天的程平爽穿著全套藍白色的運動服，正在一手舉啞鈴、一手翻卷的他看著這疊新來的小山自嘲，「難怪我之前當學習司法官的時候，老師跟我說不用急著寫很多擬判，以後分發就會有永遠寫不完的判決了。」

「血汗司法啊！我記得我前幾年剛分發的時候，收案還沒有這麼多，有時候還會沒收案呢！現在一次三、四件起跳都算基本盤了。」丁朵雯也搖搖頭，收案量大不僅是法官審理、判決的負擔，對於書記官也是相當沉重的作業壓力，「不過法官我們算不錯了，聽說今天玄股還收到一件六位被告在押移審的大案，我們應該要心懷感激了。」

程平爽只能繼續苦笑，左手七點五公斤的啞鈴彷彿更重了些。

「審理庭期卷法官你再看一下，法助做好的審理計畫書我放在最上面，你再抽一份起來，沒問題的話就可以請工友走卷，送到陪席法官跟審判長那邊。」

「好喔，感謝。」程平爽瞄了一眼審理卷宗，相對於新案，這件審理案件只

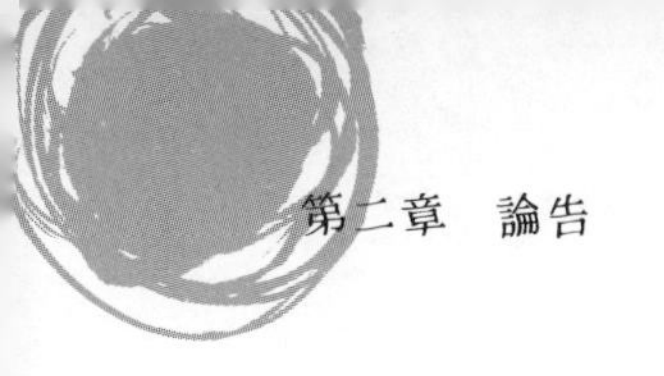

有薄薄的三宗卷，警卷、偵卷、法院卷，確實是一件小巧的販毒案件。

沒想到不到一個小時，丁朵雯就收到程平奭親自送來的黃色審理單，是關於那件審理庭期的販毒案件。

「為什麼還要向警察調通訊監察光碟啊？被告不是都承認了嗎？」等到程平奭一離開刑事紀錄科第二辦公室，丁朵雯就忍不住跟蘇恩瑜抱怨。一般經過通訊監察的販賣毒品案件，警察會將與案情相關的通訊監察內容製作成譯文，若是藥腳（購毒者）指證明確、被告坦承犯行的單純案件，被告跟辯護人也不會爭執譯文的證據能力，通常就不會有再向警察機關調取通訊監察光碟確認的必要。

「菜鳥總是比較謹慎吧，妳剛來的時候，整理筆錄時還不是把審理光碟聽了又聽，好像可以聽出什麼明牌一樣，哈哈。」喝著三合一咖啡的蘇恩瑜訕笑道，「這是每個人成長必經的過程——理想很美，但現實很累。」

「嘖！有時間怎麼不快點批新案的審理單，未結案件都越積越多了。」丁朵雯還是停不住抱怨，不過紮起馬尾的她已經認命開始製作向警察局函調通訊監察光碟的公文函稿。

幾天後，程平奭已經將調來的通訊監察光碟反覆聽了又聽，他前後比對著卷內的通訊監察譯文，卻越聽越是皺眉，決定抱著卷、帶著光碟去找徐義霆。

敲門進入徐義霆辦公室，徐義霆卻不在座位上，而是穿著汗衫站在鋁梯上，正在拆解維修辦公室的分離式冷氣。

「哇，學長，你都自己修冷氣喔？」程平奭驚訝的問，他看著徐義霆準備的工具與架勢，完全就是專業水電師傅等級。

「沒有啦！這些都小問題啦！我DIY一下就不用麻煩總務科了啊！你辦公室還是宿舍，如果有什麼東西壞掉不用客氣啊，跟我說一聲，我修一修很快！」徐義霆擦了擦汗，爽朗地笑道，「來，我冷氣剛好也修好了，我們來喝茶。」

徐義霆將冷氣外殼裝上，冷氣也恢復了正常功能運作，他沖了一壺茶，與程平奭對坐在辦公室的沙發區。

「學長，我想要職權勘驗通訊監察光碟。」程平奭直接說了自己的想法。

「什麼？」徐義霆差點被剛入喉的熱茶嗆到。

不過在徐義霆一起聽了通訊監察光碟後，他也同意了程平奭的想法。

「這確實有些問題，到時候我先曉諭雙方是不是要聲請勘驗，如果都沒有人要聲請，依照刑事訴訟法第一百六十三條第二項但書規定，我們也應該要職權調查。證人的部分我們也先職權傳喚，到時候我再一併問他們是不是要聲請詰

問。」徐義霆也為爽哥倒了杯茶，眼神透著讚許神色，「不過爽哥你真的不簡單，一般人遇到這種承認案件，是不會再去調光碟回來聽的。」

「哈，學長我生性多疑啊。」程平奭喝著徐義霆聲稱一杯大概十三元的「早安綠茶」。

「不疑處有疑，才能夠明察秋毫啊！」徐義霆推了推眼鏡微笑，綠茶的熱煙在鏡片上起霧，「不過怎麼會這麼恰巧，不知道代班的羅檢到時候會有怎麼樣的反應呢？」

†

二〇二三年九月二十八日早上九點十分，以徐義霆為首，一同穿著鑲藍邊法袍的劉苡正、程平奭依序步入第三法庭。

「起立！」庭內法警發號施令。

「大家請坐。」走到法檯中央的徐義霆向庭內眾人微微點頭示意。

左手邊檢察官席位上，是一位三十歲左右年紀、留著俐落短髮的女生，舉手投足優雅從容，雙眼目光像是清澈鋒利的冰珠，穿著鑲紫邊法袍的她更顯得英氣傲人。

這是程平奭第一次看到羅宇妍，即便是生活經驗豐富甚至可以說是複雜的他，還是第一次看到如此自信的女生，那些關於她的傑出傳聞，更是完美符合她的人物設定形象。

在徐義霆的訴訟指揮下，羅宇妍起身陳述起訴意旨及被告所犯罪名，與一般公訴檢察官大多照著起訴書唸不同，她改用白話淺顯的語句，像表演者一般，自然而然地敘說一個事實經過，她甚至不用看起訴書，雙眼直直注視著對面的被告，展露出「我知道你做了些什麼事」的堅定態度，反而是低著頭、三十多歲的男性被告，不斷逃避她的銳利目光。

被告與他的法律扶助律師如同過去偵訊、準備程序的陳述，依舊表達了認罪意思，只請求法院考量被告離婚、還有老母親、兩名年幼子女要扶養，能夠從輕量刑，讓被告早日復歸社會。

「檢察官或是辯護人、被告這邊，有沒有人要聲請勘驗本案的通訊監察光碟？」徐義霆詢問雙方，鏡片反映著亮光。

辯護人跟被告對於徐義霆突如其來的問題還在困惑對望，羅宇妍的神色雖然一瞬間也閃過些微詫異，但她已經舉起了手。

「基於有利及不利一律注意的客觀性義務，檢察官聲請勘驗本案的通訊監察光碟。」徐義霆的提問雖然出乎羅宇妍的意料，但她依舊鎮定得彷彿一切都在掌控中——雖然依照她豐富的偵查經驗，她已經知道案件的走向將大大不利於檢方。

於是合議庭依照檢察官的聲請，當庭勘驗了本案相關的通訊監察譯文。那是二〇二一年的五月十五日凌晨一點二十四分的通訊內容，原本警方譯文記載：

B（證人）：你在睡覺喔？
A（被告）：沒啦，怎麼？
B（證人）：現在去找你，可以嗎？
A（被告）：現在喔？現在幾點了？
B（證人）：很急，拜託一下啦！
A（被告）：好啦好啦。
B（證人）：一樣那間 7-11 外面？
A（被告）：嗯嗯。
B（證人）：好，我到了再打給你。
A（被告）：好。
（勘驗結束）

通譯當庭播放這通通訊監察錄音完畢，內容與警方譯文記載大致相同，雙方對於勘驗結果都表示沒有意見。

依照起訴書記載，被告與證人在這通通訊結束後約十分鐘，兩人在雲林縣斗南鎮某間7-11外，被告以一手交錢一手交貨的方式，販賣一千元的一小包甲基安非他命給證人。

「再來播放同一天，二〇二一年的五月十五日早上九點十三分的通訊內容，這也是上一通通訊結束後，雙方的第一通通訊內容。」徐義霆說明接著要勘驗的第二通通訊監察內容，而這通內容，警方並沒有作成譯文。

羅宇妍聳聳肩，微微搖了搖頭。

A（被告）：歹勢啦，昨天睡著了。

B（證人）：沒關係啦，我有另外找朋友了。

A（被告）：那就好，我最近實在太累了。

B（證人）：沒關係，先這樣，我在忙。

A（被告）：好。

（勘驗結束）

勘驗完畢，辯護人及被告終於恍然大悟合議庭的用意，法檯下穿著黑色法袍的丁朵雯也感受到這通勘驗內容的震撼，她完全沒想到自己當初抱怨程平奭的多此一舉、沒事找事，現在竟然成為了全案最為關鍵的轉折點。

「審判長，檢察官認為有傳訊證人的必要。」羅宇妍雖然沒有事先聽過這通

通訊監察內容，但她早有心理準備，臨場的訴訟攻防反應也非常快速。

「好，辯護人及被告的意見呢？」徐義霆詢問對造。

「辯護人也認爲有傳訊證人的必要，因爲從剛剛的勘驗情形，被告似乎並沒有與證人進行毒品交易。」辯護人也反應過來，沒想到本案案情竟然有了徹底翻盤的空間。

「這……這事情過了這麼久了，其實我也忘記那天到底我有沒有去跟他交易了。剛剛聽起來好像是沒有，我可能後來睡著了，他另外去找別人買藥的樣子。」被告搔著頭，一年多前的印象確實很模糊了。

「本院已經先職權傳喚證人到庭，雙方由誰聲請主詰問？」徐義霆示意法警點呼證人入庭。

「檢察官聲請主詰問。」羅宇妍微笑卻沒有笑意，她早已猜想到法院的「安排」，不過她也沒多說什麼，畢竟是自己大意了，雖然只是代班，但她不會爲自己的輕忽找藉口。

「辯護人聲請反詰問。」辯護人表示。

證人入庭，由羅宇妍開始主詰問，她請求合議庭再播放一次剛剛勘驗的通訊監察錄音讓證人聽，經過幾個問題的主詰問後，由辯護人反詰問，最後羅宇妍表示不用再覆主詰問了，交互詰問完畢。

證人證述內容算是相對明確，他說他確實曾經向被告購買過甲基安非他命，但詳細時間不記得了，當時警方提示這通譯文給他看，他以為就是這個時候向被告購買毒品。不過他剛剛聽了通訊監察錄音之後，才發現這一次應該不是向被告購毒，他後來是到虎尾找一個叫阿賓的人買到毒品。

證人詰問完畢，被告及辯護人改採否認答辯，但雙方也沒有其他證據要再聲請調查，於是審判長開始依序提示卷證，案件走向突然變得對被告相當有利。

程平奭看著羅宇妍的神情，她的臉上卻沒有太多的情緒，反而呈現一種坦然姿態，程平奭目光剛好接觸到坐在左側法檯的劉苡正，兩人眼神交流，都很好奇羅宇妍等等會如何論告——是會再提出其他有力的論點試圖絕地反撲嗎？還是只是輕描淡寫，請法院依法判決呢？

「本案調查證據完畢，請檢察官就事實及適用法律部分論告。」徐義霆指揮雙方辯論。

羅宇妍揚眉起身，鑲紫邊的法袍一振。

「『筆受拘束。口卻自由。』檢察官作為舉世最客觀之官署，在此為無罪論告。」羅宇妍簡短幾句，卻是字字擲地有聲。這些過去只會在法律教科書上出現的文句，如今卻在現實的法庭由檢察官親口說出，對於熟悉法律實務的人來說，充滿了正面的震撼與衝擊。

「La plume est serve, mais la parole est libre.」劉苡正也低聲唸了這句著名的法國法諺。

徐義霆看著羅宇妍的不卑不亢甚至是無所畏懼，不僅想起了多年前的自己，在「那個場合」不顧一切地慷慨陳詞。

程平奭坐挺身子，專注聆聽著羅宇妍的論告。他雖然是剛分發的法官，但依照他過去在院檢擔任學習司法官，跟著法官、檢察官實習的經驗，他也相當清楚「無罪論告」對於公訴檢察官的特殊意義：案件經偵查檢察官起訴、繫屬法院後，由公訴檢察官到庭實行公訴，一般來說，不管是從檢察一體或者維護偵查成果來看，公訴檢察官聲請調查證據、表示程序或法律意見，乃至於論告、求刑等等，都必須努力落實起訴意旨，從某種程度來看，代表國家追訴犯罪的檢察官，自然要在公訴階段爭取有罪判決。即使遇到證據不夠充分的案件，或者公訴檢察官自己也無法獲得有罪心證的情形，公訴檢察官頂多也只是請法院「依法判決」而不多作論告。與此相對，積極地爲了被告進行「無罪論告」、請求法院爲無罪判決的公訴檢察官，在實務上可以說是鳳毛麟角——畢竟下庭之後，公訴檢察官該如何面對當初起訴的偵查檢察官？公訴檢察官的心證判斷是否一定就比偵查檢察官正確？辛苦偵查的結果卻只換來一段無罪論告，今天換成你是偵查檢察官，自己能夠接受嗎？這些都是實際存在的難題——不過她可是羅宇妍啊！

「本案被告先前坦白承認自己有在起訴書記載的時間、地點，販賣甲基安非他命給證人，但於審理中改口否認，他的自白前後並不一致，可信度不高。而經法院勘驗通訊監察光碟的結果，尤其是第二通內容，更可見被告與證人原本雖然相約見面交易，但最後被告卻不小心睡著了，沒有前往赴約，被告醒來後才打電話向證人致歉，證人則向被告表示沒關係，已經向其他人購得毒品了，這個過程，也與今日證人證述的內容吻合，所以依照調查證據的結果，並無法證明被告有在起訴書記載的時間、地點，販賣甲基安非他命給證人，仍然有合理懷疑的存在，基於無罪推定原則，檢察官也本於適時追訴、審判的正當法律程序考量，請求法院判決被告無罪。」羅宇妍一一分析現有證據，推導出理所當然的結論，比起她無罪論告的宣言，案件結論的本身反而並不驚人，對面穿著鑲白邊法袍的辯護人聽得頻頻點頭，或許是對於結論的認同，又或許是讚賞檢察官無罪論告的勇氣與決斷。

「在此，檢察官要向被告、辯護人，以及合議庭致歉。」羅宇妍向法庭內微微鞠躬，這個道歉舉動倒是超出現場所有人的設想，她的聲音誠懇謙讓，卻也沒有絲毫挫敗的氣餒，「因爲檢察官偵查蒐證不夠完備，導致司法資源的浪費，也讓被告遭受訴訟程序的耗損，這是檢察官必須承認的錯誤。」

徐義霆瞇起了眼，因爲此時此刻穿著檢察官法袍的羅宇妍實在太過耀眼，一旁的程平奭則是目不轉睛地看著她，彷彿從教科書上走下來的理想檢察官圖像。

「不過，檢察官看完全部卷證，強烈懷疑被告有販賣毒品的情形，雖然目前起訴的案件證據並不足以支持，但未來被告若是敢再販賣毒品，檢察官一定會訴追到底。」羅宇妍提高了聲量，一雙鳳眼凝視著被告，像是穿透了他一般冰涼，「一次都不放過。」

接著換被告、辯護人答辯，合議庭並進行量刑調查、辯論後，徐義霆請被告爲最後陳述，被告起身，朝向檢察官、合議庭深深一鞠躬。

「謝謝檢座、法官們，我絕對不會再碰毒品了。」審理過程一路急轉直下，被告到現在都還聽得見自己震驚的心跳聲，眼眶更是忍不住泛紅。

羅宇妍依舊是冰冷地盯著他，她偵辦的成千上萬件案子中，不知道有多少在她面前信誓旦旦不會再犯、要洗心革面的被告，最後還是因爲各式各樣的原因再犯落網，被她親手送進了監獄。

她不認爲人性本惡，但她也不相信所謂向善的決心，她只認同法律的意志——如果犯罪嫌疑人眞的獲得了一次改過遷善的機會，這也不會是檢察官、法官給你的，而是法律的制度使然，她充其量只是法律的守護者而已。

徐義霆諭知本案辯論終結，並訂下宣判期日。

下庭後，合議庭直接到徐義霆辦公室評議。才剛換下法袍的徐義霆，馬上就沖了一壺紅褐色的熱茶，他說這叫做「評議普洱」，依照他的換算，一杯大概要十一、十二元，他叮囑劉苡正及程平奭要快點喝一杯，因爲雲南普洱茶在剛沖泡開的三分鐘左右是最提神的。

「其實被告一定有賣毒品給這個證人過，不然他不可能會承認。」徐義霆的鏡片爬上熱茶的煙霧。

「對啊，藥頭販賣毒品不可能只賣一、兩次，被告應該是賣過太多次給證人，自己也分不清楚到底是什麼時候有賣。」劉苡正啜了一口茶，繼續說道，「老實說，如果我的電話有被監聽，警察問我一年多前的某一通譯文我在講什麼，我可能也根本記不起來。」

「哈，學姐說得有道理，上禮拜學長在群組裡傳訊息說，有新貨到，約我們下午過來喝茶，看起來其實也很像相約毒品交易的暗語吧。」程平奭哈哈大笑。

「眞的耶，學長自創的『早安綠茶』、『評議普洱』，還有什麼『慢午紅茶』，聽起來是不是都很像毒品咖啡包的名稱？」劉苡正也跟著開起玩笑，「其實學長也算是茶葉成癮吧？」

「什麼態度，等你們喝過的好茶夠多，你們也會跟我一樣回不了頭的好不好！」徐義霆無奈搖頭苦笑，舉杯喝了口普洱，「啊，眞是好茶。」

「不過宇妍學姐眞的是厲害，無罪論告我一直以為只是傳說中的東西，沒想到竟然能夠親眼目睹。」程平奭也喝了口茶，忍不住讚嘆道。

「我就說我同學不簡單吧！宇妍就是天生的檢察官。」劉苡正微笑著說，「不過她眞的厲害，這件我記得沒錯的話，是他們高主任起訴的，她就這樣當庭打臉主任，還幫主任向被告道歉，我可沒有這樣的勇氣。」

「唉！我先前當了十幾年的檢察官，公訴蒞庭時遇到證據比較不足、心證不夠的案件，大概也只是說請法院依法判決而已，畢竟如果眞的作無罪論告，下庭之後很難面對偵查檢察官。」徐義霆嘆了口氣，「法律與人情的界線，實在不太好拿捏，一般人只能選擇折衷的方式處理，各退一步，大家可以接受就好。」

「哈！學長，什麼界線？對於宇妍來說，法律就是唯一的界線，跨過這條線的人，不管你是她的仇人、家人還是愛人，也不管你是被告、檢察官還是法官，她都不會放過你的！」劉苡正開懷地笑了，雖然是開玩笑的誇飾，但她心裡還是以這位認識多年的朋友為榮。

程平奭聽了，羅宇妍穿著鑲紫色法袍，凜然不畏的身影又在他腦海浮現，不禁讓他想起了 Justitia 正義女神，她蒙著雙眼，右手高舉天平，左手低持寶劍，六親不認，只問是非，那道界線雖然沒有情感，但永遠清清楚楚。

於是在幾杯濃郁的「評議普洱」裡，在三人的笑談聲間，合議庭評議全數通過被告無罪判決，依序在評議簿上簽了名。

┼

隨著身體的冰涼，羅宇妍的感官不斷陷入水裡的藍，彷彿自己滲進了另一個世界，她游泳，水也跟著呼吸。聽說光在水中的速度會變慢，如果我們看得到的世界就是現在，那時間在水裡是不是也會變慢呢？羅宇妍從很小的時候，就一直想著這個問題，儘管到現在還是不知道答案，但她至少清楚，她喜歡把脆弱的自己藏在水裡。

今天是星期三，依照她規律的作息，明天晚上才會是她的游泳時間，但今天下庭後，剛做完無罪論告的她，心裡總是有股不舒坦的氣難以宣洩，惹得她一下班就直接衝到了地檢署附近的室內游泳池，在模仿了幾百公尺的魚行之後，她的心才慢慢平靜下來。

最後一趟來回，她用仰式收尾，朝向屋頂高天井燈的她，和身後的水一同調整呼吸，柔和地調整彼此生命的節奏。

「宇妍，妳也過來游泳啊？」

剛上岸還披著浴巾的羅宇妍，身後突然傳來熟悉的聲音，她回頭一看，是還

在暖身的高至湧主任檢察官，正熱情地向她揮手。

「主任！我很常過來這裡游啊，之前怎麼沒看過你？」泳帽下髮絲還有水滴的羅宇妍微笑。

「我平常都是跑步比較多啊，偶爾想到才來游一下。人年紀大了，代謝都變慢了，再不運動我的肚子會越來越大。」高至湧自嘲地笑道。

「其實最近的研究指出，成年人在六十歲之前，基礎代謝率幾乎是差不多的，會變胖主要應該還是飲食跟活動量問題。但不管怎麼樣，多運動多分泌點腦內啡總是有好處的。」羅宇妍依舊是充滿理性的微笑，她拿起了右手的電話線手環，上頭繫著置物櫃鑰匙。

「哈哈，總是要爲走樣的身材找點藉口嘛！」高至湧揚了揚手，「妳游完囉？我也要趕快游一游閃人，太晚回家老婆臉色會不好看。」

「主任！有件事想先跟你報告一下，雖然你之後也會看到審理筆錄。」羅宇妍喊住了高至湧，言語卻平靜得沒有太多情緒，「今天我蒞庭作了無罪論告，是主任你起訴的案件。」

高至湧側了側頭，突然覺得脖子的筋好像變得更緊了。他示意羅宇妍到角落座位區詳談。

兩人對坐在白色的塑膠圓桌椅，羅宇妍簡述了早上販毒案件的案情及相關證據，以及今天勘驗通訊監察光碟、詰問證人的情形。

「主任，抱歉！或許我還是太過直接，也太衝動了。」對於無罪論告，羅宇妍雖然是道歉的語句，但卻沒有任何愧疚的情緒，她知道這是某種社交禮儀的要求下，不得不做的互動——何況高至湧在雲檢多年，升上主任外派後又調回來，這麼多年來總是不吝向她分享自己的辦案經驗，是位很和善、熱心的學長，她並不覺得高至湧會因此惱怒。

「嗯……證據確實不夠，當初被告的自白跟證人的證述，證明力都有問題，法官還眞是仔細啊！」高至湧微微一笑，「妳不用想太多，這個案件眞的不可能判有罪，沒事的。」

「好的，謝謝主任。」羅宇妍點點頭，她也預期高至湧會是這樣的反應，因爲她清楚高至湧是一位非常傑出、値得她學習的檢察官。

「不過宇妍啊，學長還是想跟妳多說一句。」高至湧依舊微笑，卻有些深沉的情緒掠過，「這幾年來，妳辦案成績有目共睹，以妳對於偵查的投入與專業，一定會是檢方未來的明日之星，妳會走到很遠的地方，站上很高的位置，相信到那個時候，妳更加能夠追求心中理想的正義。」

羅宇妍忍住了反駁的話語，繼續聽他說下去。

「現在的妳雖然鋒芒畢露，但要小心自己被這股鋒芒傷到。」高至湧意味深

長地看著她，「為了妳，也為了檢方。我相信妳知道我在說什麼。」

「我瞭解，謝謝主任。」羅宇妍點點頭，有些話她並沒有說出口，「好的，沒事了！先這樣囉，我快來游個幾趟。」高至湧揮揮手，朝著泳池走去。

羅宇妍起身，她看著高至湧的背影，總覺得他升上主任檢察官之後，越來越不像以前那位常常跟她一起通宵辦專案、上山下海蒐證、燃燒偵查魂的熱血學長。

她卸下浴巾，戴回了置物櫃鑰匙手環及泳鏡，再次躍入了游泳池水道，全速前進的自由式，像追逐著不知名的獵物，或者被追逐。

「檢察官不就正是為了這股鋒芒而存在嗎？」

水中無聲，她知道答案並不在彼岸。

†

等丁朵雯整理好今天審理筆錄後，已經是晚上八點多了，她起身朝著空無一人的刑事紀錄科第二辦公室伸個懶腰，想要甩脫一整天的疲憊。

剛剛她聽著早上的開庭錄音整理筆錄，不管是合議庭曉諭勘驗通訊監察錄音，還是最後公訴檢察官的無罪論告，都遠遠超出她對於這個案件的設想——她原本以爲這就是一個再普通、單純不過的販賣毒品承認案件，一開始還對程平奭調取通訊監察光碟的舉動非常不以爲然，沒想到這個「沒有必要」的多此一舉，竟然改變了整個案件的結果。她下庭後告訴蘇恩瑜，相當資深的蘇恩瑜也是聽得嘖嘖稱奇。

「法官是很厲害沒錯啦，不過我看妳的前途堪憂，法官一試成主顧，妳以後準備收到永遠做不完的審理單。」蘇恩瑜戲謔地揶揄道，「雲院未來要靠你們了，伸張正義的荒股二人組。」

想起蘇恩瑜中午用餐時的調侃，丁朵雯看著桌上程平奭下午送過來的幾張黃色審理單，頓時湧上一股無力感，她搖了搖頭，決定今天先到此爲止，要好好犒賞一下辛苦的自己。

這家斗六市一間宮廟外的老牌鹹酥雞攤，從下午開始總是大排長龍，充滿熱量的罪惡香味四溢，惹得從虎尾騎了半小時機車過來排隊的丁朵雯直吞口水，一口氣買了熱呼呼的兩大包兩百多元，老闆還給了她多支竹籤，殊不知這是她準備一個人獨享的晚餐。

丁朵雯拎著得來不易的戰利品，走向停在一旁的機車，突然聽到一陣怪聲，她隨著幾位路人的眼光看去，怪聲來自於宮廟的二樓大平台，一個身穿黑色短T（上頭印著詭異的白色外星人圖案）、破洞牛仔褲、一頭亂髮的年輕男子，在微弱的燈光夜色中，正朝著樓下吹奏口琴，而且是My Heart Will Goon，席琳狄翁演唱的鐵達尼號主題曲，與他身後的宮廟背景顯得格格不入。

丁朵雯一眼就認出來這名突兀男子是程平奭，但她的第一反應卻是不想被他發現，正準備轉身時，程平奭卻已經停止吹奏，熱情地朝她用力揮手。

「喂！朵雯！也～太～巧～了～吧～」

「呃……嗨！」丁朵雯不清楚程平奭爲何要用唱山歌的方式呼喊她，她只能在路人的詫異眼光中，勉強擠出一點微笑，右手用最小的幅度揮了兩下。

「咦？你怎麼會……」丁朵雯疑惑地看著走下樓的程平奭，因爲他們人在外面，丁朵雯也就刻意避開了「法官」的稱謂。

「妳說這首歌嗎？」程平奭拿著酒紅色口琴揮了揮笑道，「My Heart Will Goon，鐵達尼號主題曲，妳該不會要說這首歌太老了吧？少來，我看妳年紀跟我差不多吧！」

「不是，我是要問……」

「喔！妳想問我怎麼會吹口琴是嗎？」程平奭不等她問完就哈哈一笑，「這是我之前在彰化精誠夜市擺攤，隔壁攤位的朋友教我的啦！這個還眞的不太好學耶。」

「不是啦，我是要問你怎麼會過來這裡？」

「喔喔，我就寫判決太累了，出來透透氣啊，順便來看一下案件現場，之後審理時才會比較有臨場感。」程平奭笑得燦爛，「妳來買鹹酥雞喔？我聽說這家很有名耶！不過妳從虎尾過來買，未免也跑得太遠了吧！」

「沒啦，就加班到一半突然想吃啊！」丁朵雯也笑了，「不要小看女生放縱肚子的決心。」

「欸，妳應該不介意吧？讓我試吃看看？」程平奭指著那包香噴噴的炸物，「好吃我再多買一些請妳。」

「哈，不用啦！這麼多我也吃不完。」丁朵雯看著袋裡巨大份量的炸物笑得有點心虛，拿了一支竹籤給程平奭。

於是他們在橘黃的路燈下，坐在宮廟前的長椅，看著路口來來往往的車流，一邊分享著兩大包鹹酥雞，一邊閒聊。

「沒想到今天勘驗通訊監察錄音，還眞的聽到不一樣的東西。」丁朵雯吃了一朵炸香菇，香而不膩，「我也是第一次看到檢察官無罪論告，同事們聽到無罪論告也都很驚訝。」

「哈，這就是我們的工作啊！」程平奭嘴裡咬著一大塊炸魷魚，塞滿嘴有點口齒不清，「我們可能沒有很厲害，沒辦法揪出眞正的罪犯，但至少再怎麼樣，都不要冤枉別人。法律這條線，這個遊戲規則，訂得清清楚楚，我們要確保自己不要越線了。」

「與其說法律是用來懲罰人民，不如說法律是用來約束國家。」程平奭總算吞下了那塊魷魚，「否則我們每一個人，面對國家都是沒有還手之力的。」

「我總覺得你每次穿上法袍，好像就變了一個人，變得像是會講這些大道理的人，哈！」丁朵雯吃吃的笑，「不然平常你看起來就……就是一種很隨興的感覺，哈！」

「其實妳是想說我平常看起來很隨便吧，哈！我就一生不羈放縱愛自由啊！」程平奭大笑，「我凡事都得過且過，舒服自在就好，不過我對於審判工作有些潔癖，這關過不去。照妳這樣說，我應該很像是美漫的超級英雄吧？平常低調不起眼，但變裝後突然變得很強可以拯救世界，像蜘蛛人之類的。」

程平奭說著說著，竟然還眞的用右手拋出了一條細繩，繩子黏住了一旁的樹幹，簡直就像是蜘蛛人的蜘蛛絲發射器一樣。

「這什麼啊？」丁朵雯傻眼，這個法官也未免太無厘頭了吧！

「哈哈，這是我剛剛去履勘用的道具啦！就是我們上禮拜收到的那件香油錢竊盜案啊，被告就是用繩子黏著口香糖，垂進香油錢箱去黏鈔票，我來試試看是不是眞的有可能這樣做。」程平奭依舊哈哈大笑。

「你這樣模擬竊盜被看到，別人不會報警嗎？」丁朵雯還是覺得這個法官的行為匪夷所思甚至有點瘋狂。

「放心啦，我有先跟廟公講，他陪我一起模擬的。」程平奭指著宮廟外的高牆，「我們從爬這面牆開始，檢察官起訴說被告踰越牆垣竊盜，但這個牆真的不太好爬啊，連我這個當兵引體向上的紀錄保持人都差點爬不上去，不知道被告有沒有踩什麼東西，準備程序我再來問他一下。」

「你為什麼會分發來雲院啊？你好像不是這裡人？」丁朵雯好奇這麼「特別」的法官怎麼會選擇純樸的雲院。

「我是彰化人啊，不過我住過很多地方，也不好說我到底算是哪裡人就是了，雲林現在有高鐵，去哪裡都很方便啊！」程平奭邊吃著滿口的鹹酥雞邊說，「我知道自己對於審判工作有潔癖或者說是強迫症，以我的辦案方式，如果我選擇到臺中、桃園那種大法院，他們收案量這麼大，我一定會把自己的股搞到爆炸，是說我現在好像也是把荒股搞到爆炸就是了，哈哈哈！」

「那你為什麼會想要當法官啊？」又起一塊甜不辣的丁朵雯，問了一個她一直感興趣的問題。

「咦？妳最近準備考試情況還好嗎？再來會報名考試嗎？」程平奭並沒有回答丁朵雯，反而岔開了話題。

「喔，應該還不會報名啦，就慢慢準備就好，不要把自己逼太緊。」丁朵雯還是追問著他，「你當初爲什麼會想要準備司法官考試啊？」

「那妳呢？」程平奭吃下一塊米血，微笑反問。

「我？」丁朵雯有些語塞，「我也不太清楚耶，其實我也還沒完全決定是不是要認眞準備考試，現在的書記官工作也蠻好的，所以我才想要問你，爲什麼會想要當法官呢？」

問題又繞了回來，程平奭故作姿態地嘆了口氣：「說起來，這是一個很長很長的故事，不過夜深了，我也該走了，哈。」

「喂！哪有，現在才九點多也還好吧？」丁朵雯不死心。

突然一名騎著機車的外送員停在他們面前，程平奭向他揮揮手，原來是程平奭訂的飲料，他拿回了兩杯飲料，一杯交給丁朵雯。

「炸物配珍奶，好運一直來。祝我們荒股未結不要破百！」程平奭得意笑著自己的押韻，「我要先回去寫判決趕月底了，月底地獄還沒結束！」

「喂！夜深了，明天再寫吧！」丁朵雯開玩笑，她心裡實在很好奇，平常吊兒郎當、遇到審判工作卻講得頭頭是道的程平奭，爲何偏偏對於「爲什麼會想要當法官」這件事避而不談呢？

「再見，蚯蚓小姐！」程平奭還是揮揮手離開了。

程平奭留下的這句話，讓丁朵雯一頭霧水，直到丁朵雯回到租屋處洗完澡，躺在床上準備入眠時，才忽然驚覺——這傢伙，原來是在講我名字「朵雯」跟「蚯蚓」的台語諧音！

「這到底是一個怎麼樣的法官啊？」丁朵雯不禁覺得又好氣又好笑。

†

時間飛逝，程平奭開了幾十次的準備、審理程序，做出了上百件的裁判，當他越來越習慣法官這個職業角色後，已經是十一月中旬，距離國民法官法施行日只剩下一個多月。在一個頗有寒意的週四晚上，徐義霆找了合議庭到他辦公室，一起吃薑母鴨進補驅寒。

「來來來，你們兩位盡量吃，吃完後我準備了解油膩的白茶，熱熱的來上一杯，真的是人生最大樂事。」講到喝茶，徐義霆總是滿足的笑容。

「這味道也太香了吧，學長你是買市場的那家薑母鴨嗎？」劉苡正問道。

「專業！就是那家，這家的薑母湯頭最入味，肉也不會柴。」徐義霆招呼道，「來，奭哥，你試試，這家味道真的不錯！」

「真香啊！」穿著白色外星人厚T的程平奭看著煙霧瀰漫、食材豐盛的鍋面讚嘆，「不過學長你這鍋有沒有加米酒啊？我們上次那個酒駕被告，說他才吃了幾碗薑母鴨酒測就超過零點二五。」

「安啦，這些都是薑母的香氣。我有特別交代老闆娘，這鍋絕對不能加酒，我們晚點都要開車回去，安全第一！」徐義霆自己撈了一碗鴨肉，「每個酒駕被告都說自己只喝一兩杯啊，但實際怎麼樣誰知道呢？」

「說到酒駕，爽哥你上次那件認爲要扣除公差所以判無罪的判決，聽說檢方那邊都在議論紛紛，說院方來了一個難搞的法官。」劉苡正喝一口熱湯，繼續說道，「雖然高院法律問題座談會的研討結論認爲不用扣除公差，最高也表示過相同見解，但我還是覺得你說的比較有道理，不過檢察官上訴後，應該很快就會被二審撤銷了。」

「哈哈，學姐，我昨天已經看到撤銷判決了。」程平奭笑了，「沒辦法，這部分實務見解實在太穩定，都認爲只要是檢定合格的酒測器，測出來零點二五以上就符合要件。但我函詢標準檢驗局，他們說得很清楚，如果警察測到的數值是零點二六，被告眞正的酒測值應該是介在零點二三到零點二九之間，這樣怎麼能夠認爲檢察官已經盡到舉證責任呢？就連酒測零點一五的行政罰鍰都有零點零二的勸導值，爲什麼刑罰規定反而完全不用考慮公差問題呢？」

「唉，實務處理問題，通常就是喜歡簡單、直覺。你講得就算再有道理，但只要會把問題變複雜，他們就不想聽了。結案結案，有時候案子結掉了，卻留下根本沒有解決的問題。」徐義霆嘆口氣。

「其實這個問題也沒有很複雜，今天酒駕被告被測出來的數值是零點二六沒錯，但要不是警方規定原則上酒測只能測一次，否則換一台同樣是檢定合格的酒測器施測，甚至就用同一台酒測器馬上再測一次，卻可能只測到零點二四，這樣被判有罪的被告，不就只是運氣不好而已嗎？難道我們是要處罰運氣不好的被告嗎？」程平奭也搖搖頭，雖然他對上訴結果並不意外。

「抱歉插播一下，你們看。」劉苡正放下碗，拿遙控器加大沙發區電視的音量，晚間新聞正報導雲林縣今天發生了兒子毆打母親致死的案件。

「今天是十一月十七日，快年底了。」徐義霆沉吟，「這會是我們法院的第一件國民法官案件嗎？」

「學長放心，一定不會是的。」劉苡正指著新聞畫面中穿著深色套裝前往相驗的羅宇妍，「這件雲檢由我們宇妍出馬，保證不用一個月就可以偵結起訴。」

果然短短幾個禮拜後，國民法官法尚未施行前，羅宇妍全案偵結，以殺害直系血親尊親屬罪提起公訴。

二〇二三年一月，全國第一件國民法官案件，經臺中地檢署檢察官起訴，成爲國民法官法施行後的首案。

第三章 起訴

位在嘉義鄉間的明正大學，似乎早一步進入了深春，舒服的陽光搖曳在林蔭間，邱令典總是享受著從教師宿舍徒步走到教室的這段路程，彷彿所有的思緒都可以隨著步伐而漸漸沉澱、穩固。

二〇二三年四月二十六日上午八點多，法學院二〇二教室，早八的課程，教室卻已經擠滿了學生，這是邱令典刑法總則專題研究的第五堂課，他上週就已經預告，本週要探討死刑的議題。敏感的死刑問題，即使是在法律系內也是有正反不同意見，邱令典更是臺灣鼎鼎有名主張廢死的刑法學者，常常參與、甚至發起廢死活動，不管是學術文章發表、報章投書還是上政論節目辯論攻防，每當社會關注死刑議題時，總是可以看到他的身影。在臺灣超過八成民眾反對廢死的逆風困境下，雖千萬人，他往矣，始終如一。

今天除了原本修課的學生外，更有許多旁聽的學生，大家都來一睹明正大學「廢死戰神」的風采。

講台上的投影布幕，顯示PPT的講義封面，也是一本書的封面——是黑白繪圖，一座偌大的法國直立式斷頭台，斷頭台上的受刑者，卻是另一座小的斷頭台，一旁的書名題字寫著：「死刑的死刑」。這是邱令典最有名的廢死經典著作，也是他多年來從事廢死運動的縮影紀錄，今天來上課的學生中，超過一半都帶著這本書。

「哇！今天的人比我想像的多很多。」五十出頭年紀，留著簡單、俐落短髮的邱令典開著玩笑，「如果你們都可以支持廢死，臺灣未來就有希望了，我覺得我今天眞的是責任重大。」

「老師，殺人償命，天經地義，你爲什麼要主張廢死？」坐在前排一名戴著大圓眼鏡的高瘦男學生已經按捺不住，直接舉手起身發言，氣勢頗爲咄咄逼人，「我覺得講再多的理論，都沒有辦法改變這個道理。」

「同學，我沒有冒犯的意思，但因爲我很少看到你，你應該不是法律系的學生吧？」從事廢死運動多年的邱令典，非常習慣這樣意見衝突的場合，他淡淡微笑著。

「我不是法律系的，我是來旁聽的，但我想死刑議題，也不應該只交給法律系處理。」高瘦男學生回應，還不甘示弱地多嘴一句，「法律系已經給臺灣製造夠多問題了。」

他來到法學院教室旁聽卻如此肆無忌憚，惹來了身旁一些法律系學生噓聲，邱令典連忙用手勢請同學們緩和一下。

「歡迎歡迎！我上週課堂就有提過了，今天的死刑議題，非常歡迎其他系同學，甚至校外人士都可以過來旁聽。我們都生活在這塊土地上，廢除死刑這麼重要的議題，本來就不可能，也不應該只由法律系的同溫層說了算。」邱令典聳聳肩，「更何況法律系的同溫層其實也沒有一般人想像的厚，我知道很多法律人也是反對廢除死刑的。不過我想先作個調查，今天不知道有多少非法律系的同學過來旁聽呢？麻煩法律系以外的同學舉個手好嗎？」

連同高瘦男學生在內，講台下有二十幾位學生舉起了手。

「好的，大概四分之一左右，謝謝。」邱令典走下講台，踱步在課桌椅、在上百雙專注聆聽的眼神之間。

「法律系的同學可能聽過死刑與社會契約論的關係，人民與國家訂立契約，透過國家維護社會秩序、保障自己的權利，代價就是人民必須要讓渡自己的權利給國家，至於讓渡的權利有沒有包含生命權呢？主張廢除死刑的人會說，人民不可能讓國家擁有殺死自己的權利，所以讓渡的權利不包含生命權。相反的，反對廢除死刑的人也會說，國家透過立法決定，由多數民意設立了死刑，自然也就代表了人民願意把生命權也讓渡給國家，在絕對必要的時候，可以判處死刑。」邱令典笑了笑，「一個社會契約論，卻是兩個世界。」

「老師，不好意思，我不是很懂社會契約論，但我覺得這些人類發明出來的理論，或者說是個人思想、個人意見，根本沒有辦法處理死刑的問題，講來講去都好像只是在辯論或者打高空而已，這些抽象的價值，沒有任何意義或者建設性。」高瘦男學生舉手表示不滿。

「我贊成你的看法，所以我今天不打算講什麼深奧的法學或者哲學理論，就是用很簡單的觀點來思考就好。我們來討論廢除死刑議題的正反雙方，大家常見的幾個爭議點。首先，死刑跟冤案，要怎麼取得平衡呢？死刑是絕對不可逆的刑罰，執行死刑之後才發現是冤案，該怎麼辦呢？臺灣已經有槍決後才獲得平反的冤案，支持死刑者要怎麼處理冤案的危險性呢？」邱令典看向高瘦男學生。

「我個人可以接受，死刑只適用在罪證確鑿的案件。」高瘦男學生的眼神依舊堅毅。

「無罪推定原則下，每個有罪確定判決都應該是罪證確鑿吧？」旁邊的一名女同學忍不住吐槽。

「我想我明白他的意思，他指的應該是絕對不可能是冤案的情形，比如說殺人被現場逮捕的現行犯，又被監視器全程錄影、採集到DNA的情形，我也支持在邏輯上確實存在這樣的個案，絕對不可能會是冤案。所以至少我們正反雙方，先取得了一點點的共識。」邱令典笑了，「我們可以用這種絕對不可能是冤案的情形當作基礎，繼續討論下去，要不要廢除死刑呢？」

對於這樣的讓步共識，高瘦男學生也點頭表示認同。

「再來，我們可以來檢討，死刑是不是能夠遏止犯罪？如果從統計資料來看，美國廢除死刑的各州，廢除死刑後，被殺害人數的比率，不僅沒有上升，反而呈現下降的趨勢。很早之前就有研究報告指出，並沒有學術上的證據，可以證明死刑比終身監禁更具威嚇作用。」邱令典繼續來回穿梭著演說，「中國古代的殘酷刑罰琳瑯滿目，有的還誅三族、五族、九族的，一人犯罪一堆親戚跟著被處死，照理說當時的犯罪率應該非常低啊？應該要夜不閉戶，路不拾遺，但有嗎？殺頭生意有人做，賠錢生意沒人做。以一般人來說，如果沒有死刑，難道他就會去殺人嗎？眞正有殺意、衝動失去理性的人，當他決定殺人時，早就豁出去他的人生了，他還會謹愼評估臺灣有沒有死刑再決定要不要殺人嗎？」

「死刑或許沒有辦法解決問題，但可以解決製造問題的人。」高瘦男學生雙手環抱胸前，冷笑一聲。而這句話也獲得身旁不少同學的出聲支持。

「很好！我想我們又取得了一點共識。」邱令典笑得從容，「那我們都不應該抱有維持死刑制度，這個社會就會少一點不幸殺人案件的幻想。現在把焦點放在製造問題的人，製造問題的人是誰？」

「殺人犯。」高瘦男學生明快地回答。

「他製造問題，所以國家把他槍決了，就不會再有其他製造問題的殺人犯嗎？」邱令典看著他，「他爲什麼會走向殺人這一步？是不是他的成長過程、家庭、生活、教育、工作情況出了什麼問題？如果我們不去探討這些過程、不去正視、處理這些根本的社會問題，以後恐怕只會『製造』出更多『製造問題的人』。所以製造問題的人，到底是誰？」

高瘦男學生這次沒有回答。

「我覺得是國家，是國家沒有處理好根本的社會問題。而死刑就是國家用來處理問題，最爲廉價的手段。幾顆子彈就可解決，可以平息社會的憤怒，甚至可以成爲社會大眾擁戴的英雄，然後遮掩住自己處理社會問題的無能，多麼輕鬆寫意啊！」邱令典頓了頓，「彷彿只要每次出現殺人者，國家執行死刑，這個社會就會變得更安全、更美好一樣。」

「老師抱歉，但我覺得你離題了。」高瘦男學生舉手表示反對，「殺人犯要不要處死，跟國家是不是無能，這明明就是兩回事。我們是民主國家，無能的政府我們可以用選票制裁它，重新選一批有能力的人上來執政、處理問題就好。今天不管是哪個政黨執政，立法者、多數民意的意志就是保有死刑制度，法院就應該依法判處死刑，法務部也應該依法執行死刑。」

「原因呢？回歸槍決殺人犯的本身，爲什麼我們要允許國家殺人？國家動用死刑的正當性到底是什麼？」邱令典反問道，但很快就自問自答，「我想或許就是你一開始主張的，殺人償命，天經地義。」

回歸一開始爭論的原點，高瘦男學生也點頭表示認同。

「我一直在想，天經地義到底是一個怎麼樣的概念？」邱令典說明，「十七世紀末、十九世紀初英國的血腥法典，把很多態樣的竊盜罪定爲死罪，在當時算是天經地義嗎？十八世紀的美國，有些州訂定同性之間的性行爲可以判處死刑，甚至到今天，都還有國家立法支持同性戀者的性行爲可以判處死刑，這難道也是天經地義嗎？還是只是一個時代，一個國家，一個社會內的『當時價值觀』？

「我再舉一些例子，比如說中國古代，欺君罔上者可以處死，唐律的大不敬罪裡，盜竊皇帝寶藏的人處死；烹調御膳，誤犯食禁者處死；做皇帝的船，誤不牢固者，也處死，這些死罪難道你們可以接受？但反面來說，當時的人難道不能接受嗎？我想以當時帝制時代的文化背景、社會思想來看，這些恐怕也是他們的天經地義吧！」邱令典繼續說道，「再來，中國古代的不孝罪，你們可能更難以想像。不孝罪起源甚至可以追溯到先秦時代。唐律規定，『諸告祖父母、父母者，絞。』也就是你對阿公阿嬤爸爸媽媽提告，原則上是要被判死刑的，因爲子孫不能違反父母、祖父母的一切言行，而有強制容隱的義務，我想這也是一向強調孝道的中國傳統文化中，所彰顯出來的天經地義吧！」

高瘦男學生還在沉吟思索著反駁論點，邱令典也就繼續講下去。

「殺人償命，或許人類歷史千年來都還勉強算是一種天經地義，但能夠說它沒有開始動搖嗎？到現在爲止，已經超過一百個國家全面廢除死刑，難道說他們沒有違反這種天經地義嗎？」邱令典停下腳步，站在教室課桌椅的正中央，「我知道在臺灣社會裡，殺人償命可能暫時還是一種天經地義，但誰知道多少年後，我們會不會跟上這些國家的腳步，願意廢除死刑，願意改變這種天經地義呢？到那個時候，我們又該如何回首面對這些已經被槍決的生命呢？」

「他們活在這個時代，活在這個時代下的臺灣，就應該遵守多數人的決定，是他自己選擇殺人，自己選擇死刑的。」高瘦男學生依舊堅持自己的立場。

「所以我們是用多數決，來決定一個人的生死嗎？」邱令典看向他。

「殺人犯也沒有考慮過被害人啊！他們更誇張，一個人就決定被害人的生死耶！」提到被害人，高瘦男學生情緒變得有些激動。

「我想我們現在在討論一個國家制度的建立，是用理性判斷死刑制度的正當性與合適性，跟失去理性、充滿衝動的殺人者怎麼決意殺人，應該是互不相干的兩回事。」邱令典依舊保持微笑，走回講台，「其實一個國家保有死刑制度，說到底只是一個選擇，而不是一個什麼眞理的辯證。我們可以選擇擁有死刑，然後共同承擔冤案、國家用死刑掩飾無能、甚至挾有死刑手段而走向極權的風險，也可以選擇讓國家失去死刑這個手段，逼迫國家要去努力思考，該怎麼處理、改善社會問題。當國家失去死刑時，面對治安問題、面對被害人家屬的保護、衡平問題，國家應該如何承受民意的不滿壓力？是不是因此有了進步的可能性？這是一個選擇，我想每個人都有基於獨立思考、做出判斷選擇的權利。」

高瘦男學生保持沉默，他覺得這次的論辯互不相讓，誰也沒能夠說服誰，就像臺灣社會針對這個議題的現狀一般。

「老師，國民法官法已經施行了，你覺得會對於死刑議題帶來什麼影響？」坐在前排右側的捲髮男學生舉手，邱令典認得他是上課認眞、課堂上常常提問的熟面孔。

「我覺得會是負面的影響。」邱令典摸了摸鼻子，露出慧黠的笑容，「除非民眾在擔任國民法官前，先來上一堂我的刑總課。」

台下許多同學莞爾，但也有部分反對廢死、立場堅定的同學，對於他這樣的幽默不以爲然。

「以前第一審法院要判處被告死刑，評議要有兩位職業法官同意判處死刑；現在依照國民法官法第八十三條第三項但書規定，國民法官案件，只要有五位國民法官，再加上一位職業法官同意，就可以判處被告死刑，即便另外兩位職業法官反對判死也沒有用。」邱令典說明國民法官制度施行後的差異，「我們能夠期待，沒有法律背景的素人國民法官，能理解死刑在刑罰論上的意義嗎？在欠缺刑罰論的知識基礎下，有期徒刑的刑度不過就是時間的數字，死刑也只是字面上的意義——彷彿是國家與生俱來、合法殺人的權力。

「最後會不會陷入『國人皆曰可殺』的民粹危險？老實說，我很悲觀。」邱令典望向台下，彷彿可以看見預期的失敗景象。

「當然，即便是職業法官，也未必理解刑罰論的意義就是了，畢竟我們國家考試不考，你們讀書的時候應該也都是跳過去這些章節吧？」邱令典苦笑著搖了搖頭，「不過國民法官制度，我覺得最大的問題還不是這個，而是『投影片審判』的問題。」

台下的同學們困惑，即使是法律系學生，也從來沒聽過「投影片審判」這個用語。

「我去年擔任了三、四場地方法院國民法官審判模擬法庭的評論員，根據我的觀察，在國民法官法卷證不併送、起訴狀一本主義的設計下，法院在審理程序前，只能看到起訴書，之後由檢辯雙方主導證據調查，讓證據資料呈現在法庭上。爲了讓國民法官能夠一目瞭然、減輕負擔，甚至是爲了吸引國民法官的眼球，檢辯雙方常常會製作生動活潑的投影片，剪輯摘取自己所需要的卷證內容，像是表演一樣展示出來。不論是國民法官或者職業法官，形成本案心證的方式，就是看這些在法庭上展示的投影片，聽檢辯雙方的口頭論述、主張，看完這些『表演』之後，就要在短時間內立刻做出有罪、無罪，還有量刑的判斷。你們要知道，有的案件案情非常複雜，在被告否認之下，雙方傳喚了好幾位證人到法院進行交互詰問，職業法官、國民法官們聽了頭昏眼花，有辦法就這樣做出決定嗎？

「以我自身參與模擬法庭的經驗，我覺得非常困難。你說開庭後要我簡單分享一下心得感想還可以，但要我直接下判決斷人生死，我無法做到。」邱令典頓了頓，眼神憂心忡忡，「國民法官法追求減輕國民法官負擔，卻又要兼衡當事人訴訟權益的維護，我覺得是個兩難。模擬法庭的時候，在法院規劃安排下，還可以找到律師願意來配合模擬演練，而且畢竟是官方、公開的模擬法庭，辯護人通常都會非常認眞投入；但當發生實際的國民法官案件，立法者這麼注重檢辯雙方自主攻防，一方檢察官是代表國家、強大的追訴者，這沒有問題，但另一方的辯護人呢？國民法官案件辯護工作相當繁重，需要相當的成本，而被起訴殺人罪等等國民法官案件的被告，他們常常是經濟狀況不佳的社會底層，他們有足夠的資力可以選任願意『全力辯護』的律師嗎？在律師自由市場的機制下，最後是不是就只能由法院指定公設辯護人，或者由法律扶助基金會派任法扶律師？在辯護資源相當有限的情形下，是否能跟強大的檢察官團隊對抗呢？還是只是行禮如儀的走完訴訟程序呢？

「最後被告會不會成爲國民法官制度下的犧牲品？」邱令典微低著頭，像是對國民法官制度提出無言的抗議，「關於這點，我很悲觀。」

「不過從廢除死刑的角度來說，我卻很樂觀。」邱令典突然抬頭，眼神有些光彩與笑意，但台下的學生一時之間卻聽不懂他的邏輯。

「我覺得問題重重的國民法官制度，將會是壓垮臺灣死刑的最後一根稻草。」邱令典這一句話提高了些許肯定的音量，甚至在每一個字上都加重了力道。

台下有些同學點點頭，他們終於明白了邱令典的用意：當以有問題的國民法官程序判處被告死刑，死刑的正當性將會更加受到質疑。

「老師，你這麼支持廢除死刑，但你有考慮過被害人家屬的感受嗎？」當邱令典打算讓課程告一段落前，一名坐在後排的短髮女學生卻突然舉手，尖銳地提出了支持死刑者萬年不敗的質疑，「如果你今天是被害人家屬，你還是支持廢除死刑嗎？你會願意原諒殺人凶手嗎？」

「好的，謝謝。」邱令典輕嘆了今天在課堂上的第一口氣，「關於這個問題，其實我有很多可以回應的說法，比如說不管有沒有死刑，國家都應該關注被害人家屬的補償及照護，又比如說死刑並沒有辦法眞正弭平被害人家屬的傷痛，報復並不等同於應報等等，但今天我想很單純，也很眞誠的分享我個人的內心想法。

「死刑制度的存廢，應該是要在理性的基礎上討論。但人類共同生活在這個社會，今日他是被害人家屬，明天我會不會也成爲了被害人家屬呢？當我理性思考過所有命題與觀點，所得出來應該廢除死刑的結論，如果套用到我自己身上，我是否還能夠像現在一樣充滿確信呢？」邱令典環視了台下上百名學生，繼續說道，「我試圖模擬過非常多次，當自己的至親被殺害時的各種情形，是不是能夠接受不論多麼惡意、凶殘的凶手，都不會被判死刑的結果？」

學生們注視著邱令典，注視著他的良心模擬結果。

「但我發現這樣的結果並沒有任何意義。」邱令典搖了搖頭，「再怎麼模擬都不夠客觀，再說多少次冠冕堂皇的結論，也都無法取信任何人，甚至連我自己都說服不了，連我自己都懷疑，這樣的模擬結果是眞實的結論嗎？」

「所以很抱歉，這部分我沒有辦法給妳眞正的答案，但我可以給妳一個開始。」邱令典拿起遙控筆，將講台上布幕的PPT切到下一張。

「不同意判處行爲人死刑聲明書」台下有同學跟著螢幕顯示上的紙張唸出標題，那是一張A4的紙，上頭寫著：

「本人邱令典，不管在任何情形下，都不會選擇傷害自己的生命，但如果不幸遭人殺害，不管行爲人是任何人，不論行爲人基於任何動機，不論行爲人是在任何情形下、用任何方式殺害本人，也不論本人親屬的意見如何，本人都不同意判處行爲人死刑。　邱令典　2018.10.10」

「這是四年多前，我在世界反死刑日寫下的聲明書，當時也有在新聞媒體上公開，我想這是一位身爲反對死刑的學者，針對這個問題，所能做出的最大回應。」邱令典說完，此時恰巧下課的鐘聲響起。

「現在是二〇二三年四月二十六日上午九點過八秒。」邱令典看著左手手錶，「你們今天聽了五十分鐘關於邱令典的廢死觀點，這是客觀的事實，你們都改變不了了，因為這五十分鐘已經過去了。」

電影《阿飛正傳》的經典台詞，對於現在的學生來說可能太遙遠了，只見他們聽得一頭霧水、面面相覷。

「我的種子已經種下去了，再來就是看什麼時候會發芽。」邱令典兀自笑得燦爛，「那我們就先上到這裡吧。」

一個禮拜後，卻傳出邱令典失蹤的消息。

⊤

雲林二石山登山口，周圍是一片整齊翠綠的茶田，再往外眺望，草樹之外，城市顯得低遠而矮小，而登山口旁的兩顆相傍的天然巨石，則是二石山得名之由來。

穿著黑色短襯衫、黑色長褲，一身招牌漆黑打扮，身材高大、中短灰髮三七分的何翼賢，看著這幅光彩山景，已是點起等待中的第四支菸。他身後是其他忙祿的警察，當地派出所、分局偵查隊、縣警局刑警大隊的人員都到了，制服警察或者便衣刑警、鑑識人員正忙著勘察蒐證，而他一邊思索著整起案件的來龍去脈，一邊在等一個人。

何翼賢，雲林縣警察局刑事警察大隊最資深的小隊長，今年五十一歲，擔任刑事警察將近三十年，土生土長的老雲林，在他手下還沒有破不了的懸案，這件社會矚目的「失蹤案」，大隊長自然是派他出馬，務必要在最短的時間找到「失蹤者」，或者……找到「凶手」。

「何小！」何翼賢聽到聲音回頭，熄掉了手中的菸，他等的人終於到了。

「檢座！辛苦啦！」何翼賢展露笑容，揚了揚手。

「不對吧，這不是失蹤案嗎？怎麼會找我過來？」穿著俐落輕便的羅宇妍走了過來。

「檢座，我先跟您報告一下。」何翼賢手勢指了方向，示意邊走邊講，「明正大學法律系邱令典教授，今年五十三歲，上禮拜五也就是五月五月，他母親梁琇怡女士到我們警局報案失蹤。梁女士還有明正大學校方人員都說，邱教授這學期每週是週三至週五授課，週一、二並沒有課程。邱教授週末常常會回去雲林古坑老家探望梁女士，而他習慣在返家前先去二石山登山健走。不過上上個週末，也就是四月二十九、三十日，邱教授並沒有返家，梁女士還以爲他另外有什麼活動，這個週末才沒有回來，直到上週三也就是五月三日上課時，邱教授並未到課，校方聯絡不上他，向梁女士詢問時，才發現邱教授失蹤了。」

「所以邱教授四月二十九日還是有來二石山？」羅宇妍瞬間已經理解了案情，並指出了警方之所以現在會在這裡的原因。

「沒錯！邱教授當天早上九點多開車來到二石山，依照他平常的習慣，應該下午兩、三點會下山，約三、四點就會回到古坑老家。」何翼賢邊說著，他已經帶羅宇妍到了路旁停車場，邱令典那台白色自用小客車停放的地點，「我們有去調閱監視器，發現邱教授四月二十九日上山後，這台車就沒有再下山了。」

「山難？」羅宇妍沉吟，她看著圍起黃色封鎖線，警方蒐證人員正在採證的這台車輛，不論是外觀或者內部都沒有任何異常。

「雖然不能完全排除啦，但在二石山發生山難的可能性很低，畢竟這裡海拔不高，登山難度也很低，近五年來還沒有通報山難的紀錄，消防單位從上週五獲報後就展開搜救程序，依照目前我們掌握的進度，他們很有可能會排除是山難事故。」何翼賢說明，「車上也沒有發現遺書，我們訪談了邱教授的親友，他的工作、財務、生活、交友狀況都很正常，應該沒有自殺的動機。另外，保險方面，邱教授投保不多，保險狀況也相當單純，沒有異常。」

「瞭解，那現在你們偵辦的情形？」羅宇妍看著空無一人的車輛，看到一件正在形成中、罪名還未知的刑事案件。

「我們經過梁女士同意後，調取了邱教授這兩個月的通信紀錄。」何翼賢知道羅宇妍非常重視取證的合法性問題，關於通訊保障及監察法第十一條之一限制規定，涉及到失蹤人口案件可否調取通聯的爭議，所以他特別強調了有經過邱令典母親的同意才調取，羅宇妍也認同地點了點頭。

「從通信紀錄就可以看出邱教授使用手機的習慣。他每天應該都會通話或者上網，但最後的紀錄卻停在四月二十九日上午九點四十七分，位置也就是二石山，再來就沒有任何的通信紀錄了，二石山上的收訊還算可以，就算是山難，通信紀錄也不至於會斷在這個時間。」何翼賢繼續推理，「如果是山難，邱教授應該也可以使用手機求救，就算是失足，除非手機摔得稀巴爛、喪失掉任何通訊功能，不然至少還是會留下收受通訊的紀錄，但卻什麼都沒有，從九點四十七分後，斷得乾乾淨淨，我覺得是有人在搞鬼。」

「我絕對尊重你的敏銳度。」羅宇妍微笑，她與何翼賢配合偵辦案件多年，深知何翼賢對於刑案線索有種超乎常人的嗅覺，像是餓狼嗅到新鮮獵物一樣，一旦鎖定目標就會緊追不放，「我會再跟主任報告一下，就由我們地檢來立案好了，現在一定要快，每分每秒都很重要。」

「感謝檢座火力支援啊！」何翼賢也咧嘴笑了，「從山下往登山口，就只有妳剛剛坐車上來的這條路，接近登山口附近還有幾支監視器，再上來就沒有了。所以我們清查了四月二十九日當日的上、下山監視器，並沒有發現可疑的車輛。」

「篩選標準是什麼？」針對「可疑」這種抽象、主觀的用語，羅宇妍總是要求客觀、可供檢驗的判斷標準。

「沒有通報失竊的車輛，也沒有懸掛不實車牌的情形，隊上弟兄也確認過上下山的時間差，並沒有發現有車輛在山上逗留過久的情形，上下山也都是在合理的時段。」何翼賢抓抓亂髮，嘆了口氣，「目前起頭是遇到了一點瓶頸，警察沒有監視器幫忙，簡直像少了一隻眼睛一樣麻煩。」

「老規矩，你跟刑大同事交代一下，請警方動員起來，在最短時間內訪查當日上下山所有車輛的車主，看看那天他們上山有沒有看到什麼特別的人事物，所有可用的資訊都不能放過。人力如果有問題儘管跟我說，我再調派人手支援。」羅宇妍邊往回走邊說著偵查安排，「現場採證要繼續進行，而且要擴大採證範圍，邱教授有可能到的地方都不要放過。」

「沒問題，我馬上處理。」何翼賢拿起手機聯絡。

「等你聯絡好了，就跟上啊！」羅宇妍蹲下綁緊深色運動鞋的鞋帶。

「欸，檢座，妳要去哪裡啊？」何翼賢有些錯愕。

「你看我今天穿得這麼運動，當然是要去登山啊！邱教授當天不就是來登山嗎？」羅宇妍起身，轉轉手腳暖身，「破案的基礎來自現場，我當然要自己走幾趟看看，看能不能發現什麼蛛絲馬跡，你別想偷懶啊，我們山上見！」

穿著黑色襯衫皮鞋的何翼賢只能苦笑點了點頭答應。

「破案的基礎來自現場。」這是羅宇妍當學習司法官的時候，檢察官老師教她的第一件事，有時候也是偵查最重要的一件事。

黃昏，山林間剩下搖搖欲墜的陽光，羅宇妍與何翼賢並肩站在海拔一二九〇公尺的山頂，這是他們今日第二次站上這樣的高度，遠眺山下漸漸亮起的城市燈火。

「檢座，妳體力未免也太好了吧。」何翼賢早已脫下了黑色襯衫，只穿著裡頭的運動黑色背心，露出流汗結實的身材，「我是局裡的常訓教官耶，妳一路跟著我竟然都不會喘。」

對於每個禮拜游泳數千公尺的羅宇妍來說，這種登山的運動量還算是在能力範圍內，不過她現在沒有談笑的心情，幾趟來回山路下來，她對於這個案件有了不好的預感。

「這件比我想的還要棘手許多。」羅宇妍看著一日將盡的山景皺眉，回想起一整天沿路勘察的過程，處處都是陡峭、茂密的原始山林。

「現場實在太開放了。」何翼賢點點頭，他明白羅宇妍的意思，「這麼開放的場地，這麼大一座山，要讓一個人消失，實在有太多的可能性。」

「現在只能再等待一下了。」不常嘆氣的羅宇妍也輕嘆了口氣，「有消息隨時回報。」

他們趕在天黑之前下山。入夜之後，現場搜救、偵查行動也不得不停了下來，二石山進入寂靜而深沉的黑，無人知曉是不是還有人沒能下山。

T

三天後，雲林地檢署京股檢察官辦公室。

「**除惡務盡　刑期無刑**」羅宇妍辦公桌後方高掛這幅橫書墨字，是她所揮毫書寫自己對於檢察官工作的期許。

三天來，投身公益活動、支持廢死的邱令典教授登山失蹤的訊息，已經成爲全國媒體注目的焦點，邱教授的母親梁琇怡出現在電視新聞的受訪當中，噙著眼淚呼喚著愛子返家，祈求社會大眾的幫助。

明正大學有學生串聯發起了搜尋活動，在各大網路平台張貼尋人啓事，明正大學法學院大樓的中庭，在夜晚也點起了祈福燭燈，半空穿越的繩索上懸掛一張

張許願小卡，寫滿了同學、老師的期盼，希望邱教授能夠早日平安歸來。

甚至有幾名登山頻道的YouTuber自發性地前往二石山搜救，但一樣也是一無所獲。現場消防單位也結束了長達一週的搜救行動，他們根據動員上百人的搜救結果，暫時排除了山難的可能性。

「檢座，我們訪查了一共一百一十七人次，當日上山的民眾都沒有發現什麼異樣，全數車輛都經過確認，沒有可疑情事。」何翼賢拿出了背包內厚厚的幾大本卷宗，「到今天爲止，邱教授的行動電話門號也沒有新增任何的通信紀錄，他名下的金融帳戶，從失蹤前一個禮拜開始到現在，沒有任何的款項提領、匯出資料。」

「我跟主任報告過了，這麼矚目的案件，又遇到這樣的僵局，我們應該要順勢而爲。」羅宇妍揚了揚眉。

「什麼意思？」何翼賢一時不解。

「由地檢向社會公開徵求相關訊息，任何與邱令典教授失蹤可能有關的訊息都可以提供。」羅宇妍解釋，這確實是在實務上非常罕見的偵查方式。

「但這樣不就等於暗示邱教授可能遇害，地檢正在偵辦中？」何翼賢依舊困惑。

「現在不就是這樣嗎？」羅宇妍看著他，眼裡只有清澄，「這幾天下來，我們心知肚明，這件八成就是殺人案件了。」

何翼賢沉默，並沒有否認。

「已經過了這麼多天，不論是要救人，還是要抓人，都不能再拖了。」羅宇姸從接待的沙發區起身，「下午地檢署會發出新聞稿，警方那邊也可以同步對外徵求。」

「好，我馬上回去局裡報告。」何翼賢也起身，他們正在跟未知的對手賽跑。

「從動機開始，」羅宇姸昂然站在那幅橫字前，像可以支撐起這兩句話的重量，「我們要先找出殺人動機，所以你們多派人去訪談邱教授的親友、學校同事、學生，看看有沒有可疑的人、可疑的動機，情殺、仇殺、財殺通通都查，甚至邱教授長期支持廢死，有沒有反對廢死的激進人士可能涉案也要瞭解。」

「沒問題，我們馬上進行。」何翼賢點點頭——講白了，這就是一件凶殺案，現在開始回歸到殺人案偵查的起點。

二〇二三年五月十五日，地檢署、縣警局的公開徵求尋人消息的公務電子信箱，已經收到了幾十封郵件，大部分是捕風捉影的謠傳，或者是創作式的陰謀猜想，甚至有不具名的惡作劇謾罵信件，真正有價值的只有兩封信。

第一封是來自明正大學法律系的學生，她有選修邱令典的刑法總則課程，內容提及了兩個多月前，有一名陌生男子來課堂旁聽的詭異行徑，她留下了真實姓名及聯絡方式，羅宇妍及何翼賢連忙帶隊南下找她確認詳情。他們借用了一間研究室作爲臨時偵查庭，直接以證人身分對她進行偵訊，同行的警員在一旁架起攝影機全程錄音錄影。女學生表示，當天是早上八點十分的課，有一名陌生男子坐在教室角落旁聽，雖然留著平頭的他，穿著打扮還算正常，也是普通身材，但年紀看起來大約三十歲，明顯比班上同學大上一些，所以還是十分顯眼。邱教授上課過程中，男子有時還會嗤之以鼻、發出冷笑，也吸引到邱教授的目光，但邱教授當下並沒有太多反應，直到第二堂十點下課時，男子在走廊等待邱教授走出教室，兩人在走廊盡頭似乎有發生爭執，男子的音量越來越大聲，她依稀聽到什麼「廢死就是你沽名釣譽的工具！」、「你踩在我們身上往上爬！」之類的情緒話語。

先前警方已經多方訪談，懷疑涉案對象達數十人，其中男生有二十七人，隨行的偵查佐再依照女學生對於陌生男子的年齡、外型等特徵描述，從攜帶的嫌疑對象照片中篩選出十張，按照編號依序放在桌面上。

「宋同學，妳說的陌生男子未必在這十張相片中，但還是麻煩妳幫我們指認一下，這十張照片裡，有沒有那名來旁聽的陌生男子？」

女學生仔細看著這十張照片，照片畫質還算清晰，每張臉孔都可以清楚辨識。

「沒有。」女學生搖搖頭，「我很確定，這些都不是那個男生的照片。」

羅宇妍與何翼賢互望一眼，案情遠比他們想的還要膠著，始終跨不出理想的第一步。

於是他們請兩名警員留下，請校方提供當日的教室走廊監視器讓女學生確認那名陌生男子的身影，而他們要趕往下一封信的偵訊地點——雲林第二監獄。

雲林第二監獄離雲林地檢署不過短短五分鐘的車程，所以羅宇妍安排在回程時前往，偵訊對象是寫電子郵件提供情資的監所管理員蔡瑋森。

「黃遊聖。」

在二監的管理員辦公室，也就是臨時的偵查庭上，蔡瑋森開門見山給了這個名字。他向羅宇妍及何翼賢說明，黃遊聖在雲林第二監獄，因爲殺人罪服刑了八年多，在今年一月十七日假釋出監。

「他幾歲？」羅宇妍揚眉。

「今年要滿三十歲了。」蔡瑋森將黃遊聖的受刑人資料簡歷遞給羅宇妍，羅宇妍輕輕點了點頭。

蔡瑋森的碩士論文指導教授就是邱令典。蔡瑋森說，從黃遊聖知道他是邱令典的學生後，就一直纏著他討論邱令典的廢死主張，還說他寫了很多信給邱令典，邱令典也有回信鼓勵他。但去年八月法務部執行一件死刑後不久，黃遊聖突然開始向他猛烈批判邱令典，說他只是藉由廢死博取名聲、不是眞心爲受刑人著想等等，甚至還向他探詢邱令典的家庭狀況、居住地等個人隱私，聲稱假釋後要出去找他「請益」云云，蔡瑋森都推託掉拒絕再談，但在黃遊聖假釋前，蔡瑋森有向邱令典提醒，請他小心防範，黃遊聖可能不懷好意。

「反社會性人格障礙，ASPD。」蔡瑋森拿出了黃遊聖在監所的精神鑑測資料，「當時醫師及諮商心理師評估的結果，他非常危險。」

羅宇妍接過資料，上頭密密麻麻羅列了診斷評估的經過，其中一行記下了黃遊聖的特徵：無社會責任感、無道德觀念、無罪惡感、無恐懼心理、無自控自制的心理能力、無眞實情感、無悔改之心。

「**七無**。」羅宇妍唸出了上頭用紅筆多次圈記的結論。

「檢座，小陳他們傳來監視器畫面了。」何翼賢將手機拿到羅宇妍面前，點開LINE通訊的短片，那是二〇二三年三月八日上午十時四分的教室走廊監視器畫面，一名男子與邱令典佇立談話的身影，雖然沒有聲音，但從男子的手勢可以看出他當下情緒相當激動。

「黃遊聖！」看到畫面的蔡瑋森驚呼。

羅宇妍對照手中受刑人簡歷的大頭照，畫面中的男子確實就是黃遊聖——總算可以在空白的迷霧之中，放入第一片拼圖了。

回程路上，看見線索興奮不已的何翼賢忙著向羅宇妍說明自己接下來的偵查計畫。

「檢座，我覺得為了避免打草驚蛇，我們可以先……」

「等等！」腦中滿是偵辦思路的羅宇妍忽然閃過一個想法，用手勢打斷了他，「為什麼是四月二十九日？」

「什麼意思？」何翼賢不解。

「我是指，當初調閱二石山的上下山監視器，為什麼我們只清查四月二十九日？」羅宇妍凝視著他，專注地像在質疑自己。

「因為……」何翼賢頓了頓，「因為邱令典就是在四月二十九日去登山，然後就沒下山了，很明顯凶手行凶的時間應該就是當天。」

「如果凶手提前幾天上山埋伏，行凶後又在山上躲了幾天呢？」羅宇妍輕輕嘆了口氣，像在責備自己的疏忽。

「哎呀！」何翼賢重重拍了下自己的腦袋，「眞的是腦袋打結，我怎麼沒想到呢！我馬上請人去調。」

「黃遊聖假釋中付保護管束，他應該每個月都要向我們地檢觀護人報到，我這邊也會先確認、比對他報到的情形及生活狀況。」羅宇妍的雙眼炯炯，「警方這邊也派些人注意一下他的近況，看有沒有什麼異常舉動，以現在掌握的證據，我們只能先按兵不動。」

公務車很快就抵達雲林地檢，短短五分鐘的車程，檢警對於本案偵查，卻有了非常不同的「假設」。

隔天一早七點半，羅宇妍在辦公室爲自己沖了一杯黑咖啡，滿室的咖啡香就是她一天開始的儀式。

「檢座！妳還沒看LINE喔！」何翼賢敲門進入，滿頭亂髮的他神情異常興奮。

「我有看了！」羅宇妍輕啜了口香醇，她看著何翼賢還是穿著昨天那套黑色襯衫長褲，雙眼布滿血絲，「何小你也太辛苦了吧，昨晚沒回家？」

「不會啦，對刑事仔來說這小事！」何翼賢急著拿出手機，放大畫面播放出監視器錄影截圖，畫面中是一台老舊的黑色國產休旅車，「檢座妳眞的神！這台車在前一天也就是四月二十八日下午就上山，卻一直到五月二日夜晚才摸黑下山，待在三石山上整整五天，山上又沒得住宿、也沒有商店，他躲在山上五天要幹嘛？」

「等等你們要去找車主？」羅宇妍看著畫面中的車牌號碼，知道以何翼賢積極有效率的個性，今天就會把這個非常可疑的線索查得水落石出。

「檢座放心，我都安排好了。找車主、調沿路監視器、行車軌跡、收費紀錄，我們大隊弟兄今天都會搞定。」何翼賢自信地摸摸鼻子，彷彿獵物就在附近。

「那我們出發吧。」羅宇妍喝完咖啡起身，披上一襲薄外套，她要前往縣警局刑事警察大隊辦公室親自坐鎮指揮，「他逃不掉的。」

在羅宇妍統籌指揮下，縣警局、分局人員兵分多路，分頭進行羅宇妍的交辦事項，要從不同的點串起線，最後交織成一個網，要讓凶手無處可躲。

幾個小時後，各路消息一一回報。

何翼賢親自帶隊前往詢問黑車車主，車主表示那台車並沒有失竊，但已經很久沒開了，一直停放在路旁。他帶何翼賢前往停車處，確實還在，何翼賢請鑑識小組立刻對黑車進行採證。

警方在梁琇怡女士陪同下，派人再到邱令典位在明正大學的研究室搜索，找到了多封黃遊聖寫給邱令典、從雲林二監寄出的書信。

分局調閱各處監視器、行車軌跡的結果，發現了駕駛那台黑色休旅車的是一名中等身材的男子，戴著鴨舌帽、口罩，四月二十八日到嘉義市區五金行、大賣場買了生魚片刀、剁刀、大型塑膠桶、手套等等，還多次到超商取貨。警方再向購物網站緊急調取購貨資料，發現他是用人頭門號註冊會員資料，一共向不同賣家分批訂購了合計數十公升的工業級98%濃硫酸。

警方再調閱黑車下山後的行車軌跡、沿路監視器，雖然中間有些偏僻路段沒有監視器而中斷，但大致還可以銜接上，黑色休旅車最後前往牛武溪。

「檢座！報告出來了！」何翼賢拿出一張鑑識報告衝進刑大辦公室，「黑車後車廂確認有血跡反應。」

「抓到了。」羅宇妍盯著電腦螢幕中的超商監視器畫面，雖然男子戴著鴨舌帽及口罩，她還是能夠依稀辨識出，他就是黃遊聖。

「把人帶回地檢署。」羅宇妍在拘票上簽下姓名，交給何翼賢。

午後三點半，雲院仁股審判長辦公室，茶香流瀉。徐義霆泡了一壺「慢午紅茶」，刑五庭正在舉辦下午茶會議，討論庭內最近案件的審理狀況、法律問題及大大小小的行政事務。

徐義霆、劉苡正、程平奭坐在沙發區，一邊喝茶，一邊由劉苡正向大家分析最近刑法、刑事訴訟法還有洗錢防制法的修正情形。

「天啊！才剛從學院結訓出來，怎麼法律又一修再修啊？」程平奭哀號，「好像書永遠讀不完一樣。」

「你才出來不到一年，你應該看看我們當時的刑法、刑訴，那才是恍如隔世啊！」徐義霆喝了一口紅茶大笑，「你有沒有看過手寫判決？那才眞的叫作投入感情、職人手作，哈哈！聽說更早期的學長姐他們，寫判決不是像我們 Ctrl ＋ X、Ctrl ＋ C再來 Ctrl ＋ V剪下貼上，是眞的用剪刀漿糊剪下貼上耶，多麼厲害！」

程平奭聽了嘖嘖稱奇，卻發現劉苡正沒有反應，拿著一杯熱茶的她正看著一旁的電視新聞快報。

「爲各位觀眾插播一則最新消息，明正大學邱令典教授失蹤案，有了最新的進展，邱教授失聯到現在已經超過十天，警方表示不排除邱教授遇害的可能性，已經報請雲林地檢署檢察官指揮偵辦。」

「我之前大學時曾經聽過邱教授的演講，沒想到……唉唉，難道會是殺人案件嗎？」程平奭沉重地嘆了口氣。

「廢死教授被殺害，這件絕對會引起全國矚目。」劉苡正放下了手中的茶杯，「雲檢檢察長一定是指分宇妍，以她的驚人速度，這個月底搞不好就偵結起訴了。」

「別看了！」徐義霆拿起遙控器關掉電視，「既然有可能是將來的國民法官案件，我們專庭就是潛在的承審法官，不要再看相關的報導資訊，避免心證被污染。」

「學長擔心我們看新聞會形成預斷，當然很有道理。不過現在新聞報導這麼關注，將來被選到的國民法官應該都已經看過很多新聞報導了，反而變成我們法官跟國民法官之間的資訊不平等了。」劉苡正半開玩笑的挖苦，她當然知道，這是國民法官制度下棘手的問題，如何讓人民在擔任國民法官之前，不要因爲閱聽了新聞報導而先入爲主。

「沒想到我們法院第一件國民法官案件會來得這麼快，國民法官法施行細則也太多了吧，有三百四十一條耶，我連一半都還沒看完。」程平爽苦笑。

「我早就看完了，立法理由記得也要看一下，蠻多地方要注意的。」劉苡正微微一笑，「其實這種案件眞的很適合國民法官制度，不然不管我們法官自己怎麼判，一定都會被罵。現在有了國民法官，人民的法律感情也一起進入審判了，司法院就可以跟社會大眾說，這是我們三位法官、六位國民法官一起做出的判決，是由法官跟人民一起審理、判決，所以不要再罵法官了，否則會罵到自己喔，哈哈！我想這就是國民法官制度最大的貢獻吧！不然我們自己審理案件，審判期程還比較好掌控，結案也快多了。現在投入這麼多時間、資源，講難聽一點，算是找人來一起揹鍋吧。」

程平爽淡淡笑了笑，卻是欲言又止的模樣。

「爽哥抱歉啊！我這個人比較悲觀，我知道你對於國民法官制度有很大的期許，但我目光短淺，只能看到最實用的那一面。」劉苡正啜了口茶，可惜涼了。對於一路都是升學菁英、考試順遂的她來說，她對於自己的法學知識、判斷能力有著絕對的自信，她並不覺得國民法官參與審判，眞的能幫助到她審理案件的哪個部分，反而更像是一個必經的程序，在這個程序之後得到的結果，比較能夠在

現今的臺灣社會下獲得支持，或者說，避免無謂、無據的責難。

「學姐不會啦，我本來就打算拉國民法官下水一起來當恐龍法官啊！哈哈！」程平奭也開著玩笑。

徐義霆默默又沖了一壺茶，熱煙裊繞著木質茶盤上。如果對於程平奭來說，國民法官制度是爲了讓人民親自參與審判，更加瞭解司法運作；對於劉苡正來說，國民法官制度是爲了引進國民正當法律感情，甚至分散社會輿論對於司法判決責難的壓力，那他身爲審判長，也要好好想一想，自己是如何看待國民法官制度？——畢竟一切都會以此爲基礎，而由此開始。

晚上六點半，雲林地檢署第二偵查庭。

穿著鑲紫邊法袍的羅宇妍，看著法警將剛吃完便當的黃遊聖帶進偵查庭。

「黃先生，請坐。」羅宇妍緊盯著他，不放過他臉上的任何一絲神情，黃遊聖卻毫不迴避她的眼神。

「快要日落了。」黃遊聖看向窗外的黃昏將盡，不著邊際地說，「檢座，妳說，爲什麼檢察官可以不受到刑事訴訟法第一百條之三禁止夜間訊問規定的限制呢？」

「看來你很熟悉法律規定。」羅宇妍微笑。她想到蔡瑋森提過，黃遊聖是他看過最特別的受刑人，黃遊聖在二監買書自修法律，也常常找他討論法律問題，尤其是刑事法，簡直讀得比他還要好。

「六年半。」黃遊聖左手比了個「六」，冷冷一笑，「你們一般法律系要讀四年畢業，而我在二監蹲著讀法律讀了整整六年半，沒有放假，全年無休。」

「黃遊聖先生，你涉嫌殺人、遺棄屍體等罪，現在要告訴你，你的相關權利。等等訊問的時候，你可以保持沉默，不用違背自己的意思陳述；你可以請律師，如果你是低收入戶、中低收入戶或者原住民，你可以請求法律扶助；你可以請求調查對你有利的證據，瞭解嗎？」羅宇妍仔細進行刑事訴訟法第九十五條第一項的權利告知。

「瞭解，殺人是嗎？哼哼。」黃遊聖蠻不在乎地冷笑一聲，「你們抓錯人了，凶手還在逍遙法外呢！」

「你有上述身分嗎？有要選任辯護人嗎？」

「我沒有這些身分，但我身為一個更生人，當然沒有錢請律師啊！不過沒關係，妳想問就問吧，我願意幫妳指點迷津。」黃遊聖依舊是輕浮戲謔的態度。

「今天我發拘票拘提你到案，你可以按照提審法的規定聲請法院提審，另外提審權利告知書，你要寄給哪個親友？還是有需要電話告知你哪個親友說你被拘提了嗎？」羅宇妍不受影響，繼續依照提審法第二條第一項規定訊問。

「我爸現在也不知道在哪間監獄關，家裡沒人了，我的朋友都還在雲二監蹲，也不用通知了。」黃遊聖揚了揚手。

「好，那我先跟……」

「啊！我想到了，我還有一個朋友可以通知。」黃遊聖突然怪叫一聲，像想起來什麼重要的事，「幫我將通知書寄給蔡瑋森，他是雲林第二監獄的監所管理員，也是我的好朋友，就寄給他吧。」

「那地址呢？」羅宇妍皺眉，她總覺得黃遊聖的氣勢太盛。

「我怎麼知道，就寄到雲林第二監獄，他應該就收得到了吧，哈哈！我們是麻吉啊！」黃遊聖嘻嘻哈哈的嘴臉，卻有著惡意的暗示。

「那你要聲請提審嗎？」羅宇妍很快又恢復平靜。

「那張拘票我沒仔細看，不過你們應該是逕行拘提吧？」黃遊聖翹起了腳，蠻不在乎地說道，「認為我涉犯殺人罪，是最輕本刑十年以上有期徒刑之重罪？刑事訴訟法第七十六條第四款？」

「對。」羅宇妍點點頭，她不得不佩服黃遊聖對於法律規定的嫻熟。

「那關鍵就在於我是不是涉犯殺人罪犯罪嫌疑重大啊！我現在聲請提審，妳也只是把你們蒐集到的證據先提給法院看，萬一證據眞的有點夠，法院也是駁回我的聲請，這段提審期間還不計入檢警拘捕我的二十四小時，這樣我不就虧大了？所以我就先不聲請提審了。」黃遊聖突然坐正，身體微微前傾，盯著羅宇妍，完全不帶善意地微笑，「來吧！妳先讓我看看，你們現在掌握了什麼證據。」

「你認識邱令典嗎？」羅宇妍依舊平靜，周旋對弈但心如止水。

「妳說失蹤那個？明正大學的邱令典教授？」黃遊聖咧嘴怪笑，「哈哈！我當然認識啊，他支持廢死，支持人權，是我們這種『罪人』的救星啊！」

他講到「罪人」兩個字時，刻意加重了力道。羅宇妍不理睬他的嘲諷，逕翻閱著桌面的卷宗資料。

「所以他不是失蹤？是死了？天啊，也太可憐了。」黃遊聖像戴著面具，臉部表情與言語並不一致，「你們怎麼會懷疑到我啊？也太誇張了吧？他是我的偶像耶，我在二監都在拜讀他的文章耶！」

「在二監服刑時，你跟他是筆友吧？」羅宇妍拿出一疊警方從邱令典研究室找到的書信，上頭滿是黃遊聖的筆跡。

「粉絲寫信給偶像，表達我的崇拜，應該算是很合理也很符合邏輯的吧？」黃遊聖似笑非笑地聳肩。

「今年一月五日，你寫給邱令典的最後一封信，」羅宇妍舉高那張紅線信紙，「你說你這個月要假釋了，一定會去明正大學好好『拜訪』你，這什麼意思？爲什麼拜訪兩個字要用紅筆寫，還加上引號？」

「紅色代表我的赤誠啊，我是眞心要去拜訪他啊！」黃遊聖不改嬉皮笑臉。

「在此之前的十四封信，」羅宇妍拿起其他信紙，「我想你不用看應該也知道，內容充滿了對於邱令典的批評及責罵，還有『一起下地獄』、『希望你也被判死刑』、『你憑什麼呼吸比我們高級的空氣』這些情緒性字眼，又是代表什麼？你想去拜訪他什麼？」

「男人的嘴，騙人的鬼。」黃遊聖哈哈大笑，「檢座！不要這麼嚴肅啦，我只是在打打嘴砲而已，我好不容易假釋了，怎麼可能再亂搞，不信妳去問觀護人，我生活作息都很正常啊。」

「這個人是不是你？」羅宇妍不願和他再多作周旋，直球對決拿出監視器照片，一名戴著鴨舌帽、口罩的男子在五金行購物的畫面。

黃遊聖仔細盯著那張照片超過五秒，才幽幽長嘆了口氣。

「這不是我，但我知道他是誰。」黃遊聖神色有些黯然。

「誰？」

「是他！」黃遊聖指向他面前身穿黑色法袍、正在打字做筆錄的男書記官。

「哈哈哈！我看他長得很像這個書記官啊！」黃遊聖瘋癲似地狂笑，「檢座，妳也太幽默了吧！這種身材普通的男生，還戴著鴨舌帽、口罩，妳說他長得像我，怎麼不說長得像妳的書記官？」

「黃先生，你不用著急。」羅宇妍平靜得像一湖明鏡，「我們找到『那台車』了。」

她講到「那台車」三個字時，也刻意加重了力道，隨後又拋出更多的籌碼：「屍體你是不是丟到牛武溪了？」

黃遊聖只是不帶情感地微笑，沒有說話。

「沒關係，牛武溪那邊警方已經去打撈了，那台車我們也請鑑識小組採證鑑定中，你可能有戴手套，或許不會留下指紋，但根據羅卡定律，我相信車上一定會留下微量跡證。」羅宇妍身體微微前傾，雙眼凝視著黃遊聖的脆弱面具，「尤其是你這種『抽菸者手指』Smokers finger，我們可以期待會不會有些菸蒂留在車裡，我們時間還夠，還可以等。」

黃遊聖依舊沉默，看了看自己特別焦黃的右手食指及指甲，淡淡笑了笑。

「所以，你們現在只是從動機猜測我是凶手吧？」是由黃遊聖打破了僵持。

羅宇妍聳聳肩，不置可否。

「還沒有打撈到東西，也還沒有鑑定出我的指紋、DNA，你們只能算是主觀臆測我是凶手。」黃遊聖仍然保持微笑，「那些監視器照片長得像每個路人甲，也不能算是客觀的合理根據。」

羅宇妍依舊不為所動，等待他繼續往下說。

「我可以先抽根菸嗎？」黃遊聖用焦黃的右手食指、中指，做了個叼菸的手勢，臉上還是毫不示弱地微笑，展現他右前臂那道傷疤的倔強。

⊤

黃遊聖站在偵查庭外，中庭的吸菸區，在幾名法警看守下，戴著手銬，抽完了何翼賢擋給他的菸，不禁想起在二監時，總是接濟他香菸的老許，不知道他現在過得怎麼樣。

「我只會說一次。」回到偵查庭，黃遊聖告訴羅宇妍，「在你們有確切根據合理懷疑我涉犯殺人罪之前，我先坦承犯罪，就會符合自首，有自首的情形下，我想就很難會被判死刑吧？」

羅宇妍注視著他，看著已經無路可退的他，企圖為自己找出法律羅網之內，最為優渥的缺口。

「我是為了以防萬一，所以先自首。」黃遊聖這句話說得既矛盾卻又偏偏非常合理，「但是不是真的是我殺的，那是你們的舉證責任。」

黃遊聖說，他曾經對於邱令典的廢死主張深深著迷，那本經典著作《死刑的死刑》更是快被他翻爛了，他前前後後寫了六十一封信給邱令典，前四十六封信，都是表達對他的欽慕，以及分享自己對於受刑人權益、更生人困境還有死刑的看法。直到了去年八月，法務部長批准了死刑執行命令，刑場的那聲槍響才讓他驚醒，這個社會永遠都如此渴望處死惡魔的神聖儀式。

「殺人者，人恆殺之。」黃遊聖壓抑不住狂放的笑意，「只有讓我們這種人成爲惡魔，殺起來才有正義感，才有正當性，才是天經地義！但你們知道嗎？其實眞正的惡魔，正津津有味地欣賞著你們殺我的獻祭儀式。」

羅宇妍雖然非常不以爲然，但並沒有打斷他，讓偵查庭內書記官敲打鍵盤記錄的聲音迴盪著噠噠作響。

黃遊聖說，他突然覺醒發現，像邱令典之流的廢死學者，他們是多麼的虛僞，他們每天在研究室吹冷氣、寫寫法學文章賺稿費、上上通告、參加研討會賺車馬費，甚至《死刑的死刑》這本書還賣到九版，簡直賺爛了，他們理論講得天花亂墜，後面跟著一屁股徒子徒孫吹捧，追求人權、捍衛生命權好棒棒，用那些拗口的法律、哲學名詞，築起高高的神壇，裝模作樣站在上面當教主，自以爲領先無知的人民幾十年、自詡爲寂寞的先知，多麼偉大、多麼崇高啊！享盡好處後，對他們自己又有什麼壞處呢？根本沒有！就算他們被其他鄉民批判、臭罵，但在同溫層裡，他們依舊坐收利益，依舊是大師級人物，等到有朝一日如果眞的成功帶起社會風向，還不飛上枝頭當鳳凰？簡直被當成國師都有可能！

「那我們呢？」黃遊聖伸出右手大拇指，用指頭尖端抵住自己的喉嚨，像要割喉的手勢，「我們才是被槍抵住腦袋的人，最後卻只是淪爲他們往上爬的墊腳石，被賣了還要幫他們數鈔票！幹！」

羅宇妍安靜地看著情緒漸漸高漲的黃遊聖，她理解了他的心境轉折：當最後一絲希望微光被踩熄後，剩下無止盡的黑暗、崩潰與疼痛。在被所有人放棄之後，所有人也就只能成爲敵人了。

「我不是沒有給他辯白的機會。」黃遊聖解釋，他出獄後，在嘉義市租了個簡陋的房子，打了幾份工，賺了一點錢，但他始終沒辦法找到穩定工作，更生人的身分如影隨行，將他拒於正常社會之外，他才會去明正大學找邱令典「請教」，究竟是這個社會的問題，還是他自己的問題？

「妳知道他媽的，他還塞了六千塊給我嗎？」黃遊聖面目猙獰地發笑，「他眞的把我當成乞丐了！」

黃遊聖繼續說：「當下邱令典只是說些毫無建設性的話，說國家應該要更積極協助更生人，如果我有困難他願意協助轉介之類的屁話，還問我要不要去他們大學圖書館打工？我當下很努力克制，才沒有在他面前把那六千元撕掉。還好我沒有撕掉，我用了那些錢，去買了刺殺他的刀子、買了裝他的塑膠桶，還買了一大堆工業用濃硫酸，我在想，他如果一生志向眞的是追求廢除死刑，應該會願意爲了廢除死刑犧牲吧？就像我也願意爲了廢除死刑，不惜再次賠上自己的人生一樣。」

「你爲什麼選在二石山下手？」羅宇妍希望黃遊聖能把犯罪過程講得更加具體。

「檢座，妳這樣就明知故問了。山上荒郊野外，沒有監視器啊！」黃遊聖笑了，「雖然我有爲了廢除死刑奉獻的覺悟，但我如果能夠不要被抓到，當然還是不要被抓到比較好啊！哈哈哈！」

黃遊聖說明，他跟蹤邱令典一個多月，發現他只有週三到週五上午有課，週末常常會回雲林古坑老家，回家前還有固定到二石山登山運動的好習慣。他爲了避免上山、下山被監視器拍到，偷了路旁那台停放很久沒有人開的黑色休旅車之後，刻意提前一天上山埋伏，刺殺了教授後，又在山上住了好幾晚才下山。

「這裡是第一刀。」黃遊聖指著右後背，他悄聲突襲邱令典身後，刺進那道殘酷的冰冷，「再來背面又兩刀，他掙扎倒下後，正面胸口、頸部、腹部，亂七八糟刺了有十幾刀吧。」

「刺到後來刀都鈍了。」黃遊聖聳聳肩，像在敘說著別人的事，「不過他很快就沒力氣了，沒有太大的掙扎，我原本還以爲過程會更激烈一點。」

羅宇妍冷眼看著他的殘虐，用筆記下了「刀鈍」兩個字。

「根據監視器錄影，你在四月二十九日動手後，在山上等了四天才下山，爲什麼要等這麼久？」羅宇妍不解。

「哈哈哈！檢座，妳以爲在拍電影喔！」黃遊聖誇張地刻意大笑，肢體表情滿是狂妄的嘲諷，「我把邱令典的屍體切一切塞進大桶子裡，再灌進工業用濃硫酸，不會像電影演的化骨水那樣，馬上腐蝕溶解耶！沒有那麼厲害啦！這要浸泡個四、五天才有辦法，我當然就只能等啊，反正他週三才會上課，至少到那個時候才會被發現失蹤吧。」

黃遊聖說，他載運裝屍桶子到牛武溪，將溶解大半的屍塊倒進溪流中，這幾天遇到梅雨季有下了幾場大雨，也不知道你們撈不撈得到東西。

「爲什麼殺了邱令典，可以對廢死做出貢獻？」羅宇妍手裡是蔡瑋森先前提供的受刑人心理鑑測報告，上頭有幾行寫著：黃遊聖極端自我膨脹、極端自戀、無視社會規範，情緒難以理解。

「爲什麼要問爲什麼呢？」黃遊聖冷笑，「再正當的理由，就可以殺人嗎？再不合理的原因，就不能殺人嗎？」

羅宇妍不帶色彩地凝視著他，黃遊聖也同樣凝視著她。或許他們都將是彼此的深淵。

羅宇妍看過那份鑑測報告寫到：黃遊聖熱愛「掠食者的瞪視」（predatory stare），渴望長時間與他人維持眼神接觸，從中獲得征服的快感。但她聽到這麼輕蔑生命的話語，又怎麼能充耳不聞、逃避他的目光呢？

這裡是偵查庭，是他被追訴犯罪的地方，她要代替被害者，永遠凝視著他。

「『不同意判處行爲人死刑聲明書』。」黃遊聖說，「他不該簽下這張聲明書的，這讓他沽名釣譽的噁心行爲到達了極致，也讓他獲得了用生命奉獻廢死的最好理由。」

黃遊聖解釋，如果他沒有被抓到，就不會有人因爲邱令典的死被判處死刑，邱令典至少對於自己的死，眞正廢除了死刑。如果他不幸被抓到，相信以邱令典這張公開聲明書，他也不會被判死刑，邱令典也用自己的死亡，向社會大眾好好展示他廢除死刑的決心。

「多麼美麗而偉大啊！」黃遊聖笑得燦爛，不知道是在讚揚邱令典的死亡，還是自己殺人的「藝術」。

「『不同意判處行為人死刑聲明書』」

本人邱令典，不管在任何情形下，都不會選擇傷害自己的生命，但如果不幸遭人殺害，不管行爲人是任何人，不論行爲人基於任何動機，不論行爲人是在任何情形下、用任何方式殺害本人，也不論本人親屬的意見如何，本人都不同意判處行爲人死刑。　邱令典　2018.10.10」

羅宇妍想起了幾年前，邱令典公開發表的這份「不同意判處行爲人死刑聲明書」，當時引起新聞媒體爭相報導、正反輿論議論紛紛，沒想到幾年之後，竟然惹來了殺身之禍。

「暫休庭，被告帶至拘留室。」羅宇妍諭知，她的偵訊已經完畢。

萬事俱備，她還在等待東風。

一個多小時後，警方傳來消息，在牛武溪打撈到邱令典殘缺的衣物、皮帶、皮包、手錶，還有疑似行凶用的刀具，也在岸邊草叢找到了裝屍的大塑膠桶，裡頭還有殘留的皮肉碎屑。

當天晚上，羅宇妍聲請羈押禁見黃遊聖獲准。

一個禮拜後，警方採集邱令典母親梁琇怡口腔黏膜比對ＤＮＡ的結果，鑑識人員判定黑色休旅車後方血跡、塑膠桶內殘留的皮肉碎屑，都是邱令典所留下。

二〇二三年五月三十一日，羅宇妍以被告黃遊聖涉犯刑法第二百七十一條第一項殺人罪及刑法第二百四十七條第一項之遺棄屍體罪，合併向臺灣雲林地方法院提起公訴，成爲雲林地院史上第一件國民法官案件。

第四章
準備程序

星期三下午三點一刻，手邊工作告一段落的丁朵雯，到一樓法庭區新設置的自助咖啡機，裝了一杯熱拿鐵回到辦公室，點綴即將迎接小週末的小確幸。

「奇怪，今天走廊怎麼都沒什麼人啊？」丁朵雯轉頭問蘇恩瑜，「妳不覺得法院現在特別安靜嗎？是我的錯覺嗎？」

「沒錯啊！難道妳沒聽說嗎？」蘇恩瑜故作神祕地擠眉弄眼，「二石山命案今天起訴送審了！」

「送審了？」丁朵雯瞪大眼睛，「所以馬上就要抽籤嗎？」

「對啊，我聽科長說，等等三點半就要抽籤，看是哪一股要中大獎了！」蘇恩瑜哈哈大笑，「還好我們股不是國民法官專庭，我算是看熱鬧的。」

「別聊了！這眞的不能再聊了！」丁朵雯臉色大變——法院不可不信的傳說之一，如果一直聊某件案子，那件案子就會找上你！她連忙中止話題，匆忙地拿起保溫瓶到走廊裝水，她打算裝完水後一直到抽籤完為止，打死都不離開座位——法院不可不信的傳說之二，大案抽籤時，一定要坐在自己辦公室的位子上，坐定坐好坐滿，不能隨意走動，否則非常容易「中獎」。

「嗨！朵雯，也太巧了吧！」丁朵雯才剛走出辦公室，就遇到迎面走來、笑容滿面的程平奭，正陽光燦爛地向她打招呼。

「來來來！我中午剛去買的，不用客氣！自己來！」只見程平奭拿著一大包切好的鳳梨，要遞竹籤給丁朵雯。

「法官，你不知道等等要抽大案嗎？」丁朵雯不可置信地看著程平奭——法院不可不信的傳說之三，吃鳳梨，吃「旺來」，那一股會旺到不行，抽大案自然也是信手捻來。

「是嗎？我沒有聽說耶，呵呵。」穿著喜氣洋洋、高調大紅色Polo衫的程平奭裝傻呵呵笑著，自顧自地拿著一大包鳳梨在走廊、各個辦公室間晃來晃去，像是隻忙碌招展的蝴蝶。丁朵雯看了一顆心直往下沉入寒冷的海底——這傢伙，根本就巴不得自己能夠抽中二石山命案吧！

程平奭果然不負丁朵雯所望，不僅沒有好好坐在自己的座位上，他還拉著丁朵雯一起到國民法官科辦公室，直擊二石山命案的抽籤現場——法院不可不信的傳說之四，千萬不能去看抽籤，否則抽中大案的就是你！

科長將寫著國民法官專庭各股股別的乒乓球放入抽籤箱裡，在王庭長的指揮下，由今天值日的胡法官伸手入內，抽出了承審二石山命案的受命法官。

「荒股。」胡法官高舉著手中的乒乓球，上頭用黑色奇異筆寫著程平奭的股別。

「噫！好耶！我中了！」程平奭很想這樣大叫出來，但在圍觀眾人的注視下，他極力忍耐住了，只淡淡地說：「哇！竟然是我，那該怎麼辦才好啊？」

看著程平奭根本無法克制猛烈上揚的嘴角，丁朵雯的白眼簡直翻到了九霄雲外去。她沒想到法院前輩們口耳相傳、一代一代交接的傳說，竟然有人會反其道而行，還眞的是不能不信邪。

雲林地院史上首件國民法官案件，矚目中的矚目案件，由程平奭擔任受命法官，陪席法官爲劉苡正，審判長則是徐義霆。

†

下午四點半，得知抽籤結果的徐義霆，在辦公室召開了刑五庭臨時會議。

「來，『國民法官金萱』，開審第一泡來了！」徐義霆爲劉苡正、程平奭各斟滿了一杯金黃，香氣撲鼻，「沒想到這麼快就要用上我珍藏的金萱茶了，我們審理期間休庭的時候，我就要請國民法官喝一喝這個金萱茶。來！你們先試喝看看！」

程平奭輕啜了一口，一股獨特的香氣絲滑入喉。

「有沒有？不苦不澀，還有一股牛奶糖的香氣。」徐義霆得意地笑道，「金萱最適合入門的喝茶者了，不用怕喝茶會苦會澀。就像我們邀請民眾來擔任國民法官一樣。一般人來到法院總是會覺得不自在，但我們希望他們可以放鬆、不要擔心，我們一起來好好審理這個案件。」

「爽哥！都是你啦！害我們中大獎！」一邊喝茶的劉苡正一邊笑罵著，「我就叫你不要拿著鳳梨走來走去，要快點回位置坐好，我聽說你竟然還跑去看抽籤，眞的是暈倒！」

「哎呀！學姐，我也不知道法院的這些傳說竟然會這麼靈啊！」程平爽哈哈大笑，「我看這是天命難違，眾望所歸啦！哈哈！」

「好啦，開始講正事。」徐義霆放下茶壺，推了推金框眼鏡，「今天檢察官起訴送審，剛剛刑三庭已經裁定羈押被告了，這件案子又這麼矚目，我想我們速度一定要快，等等我們就把準備程序、選任程序、審理程序預定的時程排出來。」

「學長，我們要用合議庭開準備程序嗎？還是要由急公好義的受命法官爽哥自己去開就好？」劉苡正對程平爽挑了挑眉挖苦道。

「哈，爽哥才分發不到一年，這樣子太殘忍啦！」徐義霆搖了搖手，「我們一起開準備程序吧。」

「另外，被告沒有選任辯護人，如果他確定不自己選任律師，我們要幫他指定辯護。」徐義霆翻了翻法條，「我看了起訴書，這件案情雖然不是非常複雜，但應該不是這麼單純，又是全國矚目案件，檢方一定相當重視，爲了衡平被告的防禦權，我打算依國民法官法施行細則第十三條第二項規定，幫他指定兩位辯護人。」

「贊同。」劉苡正點點頭，「不過這件是宇妍起訴，這個案子眾所矚目，她一定會已案已蒞，以她的戰鬥力，可能再多的辯護人也不夠，哈！」

「有點難說喔！」徐義霆的笑容有些曖昧，他也喝了口金萱，「我們指定辯護，通常就是指定我們法院的公設辯護人，施公應該會親自出馬吧！」

「天呀！我怎麼感覺這件會越變越複雜啊？」劉苡正苦笑，彷彿入喉的金萱也突然變苦了。

程平爽也跟著他們笑了起來。他雖然才來雲林地院不久，但幾次指定辯護給公設辯護人施奇正的經驗，讓他切身體會了那些傳聞——「辯護鬼才」施奇正，人稱「施公」，外號「師公」（台語的「道士」），辯護策略常常兵行險著，追求出奇制勝，號稱「走鋼索的辯護」，名言是：「閉上眼，走過去就是你的！」常常有人說他留在法院當公辯太可惜了，如果退下去當律師，一定可以縱橫業界。當最鋒利的箭遇上最刁鑽的靶，偏偏又是一群全新的裁判團，將會是怎麼樣的一番光景呢？

「二石山命案」起訴後第五天，雲林看守所。

將灰白長髮胡亂紮成低馬尾、穿著暗色皺褶的花襯衫、滿臉鬍渣，看起來落拓不羈的施奇正，站在戶外吸菸區。在等待律見的時間裡，在第三支菸的煙霧中，空手嘴叼著菸的他，已經將檢察官前幾天開示的卷證反覆思索多次，起訴書主張的事實、檢察官的推論都相當合理、流暢，但他卻總是覺得有種說不出來的突兀。

「——是因爲沒有找到屍體的關係嗎？」他在心裡問自己，又吐出一口混沌。

施奇正坐在律師接見室，等待著監所人員提解黃遊聖過來。他百無聊賴的打了個呵欠，兩手空空的他連紙筆都沒準備，多年來他不知道辯護了幾千件案件，每個案件的卷證細節、答辯方向及突破點，他都記在自己號稱的「人型電腦」裡，從來不用筆記，甚至不用再去翻閱卷證確認——別人常常以爲他是打混摸魚，圖個輕鬆，但只有跟他眞正在法庭上交手過的人才知道，「人型電腦」的強大威力是多麼荒謬，而世俗一般會用「天才」這個字眼，來合宜地描述這種荒謬。

「呦！曾大律師！」施奇正聽到後方的開門聲，回頭一看，立刻從椅子上彈了起來，高舉著右手，「有失遠迎，失敬失敬！」

「少來！」短髮、穿著淺色淡雅套裝、無框眼鏡，看起來約五十歲左右，富有知性氣質的曾初恩律師拉著黑色十六吋登機箱走了進來。

她直接走向施奇正旁邊的座位坐下，忽視掉施奇正高舉在空中、準備和她「High-Five」的右手，她從登機箱中拿出了一疊疊「二石山命案」的卷宗。

「哎呀，徐老大也太謹慎了，我一個人就是千軍萬馬了，竟然還指定妳義務辯護，這樣一來，我們『施恩』二人組強強聯手，眞的是要橫掃千軍、萬夫莫敵了！」施奇正收回空中尷尬的右手，開始「練肖威」，「我看就算是人中之龍的羅檢，也會瑟瑟發抖吧！」

雖然是玩笑話，但當施奇正知道這個案子，審判長徐義霆愼重地指定兩位辯護人，另一位就是曾初恩時，確實感到踏實不少。

曾初恩曾經擔任雲林律師公會理事長，事務所業務更是遍及全國，經營規模龐大、事業有成的她，卻常常願意在百忙之中，擔任報酬相對低廉的義務辯護人，施奇正曾經問過她的動機，她卻只是淡淡笑了笑：「因爲我是律師啊！」

「你沒帶卷？」曾初恩翻開滿是筆記、畫線的卷宗，轉頭看向兩手空空的施奇正問道。

「都在這裡。」施奇正用右手食指比了比右側太陽穴，咧嘴怪笑，曾初恩還了他一個白眼。

開門聲響，穿著監所橘色衣服的黃遊聖，在監所人員的帶領下走了進來。普通的髮型、中等的身材，他看起來就像是一般的三十歲男子，誰也想不到，這已經是他第二次被起訴殺人罪。

「監看而不與聞」，待黃遊聖坐定位後，監所人員退到了律師接見室外，只隔著玻璃窗查看。

施奇正看著木桌對面的黃遊聖，他的當事人；而黃遊聖也正看著施奇正，他的辯護人。兩人的眼神都沒有絲毫迴避，彷彿都可以探入彼此深處。

幾天前，本案起訴後的接押庭，刑三庭是指定其他律師處理接押，所以施奇正、曾初恩都是第一次看到黃遊聖，比起卷宗裡筆錄記載的談話、甚至相片，眼前活生生的他明明立體、清楚許多，但瞇起眼的施奇正，卻彷彿更加摸不透他，這在他多年的辯護經驗中，是非常罕見的不好預感。

「兩個律師？」黃遊聖雙手交叉在胸前，露出右手前臂明顯的傷疤，冷冷一笑，「法院對我還不錯嘛！還是因爲我這次犯的夠大條？」

「我叫施奇正，雲林地院的公設辯護人，這是曾初恩律師，本案的義務辯護律師，如果你沒有要另外選任律師辯護，這件案子就由我們兩位來爲你辯護。」施奇正對於他的輕佻，慎重以對。

「都可以，無所謂，反正就是走個過場，這我很有經驗。」黃遊聖依舊從鼻子發出冷笑。

施奇正看過黃遊聖的前案紀錄表，知道他指的「經驗」，是他在二〇一一年間犯下的殺人罪，所謂的審判程序，對當時年少的他來說，或許就是一個漫長枯燥的儀式，而如今他又面臨著相同的追訴，才假釋出監不到一年，就要再次站上法庭，站上刑法第二百七十一條第一項殺人罪，「十年以上有期徒刑」、「無期徒刑」及「死刑」的選擇之前。而再犯的他，這次情況相當不樂觀，他現在展現的冷漠、不屑，是已經將生命置之度外？還是畏懼死亡的自我防衛機制？還是……？

「你殺了邱令典？」施奇正想要試探他，刻意用了開門見山、毫不修飾的刺激性字眼，一旁的曾初恩有些詫異地望向施奇正。

黃遊聖的喉嚨聲帶之間保持沉默，但面部表情的線條卻異常喧囂，彷彿同時畫出了憤怒、悲傷、委屈、仇視、驚懼、殘虐、瘋狂……然後再通通打翻，剩下難以辨識的混亂與嘈雜。

施奇正看到這張失控的面孔才想起來，二十多年來，他從來沒有爲第二次殺人的被告辯護過。

「你們有找到屍體嗎？」黃遊聖發出質疑，從咬牙的齒縫中。

曾初恩注意到黃遊聖用了「你們」這個字眼，似乎將他們兩位辯護人跟檢警當成了同夥，顯露出非常不信任的態度。

「黃先生，你先冷靜一下，我們是來……」曾初恩安撫的話才說到一半，就被黃遊聖的低吼打斷。

「我說我沒殺人，你們信嗎？」黃遊聖的疑問卻更像是控訴，絕望而憤怒，宛如全世界都背棄了他，「我他媽的在偵查中自白得清清楚楚，我現在要來翻供、要來否認犯罪，你們信嗎？我說他媽的邱令典根本就沒死，你們信嗎？」

「我信！當然信！」施奇正一口回答，「在你被判決有罪確定前，我都相信你是無罪的。」

「你是我們的當事人，我們一定會盡力維護你的合法權益。」曾初恩的態度堅定而溫柔，「請你相信我們，在法律上，我們是來幫助你的。」

「那很好。」黃遊聖卻毫不領情，輕蔑地抬動下巴，「你們有自知之明就好。」

施奇正對於他無禮的態度並不惱怒，他總覺得黃遊聖像戴著面具，但不知道是出於單純的心理防備，還是有其他目的……又或者，那張根本就不是面具，而是令人難以置信的本來面目。

「你說你在偵查中自白得清清楚楚？」施奇正摸了摸下巴的鬍渣，「我看起來不像啊，其實殺人過程說得有點簡單吧？動機也是可有可無的。」

曾初恩點點頭，熟讀卷證的她也清楚，如果除去黃遊聖在偵查庭的自白，這起案件的證據像是看圖說故事般無力，最關鍵的被害人遺體甚至還下落不明。

「憲法保障我們的祕密自由溝通權，這裡沒有錄音錄影，你可以完全放心。」施奇正凝視著黃遊聖，「這個案件，事實的眞相到底是什麼？」

「我們會完全信任你，也請你可以完全信任我們。」曾初恩也說道，「說出來，我們才知道該怎麼幫你。」

「我跟檢察官說過了，我自白只是爲了自首。」黃遊聖依舊是不爲所動地冷漠，「我也跟你們說過，我沒有殺邱令典。」

「至於事實眞相是什麼？關我屁事啊！」黃遊聖發狂似地大笑起來，「不自證己罪，難道我他媽的還要自己證明自己無罪？哈哈哈！」

「好，謝謝，我們至少知道了答辯方向。」施奇正竟然不怒反笑，「今天的進度我想很足夠了。」

「你可以跟我們多談一下嗎？關於這個案子，任何部分都可以。」曾初恩卻依舊不死心，耐著性子追問下去。

「從現在開始，你們問的話題我如果不感興趣，我就會保持沉默。」黃遊聖充滿敵意地冷笑，「我可以保持沉默吧？法律沒有規定我一定要配合辯護人吧？」

「當然！講話不有趣是我們的責任。」施奇正依舊微笑，他發現自己似乎漸漸掌握了跟黃遊聖周旋的力道與方式，「就聊聊你吧！家裡有哪些親人？爸媽都還好嗎？」

黃遊聖沒有回答，只是冷冷地看著他。

「我看了偵訊錄影，你好像有跟檢察官說，你在監獄裡，自己讀法律讀得還不錯？」施奇正繼續試探。

「我怕我法律讀得還比你好，可憐啊！」黃遊聖冷笑。

「你都抽什麼？」不屈不撓、多方嘗試的施奇正，注意到黃遊聖右手焦黃的食指及中指，「七星？大衛杜夫？峰？長壽？」

「七星。」黃遊聖總算感到有點興趣，「長壽也可以。」

「二監這邊的合作社應該是賣七星，我等等再幫你買一些。」施奇正拍了拍左胸口袋的菸盒，「我知道這個癮起來，難受啊！」

或許是施奇正的示好起了作用，黃遊聖開始跟他有一搭沒一搭地閒聊起來。

十歲之前，應該是黃遊聖人生的全盛時期，爸爸是私人公司的小主管，媽媽是保險業務員，身為獨生子的他受到父母的萬般疼愛及栽培，一家三口和樂融融住在嘉義市區的公寓，天資聰穎的他甚至還通過了國小資優跳級考試，結果就在他跳級後沒多久，整個家庭開始分崩離析。導火線是媽媽和客戶的外遇被爸爸發現了，兩人大吵後離婚，媽媽頭也不回地離開家，無情得彷彿沒有生過黃遊聖這個兒子，甚至連安慰哄騙的隻字片語都沒有留下，那天晚上重重關上門後，他再也沒看過媽媽。屋漏偏逢連夜雨，意志消沉的爸爸在上班途中遭遇嚴重車禍，險些連命都沒了，出院後爸爸的肢體還遺留輕微障礙，公司又經營不順，爸爸就被裁員失業了，開始打零工維持家計。家裡每天籠罩著灰暗低沉的氣氛，明明沉默卻又像是有千萬支針刺進黃遊聖幼小的耳膜，他無法專心上課，甚至面對同學的嘲笑、霸凌，他開始武裝自己，不知道從哪裡學來，他認爲不想被霸凌，就要先開始霸凌別人，於是他把放學後的那些負面情緒，通通發洩在學校，他在小六抽了人生第一支菸，他帶頭向同學勒索零用錢，在司令台上用麥克筆塗鴉，成爲了老師眼中的問題學生，老師面對黃遊聖成天酗酒、自暴自棄的爸爸，當然是溝通無效，有幾次甚至鬧上了派出所，黃遊聖坐在派出所冰冷的長椅上，還不到十二歲稚嫩的他，卻已經知道自己成爲了「異類」。不過他也開始在想，憑什麼「我們這種人」，要被你們當成「異類」？要被你們自以爲是地指指點點？

於是他偷了鎖在老師辦公室抽屜的班費，買菸之外，他自己報名繳費參加國中資優班考試，竟然考上了第一志願的數理資優班，甚至是他們國小唯一一位考上的學生，但因爲他偷班費的事跡敗露，再次鬧上派出所，主任氣得把剛貼好的紅榜撕掉。上了國中，繼續打架滋事的他，不到幾個月就被踢出數理資優班，被放逐到所謂「放牛班」的他更加如魚得水，成爲了訓導主任眼中最麻煩的人物，他開始成群結隊，開始有人叫他「聖哥」，染著一頭金髮，被記了十幾支警告、記過，處在退學危險邊緣的他終於撐過了三年畢業，國中基測成績揭曉的那天，他將自己的成績單用強力膠黏在數理資優班教室窗戶的玻璃上，用紅筆寫了個大大的「幹」字——上面的分數，是全校最高分。他要向他們這群資優生咆哮：「我他媽不是不能，是不要！」

他的基測分數可以讓他選擇全國任何一所高中，但他卻不想讀書了。放棄升學的他，在國中那群放牛班朋友的介紹下，他當過酒店少爺，也在工地打過工，抽了更多的菸，也喝了更多場爛醉。換過了好幾任女朋友，又跑了數不清的派出所、少年法庭，他覺得他的人生過得很快，自己的一天好像別人的一年，看過太多複雜人事物的他，蹲在社會底層的他，身體內外都是傷痕的他，一下子就老了，人生好像就快看到盡頭——然後就是十八歲的熱炒店慶生會，那場衝突，那支酒瓶的碎片，那條人命。

在雲林第二監獄服刑的那幾年，在那道高大灰冷的圍牆之後，他始終認爲是自己親手刺殺了自己的人生。他不怪任何人，他不怪無情的媽媽，他不怪一蹶不振的爸爸，他不怪學校、社會的歧視眼光，因爲一旦出現責怪，那就是一種示弱——畢竟他是多麼強大，除了自己，誰又能擊倒他呢？

假釋出監之後，黃遊聖不是沒有嘗試過要復歸社會，他找過各式各樣的工作，打過一份又一份的工，但卻沒有獲得任何穩定工作的機會，老闆不是要求他提出良民證，就是探尋他的過往，然而他從不遮掩：「我之前犯殺人罪，剛剛假釋出監。」他不明白這段與精神血肉無法分離的前科，早已是他人生的一部分，有什麼好遮掩的？但他更不明白，其他人得知他的人生之後，所展露或者隱忍的鄙視、嫌棄甚至同情，彷彿他們是比他更爲高級的人一般。所以不管老闆是否願意繼續僱用他，他都撒手不幹了。

「現在一些縣市政府、矯正機關，都有協助更生人轉介工作，你沒有去試試看嗎？透過轉介輔導，職場工作應該會更友善。」施奇正想起他先前的一些被告，後來出獄後經過轉介，順利返回職場。

「我爲什麼要靠別人的施捨？」黃遊聖笑了，卻沒有笑聲，嘴巴張開上揚的角度滿是猙獰，他瞪大了雙眼，施奇正幾乎可以嗅到他滾燙的眼球。

「所以就像你在偵訊時說的，你假釋出監後，求職碰壁，生活困難，所以找上了邱令典。」施奇正默背出偵查筆錄的內容，「你要問他，這是你的問題？還是社會的問題？」

「律見時間結束了。」黃遊聖冷冷地說，「你們可以離開了。」

黃遊聖願意說出他大半生的過往，對於施奇正、曾初恩來說，已經是意想不到的豐富收穫。施奇正也發現，黃遊聖的目光不再含有敵意，卻也絕對不是友善，而是充滿了「指示」感，認同他們作爲自己的指揮對象——彷彿他是教主，他們是信眾一般。

「去你的渾小子，少自以爲了！」施奇正只能在心裡暗罵，他對於黃遊聖的逐客令，還是努力隱忍著，不自然地微笑點點頭。

「要幫你添購什麼日用品嗎？牙膏？拖鞋？肥皀？還是衛生紙？」曾初恩關心問道，「有缺什麼嗎？我等等去塡單購買。」

「不用了！」黃遊聖雙手平攤，張開手臂，背景是看守所的牢籠，他卻像在炫耀自己擁有了一切財富，「我本來就屬於這裡。」

「叩叩！」黃遊聖伸手向後敲了玻璃窗，引起窗外監所人員的注意，「主仔，收工了！」

施奇正及曾初恩也只能起身，結束了他們第一次的律見，目送黃遊聖頭也不回地走向那個「屬於他的地方」。

施奇正、曾初恩在合作社櫃檯塡單，他們還是購買了一些日用品給黃遊聖，包含了施奇正答應的幾包七星香菸。

「這件有些棘手啊！」曾初恩聳聳肩，她很久沒有體會到這麼無力的律見了，「欠缺信任基礎的辯護，我看也只能且戰且走。」

「安啦，這件沒問題的！我早就算好了。」施奇正怪笑道，「辯護人是我施『公』，受命法官程『平』奭、陪席法官劉苡『正』，最後是審判長徐『義』霆。有沒有？『公平正義』這不是來了嘛！」

「你眞的是全臺灣最喜歡無聊諧音梗的辯護人耶！」曾初恩翻了個孟克吶喊式的白眼，又好氣又好笑。

「刑事訴訟的勝訴是什麼？無罪判決？獲得輕判？」施奇正卻搖了搖頭，正色道，「對我來說，公平正義，就是勝訴。」

兩人玩笑之間，施奇正的這句話卻撥動了曾初恩的心弦。

「老話一句，該怎麼辦就怎麼辦吧！他拜託我們的事情，我去處理就好，大律師妳就先回去忙吧！掰掰！」施奇正在門外向曾初恩揮揮手，走向那台十幾年、老舊斑駁的國產車，發出吃力的引擎發動聲響。

曾初恩看著他駕車離開，他們相識多年，也不知道爲什麼，這位公設辯護人，總是讓她想起了律師作爲在野法曹的職責，以及律師法第一條第一項的規定。

「律師以保障人權、實現社會正義及促進民主法治爲使命。」

事務所的司機已在外等候，她上車前，心裡忍不住默誦著條文。

施奇正跟著手機導航，開車在巷弄間繞來繞去，終於找到了黃遊聖的租屋處。那是一棟陳年老舊的公寓，依照黃遊聖所說，施奇正拆下門口信箱，倒出了鑰匙，他沿著生鏽的紅皮鐵扶手走上四樓，開啓了斑駁的房門。

眼前是一間略嫌狹小的套房，約莫五、六坪大小，一張簡單的單人床、一台老式的電風扇、一套木桌椅、一個簡便的布質衣櫥、幾個塑膠收納櫃。套房裡的東西一目瞭然，看得出來黃遊聖的出監生活過得相當簡單或者可以說是清苦，房內沒有任何鮮豔的色彩，冷淡得猶如還在高牆鐵窗內一般，不禁讓施奇正想起黃遊聖那張開雙臂的「炫耀」手勢，以及那句以牢籠爲背景的：「我屬於這裡。」——或許從頭到尾，黃遊聖根本就沒有打算眞正離開監獄？

「你要我拿東西，但我找不太到。」施奇正自言自語，咧嘴一笑，「我就只能隨意翻找一下了，這樣你應該有授權，我不算違法搜索吧？」

他開始翻找房內有限的藏物空間，除了顯而易見的地方外，抽屜夾層、床墊下方、衣櫃裡每一件衣物的口袋，甚至是浴室輕鋼架天花板，幾十分鐘下來，並沒有發現任何特別的「東西」。

他倚靠在房內唯一的對外窗，推開了一半窗戶，從老舊的窗框往外看，底下是偶有人車經過的街道，沒有繁華，也沒有寂寥，就是普普通通的日常景致。他點了一支菸，發現窗台旁放了一個充當菸灰缸的啤酒鋁罐，從使用的痕跡來看，黃遊聖也是常常這樣看著窗外抽菸吧？他抽菸時，又是在思索些什麼呢？

他瞇起眼，從他剛剛熟悉這間套房的過程，他認爲黃遊聖應該有某種程度的強迫症或是潔癖，每樣物件都擺放得整整齊齊，甚至連棉被都摺得像是當兵的豆腐干，除了這段期間積累的灰塵外，整體環境雖然簡陋，但卻相當乾淨整潔。但施奇正卻有股說不上來的奇特感覺，總覺得這不是屬於黃遊聖的房間，或者說，黃遊聖像早已準備好，隨時都要離開一般。

菸到盡頭，施奇正將殘火放入鋁罐捻熄，關上窗。

臨走前，他拿了黃遊聖請他帶走的「東西」——吊掛在衣櫥內、用收納袋仔細裝放的成套黑色西裝。

十

二〇二三年六月三十日，臺灣雲林地方法院第二法庭，一一二年度國審重訴字第一號殺人等案件，「二石山命案」，由刑事第五庭合議庭行準備程序。

準備程序是由職業法官進行，除了進行審理相關事項的處理外，在國民法官制度上另一個重要意義，也是爲了避免造成國民法官審理時過重的負擔，讓國民法官容易理解案件，而可以實質、眞正參與審理，所以由職業法官先進行爭點審理，突顯、聚焦在檢辯雙方的爭執點，這也就是未來審理的重點。

第二法庭是雲林地院為了國民法官新制而重新裝潢的新法庭，白色、木質的基調顯得較為溫暖，前方採取圓弧形雙層主法檯設計，讓坐在法檯上的國民法官們，不論在哪個位置，都能清楚看到法庭內的動態；左側檢察官與告訴人、右側被告及辯護人席位的扇形配置，也有助於所有參與者聚焦在法庭攻防上。

坐在法檯右側的程平奭，看到法警提解被告黃遊聖入庭，眼睛為之一亮；坐在正中央的審判長徐義霆也側目，眼前的被告確實格外顯眼。

只見黃遊聖穿著整套合身的白襯衫、黑西裝，還打上深色領帶，頭髮梳得油亮，儀表堂堂，簡直比一旁穿著鑲綠邊法袍的施奇正看起來還要更像辯護人。

徐義霆之所以認為黃遊聖看起來與眾不同，是因為幾乎每位被羈押的被告，不是穿著監所的橘色上衣，就是穿著簡單的白色汗衫，他還從來沒看過穿得如此正式的在押被告。

「羈押法施行細則第十三條。」劉苡正在旁低聲道，「他可以自備出庭服裝。」

徐義霆點點頭，請法警解開與黃遊聖穿著外型顯得格格不入的手銬腳鐐，法檯下方中央位置的書記官丁朵雯，她在電腦筆錄敲下：「被告在庭身體未受拘束。」

「謝謝無罪推定，嘿！」黃遊聖解開束縛的雙手環抱在胸前，露出難以解讀的冷笑，「我是一個活生生的人，不是犯人，也不是罪人。」

法庭上沒有人回應他的諷刺，施奇正坐在他身旁，另一旁則是穿著鑲白邊法袍的曾初恩。

坐在法庭左側檢察官席的，除了本案偵查起訴的檢察官羅宇妍己案己蒞外，同樣穿著鑲紫邊法袍的主任檢察官高至湧也親自到庭，可以看出雲林地檢署對於首件國民法官案件的重視——更不用說，這是一件全國矚目的案件，新聞已經延燒多時，後方旁聽席座無虛席，擠滿了媒體記者，一個個振筆疾書記錄著法庭的一舉一動，現在已經寫滿了黃遊聖高傲狂放的神情態度。

坐在旁聽席第一排、頂著一頭褐色捲髮、黑色圓形粗框眼鏡的年輕男記者，是超新聞的年輕記者莊韋皓。因爲法庭禁止拍照錄影，他用鉛筆在筆記本上速繪起穿著西裝筆挺、神情冷漠甚至輕蔑的黃遊聖。他畫著黃遊聖臉龐的黑白線條，跑社會線的他不知道旁聽過多少次刑事庭開庭，但他還是第一次看到穿著西裝的在押被告——這樣的反差衝突彷彿有種邪惡的魅力，他腦海裡閃過一個形象，卻一直想不起那個名詞。

坐在檢察官席後方的，是被害人邱令典教授七十多歲的老母親，梁琇怡女士。她是在悲傷的母親節後得知邱令典的死訊，絕望掏空了她的心，她知道自己永遠不再完整。白髮蒼蒼的她顯得消瘦而憔悴，眼睛像是時刻滿載著傷痛，空洞無神地看著眼前的法庭，國家現在要來審理殺害她兒子的凶手，但她知道，怎麼樣的法律，怎麼樣的處罰，都換不回那位乖巧、孝順、傑出的兒子。她婉拒了犯罪被害人保護協會要幫她聘請律師擔任告訴代理人或者參與訴訟的好意，她雖然是法學教授的母親，但她只有國小肄業、沒讀過什麼書，她不懂那些法律權益，也不認為有什麼特別意義，她只想靜靜看著，國家會怎麼對待她兒子的死亡——如果說「死不瞑目」是用來描述死者不甘心的怨恨，那她兒子已經消融粉碎、不知去向的屍身，又應該將眼神安放在何處呢？她不禁看向坐在被告席的黃遊聖，穿著正式西裝、看起來溫文儒雅的他，竟然朝著她微微頷首致意，荒謬得彷彿他是邱令典明正大學的同事，過來家裡參加邱令典的結婚喜宴般若無其事。

梁琇怡發現自己緊握的拳頭又握得更緊了一些，幾乎就要擰出血淚。

「本院受理一一二年度國審重訴字第一號殺人等案件，現在行準備程序。」徐義霆關切地看向梁琇怡，「告訴人梁女士，妳今日到庭，是否需要用遮蔽設備，將妳和被告或者旁聽民眾作適當隔離？」

梁琇怡搖了搖頭，她依舊看著黃遊聖，不明白為何他的眼神可以如此理直氣壯地毫不閃躲。

「好，沒關係。審理期間如果有需要，再麻煩隨時告知法院。」徐義霆繼續說明，「先前詢問過被告及告訴人，雙方都沒有調解意願，如果審理期間，雙方有調解或者聲請修復的意願，也請告知法院。」

檢辯雙方都點點頭，雖然他們都心知肚明，以黃遊聖輕視法律、一副無所謂的態度，恐怕只會有更多的「破壞」而根本無從「修復」。

「庭上，不用麻煩了！」果然，黃遊聖馬上就舉手表明自己的「堅定立場」，「我沒有錢，要怎麼調解？我沒有錯，要怎麼修復？」

旁聽席傳來窸窣的耳語，因爲媒體先前掌握的訊息，黃遊聖是自白犯罪的，沒想到竟然在第一次準備程序，他似乎就要改採取否認答辯，讓這件無屍命案變得更加撲朔迷離。

經驗老到的徐義霆沉默了三秒，用環視的眼神抑止了旁聽席的小小騷動。

「判他死刑！」一個聲音卻突然竄出，簡短但敏感異常，法庭上眾人看向出處，來自於梁琇怡蒼老而顫抖的唇齒。

這句話立刻點燃了旁聽席的蠢蠢欲動，媒體記者們各種細小的聲音、動作，散發著巨大的張力，彷彿再一小步，無屍命案的對立衝突就要徹底爆炸。

「請雙方尊重法庭秩序，我會讓你們有時間充分發言，但還沒有請你們發言時，請尊重我的訴訟指揮，不然我們程序會很難進行。」徐義霆的聲音不大，但卻很有份量，「旁聽的民眾及記者朋友們，也請遵守旁聽秩序，不要影響法院的程序進行。」

於是第二法庭又安靜下來，徐義霆請檢察官陳述起訴要旨及被告所犯罪名。

羅宇妍起身，用精簡凝鍊，卻又白話淺顯的語詞，說明了黃遊聖殺害邱令典的過程。

「核被告所為，係犯刑法第二百七十一條第一項之殺人罪嫌，以及刑法第二百四十七條第一項之遺棄屍體罪嫌。」羅宇妍陳述完畢，從她起身到坐下的這段過程，她的眼神沒有離開過黃遊聖的雙眼，一如黃遊聖充滿侵略性的注視——現在開始，誰才是掠食者呢？

徐義霆告知黃遊聖他所涉犯的罪名及相關權利後，詢問黃遊聖。

「有沒有收到起訴書？」

「有。」

「對於檢察官起訴你的犯罪事實，是否清楚？」

「清楚。」

「對於檢察官起訴你的犯罪事實及罪名，是否承認？」

黃遊聖冷笑，卻笑而不答。

「對於檢察官起訴你的犯罪事實及罪名，是否承認？」徐義霆又重複問了一次。

黃遊聖依舊是沉默的冷笑，丁朵雯在筆錄上敲下：「（未答）。」

「辯護人，你們跟被告討論的結果，你們的答辯方向是？」徐義霆微微皺眉。

「我們否認犯罪。」施奇正起身，態度不卑不亢，「但同時也主張如果成立犯罪，被告也符合自首減刑規定。」

高至湧冷冷哼了一聲，作爲對於辯方兩面手法的回應：他們一方面全盤否認犯罪，爭取無罪的可能；另一方面，卻也保留退路，萬一被法院認定有罪，就要爭取被告符合自首要件，而一旦依照自首規定減刑，本案就無法判處死刑。

羅宇姸卻依舊不動聲色，淡定得有如一切都在掌握之中。

「請辯護人陳述答辯要旨。」徐義霆詢問。

「答辯要旨就是……」施奇正略微頓了頓，一向在法庭上馳騁辯護的他，卻也有些於心不忍，「黃遊聖沒有殺人，檢察官也沒有辦法證明，邱令典教授已經死亡。」

旁聽席再次掀起低聲的躁動，交頭接耳地傳達難以置信的轉折。檢察官席上的高至湧臉色鐵青，羅宇姸卻依舊平穩，就像是法庭上最沒有情緒的人——或許法治國家下，本來就應該交由最不帶情緒的檢察官來起訴被告。

坐在她身後的梁琇怡卻已經閉上雙眼，臉上傷痛而疲倦的皺紋糾結，微微發抖的她，費了很大力氣，才吞下喉間發出的悲鳴。

徐義霆再次用沉默的眼神，將眾人的目光拉回準備程序。他向雙方確認是否已經開示證據、是否都已經收受對方提出之準備程序書狀。

「除了DNA鑑定結果之外，被告爭執全部事項？」徐義霆看向黃遊聖，黃遊聖也看著他，卻依舊是冷笑不語，彷彿他只是個漠不關心的局外人，正旁聽著其他人的案件。

「對，我們除了認可檢方提出的刑事局DNA鑑定，不爭執黑色休旅車上有邱令典教授的血跡、扣案的大塑膠桶上殘留邱教授的生物跡證之外，其他檢察官主張的事實，我們全部爭執。」施奇正代替黃遊聖回答，「包含監視器拍到的人究竟是不是被告？偷車、行凶的人是不是被告？甚至是邱令典教授的死亡結果，我們全部都爭執。」

「請檢察官提出要聲請調查之證據及待證事實。」徐義霆看向檢察官席，羅宇妍起身，不疾不徐地逐一說明每項要聲請調查的證據，以及每項證據與待證事實的關係。

「被告、辯護人，對於檢察官聲請調查之證據，證據能力跟調查必要性，有什麼意見嗎？」徐義霆再次看向黃遊聖，黃遊聖只搖了搖頭。

「我們都沒有意見。」施奇正回答。

「一百一十二年五月十六日被告的偵訊筆錄，關於被告自白任意性、證據能力也沒有意見嗎？」徐義霆向施奇正確認，畢竟在否認答辯下，卻不爭執偵查中自白的任意性（注），是很罕見的訴訟策略。

「報告庭上，我沒有意見。」黃遊聖突然舉手說道，「那天訊問時，我確實眞誠悔悟，是我自己想要自白犯罪的，檢察官沒有脅迫我，也沒有疲勞訊問，確實是我自願自白的，所以檢察官如果能夠證明我犯罪的話，請讓我用自首減刑。」

「我是說，如果檢察官能夠證明我犯罪的話。」黃遊聖又重複說了一次，一字一句都充滿了嘲諷，「如果用自白就可以定罪的話，庭上你們乾脆現在就判我死刑吧！」

羅宇妍從黃遊聖的眼神看得出來，他之所以完全不爭執證據能力，純粹是出於挑釁──「單單以妳提出的這些證據，就想定我的罪？」而挑釁的程度，更是高到他願意正面迎擊所謂的「證據之王」──自白，顯現出黃遊聖無比的自信，或者可以說是狂妄，旁聽席上的許多記者都用「毫無悔意」、「冷血輕蔑」等字句記下了他的狂放姿態。

曾初恩推了推無框眼鏡，她微微蹙眉，卻也沒多說什麼。

程平爽、劉苡正雖然開庭前已經看過檢辯雙方的準備程序書狀，大致預見了今天的準備程序難以善了，但黃遊聖在法庭上所展現的抵抗力度，仍然令他們印象深刻——不過他們身爲職業法官，相當清楚知道這僅僅是意味著，這是一件被告否認的案件，如此而已，不會也不能再有更多的意義了。

「被告或辯護人，有何證據聲請調查？待證事實爲何？」徐義霆不願意再平添波折，明快地繼續進行程序。

施奇正起身，沒有人發現他潛藏的嘆息，或許連他自己也沒聽見。

「請求將一百一十二年五月十六日被告的偵訊筆錄，列爲證據調查，待證事實爲證明被告本案符合自首要件。另外……」施奇正頓了頓，無意間流露了一絲遲疑，「請求將邱令典教授一百零七年十月十日簽署的『不同意判處行爲人死刑聲明書』，列爲量刑證據。」

聽到施奇正聲請調查「不同意判處行爲人死刑聲明書」，旁聽席的記者們又按捺不住騷動，他們都嗅到了充滿新聞性的火藥味、充滿點閱率的血腥味。事前有做功課的莊韋皓看過這份聲明書，但他原本以爲這只會是新聞媒體發揮的素材，沒想到竟然眞的成爲了法庭攻防的重要證據。

高至湧冷冷地看著黃遊聖，他知道這是黃遊聖最後的保命符，這是第二次殺人的黃遊聖，到量刑辯論階段，面臨檢察官求處死刑時，最後、也最爲強大的保

注 「自白任意性」，是指被告基於他的自由意志、任意性的自白犯罪，而不是受到強暴、脅迫、利誘、詐欺、疲勞訊問、違法羈押或其他不正方法才自白犯罪。

命武器。不過當徐義霆詢問檢察官對於辯護人聲請調查證據的意見時，他還是只能讓羅宇妍如實而平靜地回答：「沒有意見。」

徐義霆再次整理、確認雙方的爭執事項、聲請調查的證據後，諭知暫休庭四十分鐘，由合議庭對於兩造聲請調查證據之證據能力及必要性進行評議。

†

「你最後還是劃掉了。」脫下鑲白邊法袍的曾初恩，喝了一口保溫瓶盛裝的冰水，「還是決定不聲請量刑鑑定（注）了？」

剛剛開庭時，施奇正將她筆記本上的「量刑鑑定？」這句話用黑筆兩線劃掉。

「對啊，妳不覺得鑑定只會對我們不利嗎？」也脫下法袍的施奇正抽了一口菸，捲起袖子、拉鬆領帶束縛的悶熱。

他們站在遠離法庭、採訪記者們，位在法院後棟建築後方僻靜的吸菸區，獨自二人。

「你不是常常說，該怎麼樣就怎麼樣嗎？」曾初恩誠心發問，「爲什麼不讓他去鑑定？」

「是啊！該怎麼樣就怎麼樣！但我們問過他多少次，他都不願意去鑑定，這種非自願的鑑定，難道不會失真嗎？」施奇正叼著菸，看著斑駁的建築物外牆，聳聳肩笑道，「而且說到量刑，難道他還能更糟嗎？」

曾初恩明白他並不是真的在笑。不抽菸的她，也長長嘆了口氣。

十

休庭時間，羅宇妍和高至湧一同回到了高至湧的主任檢察官辦公室。

高至湧在衣帽架掛起鑲紫邊的法袍，坐在沙發區的羅宇妍則將自己卸下的法袍摺疊整齊。

「我看今天旁聽媒體的態度，對於檢方可能不會很友善。」高至湧一邊操作著研磨咖啡機、一邊說道。

「今天只是準備程序，我們應該點到為止就好。」羅宇妍自信地微笑，「資訊越少，媒體就越是無法捕風捉影，也就越不容易污染國民法官的心證。況且，

注　法院量刑應該要依照刑法第57條規定，審酌一切情狀判斷，而「量刑鑑定」是法院囑託醫師、心理師、社工、學者等專家對於量刑事項、社會復歸可能性等進行評估，協助法院決定量刑，此於重大矚目案件中越來越受到重視。

我還寧願在剛開始的階段，媒體是對檢方不友善，而不是對被告不友善。」

「喔？為什麼？」高至湧將剛沖好的兩杯熱美式，一杯遞給羅宇妍。

「因為我認為，檢察官如果能證明被告犯罪，就要能證明他沒有一絲一毫的無辜，就要能證明這個有罪判決，沒有一絲一毫的質疑。」羅宇妍接過咖啡，微微一笑，輕柔而堅定。

「我想就是要大獲全勝，讓他心服口服的意思吧？」高至湧莞爾，細細品嘗著咖啡的苦澀與韻味。

羅宇妍燦笑，仰頭將咖啡一飲而盡，拿著法袍起身。

「妳現在就要過去了？還有二十分鐘耶！」高至湧拿著喝到一半的咖啡傻眼。

「主任你慢慢來沒關係！我先過去法庭。」羅宇妍已經披上法袍，像是捲起一輪華麗無雙的紫花，「我喜歡從容不迫的感覺。」

高至湧苦笑著揮揮手，他總覺得這襲鑲紫邊法袍穿在她身上看起來格外耀眼。

†

「時間緊迫，我們就喝這個吧！」徐義霆從冰箱拿出他預先準備好的冷泡茶，倒了三杯，他們三人的鑲藍邊法袍整齊地掛在一旁衣架上。

「沒想到這個被告還眞的凶啊，羅檢應該覺得棋逢敵手。」程平奭喝口茶笑了笑。

「你是受命你還笑得出來？」劉苡正挖苦道，「這件這麼矚目，偏偏雙方又爭執得這麼激烈，眼見就要『開花』了，再來的審理程序眞的不知道何去何從？」

「國民法官程序是採取起訴狀一本（注），其實我們本來就很難預料案件的走向吧。」程平奭吐吐舌頭，不過他能夠體會，先前職業法官總是在開庭前就熟讀卷證，能夠一手掌握案件的大小動態，但現在卻只剩下幾張起訴書、準備程序書狀，遇到爭執激烈的案件，心裡難免會有不踏實感。

「不會啦，苡正，不用太擔心。」徐義霆倒是氣定神閒地喝了口茶，推了推金框眼鏡，「國民法官證據調查既然是採取當事人進行，我們法院就做我們該做的事情就好，其他的事情就不是我們該擔心的。我們的職責，就是要讓國民法官

注　依照國民法官法第43條第1項規定：「行國民參與審判之案件，檢察官起訴時，應向管轄法院提出起訴書，並不得將卷宗及證物一併送交法院。」與現行刑事訴訟法採取檢察官起訴時卷證併送法院的情形不同，國民法官法庭不論是職業法官或者國民法官，在審判程序前都不會接觸到卷證，避免預設立場或者有所偏見。

跟我們一起客觀、中立的審理。」

劉苡正、程平奭都點了點頭。

「那我們開始把審理的架構整理出來吧！」徐義霆知道，不論是兩造、告訴人、證人還是法檯上的國民法官法庭，身爲審判長的他，就是安定眾人、平穩程序的中堅力量。

—

「起立！」站在法庭中央的法警一聲令下，眾人起立，目迎徐義霆等三位法官步入法庭。

徐義霆清楚而明白地說明了合議庭評議的結果：雙方聲請調查的證據，均有證據能力且有調查必要性，也符合最佳證據調查原則。針對犯罪事實部分，雖然被告否認犯嫌，但由於被告、辯護人都不爭執證據能力及調查方式，也沒有聲請調查證據，所以基本上是以調查書證、物證之方式進行。關於量刑部分，因爲雙方爭執被告是否適用自首規定，法院將依照檢察官之聲請，傳喚證人即警方偵辦人員何翼賢到庭作證，待證事實爲警察是否於被告一百一十二年五月十六日接受偵訊前，就已經發覺了被告的犯罪嫌疑（注1）。

徐義霆再向檢察官、辯護人確認調查證據的範圍、次序、方法以及所需要的時間，雙方對此並沒有太多爭執或意見。其中，高至湧特別強調要當庭提示證物凶刀，供國民法官法庭辨認，施奇正雖然知道他的眞正用意是什麼，但不論是在犯罪事實的認定，或者量刑判斷上，確實都有調查扣案凶刀的必要性，他只能摸摸鼻子表示：「沒有意見。」於是，本案審理程序的架構大致底定。

隨後，徐義霆進行國民法官抽選、選任程序事項的處理。因爲先前模擬法庭的經驗，雲林地院轄區候選國民法官，選任期日到庭率比較低，爲了避免候選國民法官人數不足，檢察官、辯護人都同意由電腦隨機抽選兩百位候選國民法官，再通知他們到庭（注2）。

「被告，選任期日你是否要到場？」徐義霆看向黃遊聖。

注1　依照刑法第六十二條的自首減刑規定，行為人必須在偵查機關「發覺」他的犯罪前，向偵查機關陳述自己犯罪才算是「自首」。至於偵查機關是否已經「發覺」了行為人的犯罪，實務認為，應該要以偵查機關是不是已經有確切的根據可以合理懷疑行為人犯罪，作為區分標準。此外，自首是「得」減輕其刑而非「應」減輕其刑。

注2　國民法官的選任，前一年會由地方政府從轄區符合資格者中，隨機抽選出地方法院所需人數的備選國民法官，製作成「備選國民法官初選名冊」；再由法院審核小組審查、排除不具資格者後，製作「備選國民法官複選名冊」，法院會寄送書面通知給列入複選名冊的備選國民法官。當有適用國民參與審判案件時，法院會從「備選國民法官複選名冊」隨機抽選出該案件所需要人數的「候選國民法官」，並以書面通知「候選國民法官」於選任期日到庭。

黃遊聖卻噗哧一聲笑了出來，誇張的肢體動作明顯帶有嘲諷意味。

「嘿！我當然要到場啊！」黃遊聖雙眼瞪著徐義霆，冰冷銳利得像是攫住獵物的飛鷹，「我要親眼好好看看，到底是誰要來審判我？」

徐義霆早已發覺黃遊聖充滿侵略性的注視，他輕推了下金邊鏡框，鏡片反映著無懼的亮光：「不是誰要來審判你，是法律要來審判你。」

旁聽席上的記者們有不少人都讚許地點了點頭。徐義霆轉頭向左右兩側的劉苡正、程平爾側耳低聲交換意見、討論。

「依照本案起訴的犯嫌情節、被告今日準備程序的答辯及行爲舉止，合議庭認爲，被告於選任期日到場可能會造成國民法官心理壓力而無法自由陳述，所以依照國民法官法第二十四條第二項規定，限制被告在場，選任期日當天，被告只能在保護室，用同步視訊方式觀看選任過程。」徐義霆說明合議庭的決定，「雙方有無意見？」

羅宇妍表示沒有意見，施奇正向曾初恩交換了一下眼神，馬上也舉手表示沒有意見——以黃遊聖今天這樣狂放的舉止，他們反而擔心如果讓被告到場，恐怕會讓候選國民法官留下「深刻」的印象。

「被告，你自己有沒有意見？」徐義霆看向黃遊聖。

「報告！被告不敢有意見！」黃遊聖戲謔模仿著「報告班長」回應，臉上滿是似笑非笑的輕浮。

坐在旁聽席第一排的莊韋皓今天不斷看到黃遊聖的這個笑容，原先閃過他腦中的那個形象也越來越清晰。

徐義霆向檢辯雙方確認準備程序的整理結果，以及審理計畫的內容後，他沒有忘記要讓被害人邱令典的母親梁琇怡表示意見：「告訴人梁女士，對於本案，請問妳有什麼意見要表示嗎？」

第二法庭頓時安靜下來，眾人的眼光一同看向坐在檢察官後方的梁琇怡。

七十多歲的她，白髮梳理整齊，穿著合宜樸素的米白襯衫、藍黑色長褲，她慢慢地起身，看著法庭，看著合議庭，看著黃遊聖。

傷心過度，顯得虛弱而憔悴的她，旁聽了整場準備程序，卻覺得全場除了她之外，所有人都置身事外。只有她，陪伴了邱令典五十三年多。從那個懷中哭啼的嬰孩，從那個牙牙學語的小男孩，從那個長得比她還要高的國中生，從那個戴著方帽的年輕博士，從那個跪倒在父親靈前的成熟獨子，一直到他五十三歲了，一幕幕人生的剪影都收錄在梁琇怡衰老的眼裡。

「今天是星期五了，明天我兒子就會回來看我了。」梁琇怡啞聲用台語說道，「他很孝順，每個禮拜放假都會回來陪我，他怕我一個人無聊，怕我一個人孤單。每次他回來，我都自己煮飯，他最愛呷我滷的豬腳，每次飯都呷好幾碗。」

第二法庭所有人都屏住呼吸，沒有人願意驚擾梁琇怡回憶過往，也似乎慢慢被她帶進了母子二人的相處時光。

「妳兒子死了！妳要記得多拜幾碗飯！」黃遊聖卻蠻不在乎，逕自用台語打斷了梁琇怡，粗暴異常，一旁的施奇正聽了深深皺眉。

「被告，現在不是你說話的時間！」徐義霆馬上出聲制止，卻已經來不及控制梁琇怡的情緒崩潰。

「法官大人，我拜託你們，一定要判他死刑！」漲紅眼眶的梁琇怡突然嘶聲哭吼，「你們看他現在這樣，有悔改嗎？這是他第二次殺人了！千萬不要再給他機會！我兒子已經不會再回來了……嗚……永遠都不會再回來了……」

「好，梁女士妳先請坐，妳的意見法院有記下來了，妳先緩和一下……」徐義霆示意法警及其他家屬過去安撫情緒激動的梁琇怡。

「妳兒子不希望我被判死刑啦！」黃遊聖又用台語大聲插話。

「被告！我嚴正警告你，現在不是你說話的時間，請尊重法庭秩序。」徐義霆努力壓抑住自己的怒氣，「你如果希望別人尊重你，請你也要尊重別人。」

黃遊聖張開雙手，示意投降，臉上卻依舊是不以為意的嬉皮笑臉。他的背景是怒目橫眉的高至湧，是心碎哭吼的梁琇怡，是沉默但同樣憤怒的旁聽記者們……這些畫面彷彿正以蒙太奇分裂又組合的方式，拼湊出黃遊聖的完整樣貌，那麼具體又抽象。

這一瞬間，莊韋皓腦中閃過的那個形象終於清楚地浮現出來——「**法庭上的瘋狂小丑**」，他在那張黃遊聖的黑白速畫像旁用紅筆寫下，鮮豔地正如黃遊聖此時的狂放。

程序的最後，徐義霆宣示準備程序終結，但在場的人都知道，這場審判現在才要開始，而且勢必難以善了。

羅宇妍起身，不帶色彩也不帶情緒地看著黃遊聖，不論是從證據或者是多年偵查檢察官的直覺，她都確信自己的起訴絕對正確，在法的限度內，簡潔而精準。此時此刻，她是檢察官，不是羅宇妍。

被法警上銬的黃遊聖也凝視著她，看著這位把他帶上法庭的檢察官，眼神裡卻是充滿惡意的笑靨，彷彿無時無刻，他都要提醒所有人，他是黃遊聖，不是犯人。

十

情緒激動難以平息的梁琇怡，被家屬們攙扶離開第二法庭，面對法庭外包圍想要採訪的媒體，多名法警協助開道方便梁琇怡及家屬們離開，沒想到梁琇怡卻逕自走向了媒體記者的麥克風及攝影機。

「他一定要被判死刑！他是罪有應得、死有餘辜！」梁琇怡用台語哭吼著，蒼老瘦弱的她像用盡最後一絲力氣，「一命換一命！還我兒子的命來！」

她的眼淚、她的憤怒、她的咆哮控訴，成爲了當天晚上各大新聞媒體不斷重複播放的畫面，卻引發正反不一的回應。同情這麼一位痛失愛子的老婦者固然大有人在，但卻也有爲數不少的酸言酸語：

「支持廢死的傢伙，遇到自己家人被殺了卻又要求判死，這不是雙標，什麼才是雙標？」

「現在懷念起死刑的好處了嗎？」

「怎麼不想想之前那些被殺害的被害人家屬有多痛？」

「很遺憾，但我要說『死好』！」

「不行喔，死刑這麼落後，不要讓妳兒子不開心。」

「每個人都可以教化吧，妳可以考慮帶回家自己教化喔！這樣是不是就賺回一個兒子了？」

字字句句，入骨扎心。如果邱令典還活著，如果他還能說話，他要怎麼面對這些攻訐呢？或許他早已想過了此情此景，所以在四年多前，寫下了「不同意判處行爲人死刑聲明書」。但如今，這張紙卻成了孤單無助的老母親，獨力承受所有箭矢的靶，疼痛如暴雨。

——

另外一頭，法警們將銬著手銬、腳鐐，穿著西裝的黃遊聖，從第二法庭解送回囚車，在法庭外的長廊，同樣也是面對媒體爭相包圍採訪，黃遊聖面對大小不一、砲管似的鏡頭、閃光燈，卻是不躲不避，不需要任何遮掩，嘴角甚至還微微上揚。

「你眞的沒有殺邱教授嗎？」

「你會不會怕死刑？」

「你想跟家屬道歉嗎？」

「你先前都承認，爲什麼到了法庭才否認？」

「你覺得自己被冤枉嗎？」

「你殺了邱教授，會不會後悔？」

四周傳來記者們七嘴八舌的提問，而最後一個問題，卻讓黃遊聖停下腳步。

他用了全身力氣停下腳步，就連身旁的兩位法警都拉不動肌肉僵硬的他。

他側頭看向拿著麥克風提問的莊韋皓：「你問什麼？」

莊韋皓連忙從詫異中回神，將麥克風遞得更近一些，後方超新聞攝影師的攝影機鏡頭正對著黃遊聖，像是漆黑的砲口：「我說，你殺了邱教授，會不會後悔？」

「後悔？」黃遊聖咬牙切齒，吐出一個字一個字的回應，「如果邱令典不是我殺的，你現在問我這個問題，你會不會後悔？」

然後他笑了，從嘴角開始猙獰的扭曲，撕裂開黑暗的臉部孔洞，簡直笑得不像人類。

「我去你媽的媒體自律！」黃遊聖不再抵抗左右兩旁法警的拉扯，任由他們架走自己，他穿著整齊黑色西裝的背影，只拋下這句話，伴隨著狂妄的嘲笑聲，還有手銬腳鐐碰撞的叮噹金屬聲響。

記者媒體們隨即追了上去，莊韋皓卻愣在原地，低垂麥克風的他面紅耳赤，黃遊聖的譏諷還在他耳旁繚繞不去。

然而超新聞取得的這個正面鏡頭畫面，依舊沸騰了多日的新聞媒體，加上旁聽記者們對於準備程序中，黃遊聖種種嘲諷法律、狂放舉止的記錄描述，充分建立起黃遊聖的狂人形象，而超新聞下的標題，更是直接爲黃遊聖做了明確的角色定位——「法庭上的瘋狂小丑」。

不過很少人注意到，在莊韋皓撰寫的報導中，他加上了這麼一段：「黃遊聖不尋常的言談舉止，就像是在法庭上盡情表演的瘋狂小丑，製造了喧賓奪主的荒謬。只是令人摸不透的是，當他拿下小丑面具時，究竟是一個怎麼樣的人？那張吸引全場目光的面具，會不會只是他追求某種目的的僞裝？是佯裝堅強，還是爲了逃避罪責？如果這些狂放的舉動都只是一場表演，那謝幕之後，國民法官法庭，又該如何評價面具底下眞實的他呢？

當然，輿論面對涉嫌第二次殺人的殺人犯、又公然挑釁司法公權力的瘋狂小丑，自然是一面倒的惡評：

「上次本來就應該判死刑了，現在直接槍決啦！」

「不要再浪費納稅人的錢養他了，唯一支持死刑！」

「好想抽中國民法官喔，我直接判他一百個死刑！」

「死刑未免太便宜他了，請問槍斃後可以再鞭屍嗎？」

「到了法庭才在狡辯，這種該不會恐龍法官還認爲可以教化吧？」

「第二次殺人還可以教化嗎？到底是要讓他殺幾個人才夠？」

「還好現在有國民法官了，不會再讓這個嘻嘻哈哈的小丑逃過死刑了。」

二石山命案，法庭上的瘋狂小丑，第二次殺人的嫌疑犯，殺的卻是活躍的廢死支持者，甚至還簽了「不同意判處行爲人死刑聲明書」，讓社會輿論風向罕見的陷入矛盾——該殺，還是不該殺？

準備程序後的隔天就是週末假日，程平奭起了個大早，進辦公室寫了幾件裁定後，用電腦查詢、確認路線，換上登山服裝、擦好防曬乳、還帶了登山杖，準備自己前往二石山。

徐義霆卻敲門走了進來。

「爽哥，來加班喔？」徐義霆也穿得相當休閒。

「嗨，學長。我來加班一下，不過我要準備走了，出去散步一下。」程平奭笑著回答。

「你要去爬山？我怎麼沒聽說你有爬山的習慣？」徐義霆看著他全副武裝的登山打扮問道。

「哎呀，學長你就不要明知故問了！」程平奭大笑，「我先去二石山繞繞，體驗一下現場氣氛，這樣審理時也比較容易進入狀況。」

「別去了，爽哥，我說真的。」徐義霆正色道，他似乎早就預料到程平奭會私下前往二石山。

「還好吧！學長！我就只是單純去繞繞，散個步，也沒有要做什麼調查。」程平奭解釋。

「從國民法官法的規範精神來看，我們要盡量避免職業法官與國民法官之間的資訊落差。現在國民法官都還沒有選出來，你卻自己先去勘驗現場，不就取得了比國民法官更進一步的案件資料了嗎？」徐義霆嘆了口氣，「我知道你求好心切，對於案件總是相當投入，但這是國民法官案件，我覺得我們還是要照著國民法官法的架構去走。基本上就是採取當事人進行主義，是由檢辯雙方去主導證據調查，法院不應該太過職權介入。」

「學長，你還記得我的第一件審理案件嗎？」程平奭誠懇地說著，「那件販毒案件，如果不是我們職權勘驗通訊監察光碟，被告現在可能就在監獄裡服刑了。國民法官案件的被告，難道就不應該受到法律保障嗎？」

「必要的時候，法院當然還是可以，甚至應該職權介入調查。」徐義霆推了推金框眼鏡，「只是現在才剛開始審理，雙方也在準備程序中進行充分的攻防了，我並不覺得法院現在就有職權介入調查的必要。」

「學長，我懂你的意思，那我就不去了。」程平奭點點頭表示認同。

「爽哥，心態還是要稍微調整一下，就讓當事人去進行吧。」徐義霆微微一笑，「而且不要小看了我們的鬼才公辯，他一定可以充分保障被告權利！何況還有曾律師一起辯護。」

「哈！學長，我知道啦，有他們兩位辯護人在當然不用擔心。」程平奭陽光燦笑，「不過學長，我醜話要說在前頭，如果審判中我眞的認爲有必要性，我還是會提議到現場去勘驗，到時候就整個國民法官法庭一起去吧！當然，你如果跟學姐要用評議方式一起三一我（注），我也是沒辦法啦！哈哈！」

「臭小子，到時候再看看吧！」徐義霆笑罵道，他總覺得眼前的程平奭，從某些角度來看，像極了當年的自己，那個還在追逐偵查意義的年輕檢察官。

「好的，那我們出發吧！」程平奭脫下登山帽也放下了登山杖。

「出發？要去哪裡？」徐義霆一頭霧水。

「現在還沒九點，學長我們一起去吃個肉羹墊墊胃吧，這個時候去剛剛好，人不多。」程平奭拉著徐義霆往外走。

「欸！不是，我有吃早餐了，」徐義霆笑道，「而且我今天是眞的要來加班耶。」

兩人的笑聲穿梭在週六早晨，寧靜的雲林地院。

注 三位法官一起審理的合議案件，依照法院組織法的規定，是用「評議」方式決定有無調查證據必要、如何判決、量刑等重要事項，以過半數之意見決定。

第五章

選任程序

二〇二三年七月中，臺北市，盛夏夜。下班後剛吃完巷口牛肉麵的張丕飛散步回家。分邊瀏海、濃眉大眼、三十多歲的他，手裡拿著今天發行的超新聞報紙，漫不經心地吹著口哨，轉進住宅區的巷弄。

超新聞社會線的「老張小莊」——張丕飛、莊韋皓，是超新聞近年來最受矚目的報導組合，他們聯手報導了好幾起社會關注的重大刑案，精闢而深入的觀點頗受好評，更不用說好幾次的獨家新聞，屢屢創造暴衝的點閱率，讓他們成爲總編最得意的左右手。這幾年在超新聞，資深記者張丕飛一把提攜、指導新進的記者莊韋皓，兩人亦師亦友，感情深厚。

「『法庭上的瘋狂小丑』，這取名聽起來有點中二，不過還算響亮。」張丕飛邊走邊隨意翻著莊韋皓撰寫的二石山命案專題報導，這起全國矚目的國民法官案件，總編自然是交給他和莊韋皓負責。準備程序當天，因爲張丕飛還在跑其他重大刑案報導，所以讓莊韋皓一人南下旁聽。

張丕飛走到家門口，五層樓高的舊式公寓，正準備開啓紅色鐵門時，一台機車駛近，向他輕按了下喇叭。

「老張，剛好遇到你！」熟識的郵差騎著機車向他打招呼，「來，你的掛號信。」

「謝啦！」張丕飛簽名後，從郵差手中接過那封信。

這封信原本是寄到他的雲林老家，但因爲他不常回去，他爸爸就轉寄到臺北給他。

拆開外包裝，裡頭是粉紅色的信封，比標準信封更寬一些，上面寫著：「張丕飛先生親啓」，寄送人地址是來自雲林縣虎尾鎮。

張丕飛開門走上三樓，他感覺自己的心隨著腳步與高度而跳動得越來越快，一直等到關上家門、上鎖，他都還不敢開啓那封信，任由它與超新聞的報紙一起被置放在客廳長桌上，但他的目光卻始終沒有離開過它。

雲林虎尾，他的故鄉，他的老家，他的父母都還住在那邊，他從小長大的地方，連大學都是在虎科大就讀，他也是在那邊認識了薛可曼。「曼曼」，他的初戀，銘心刻骨的五年又四個多月感情。

分手多年，他也換過了幾任女友，這之中不時有人捎來她的消息，聽說她還住在虎尾，在虎尾街上開了一間簡餐店，生意還不錯。而現在恢復單身的他，最後一次得到她的消息，是聽說她今年要結婚了。

今天晚上，他拿到了那張來自雲林虎尾的粉紅色邀請，他依稀還記得她的字跡，如今娟秀地寫著：「張丕飛先生親啓」。

他深呼吸，披上了件薄外套，拿起那封信出門。他知道他一定要出門一趟，只有一個地方適合打開這封信。

一個多小時後，淡水漁人碼頭。停好機車的張丕飛帶著那封信，提著一袋啤酒，漫無目的地走在河畔夜景之中。

他回到這裡，因為這是他和曼曼大學畢業後，他獨自北上工作，曼曼來找他，他們最常約會的地點。那時候他們都還太年輕，年輕到不認為距離是問題，也不認為各自的夢想會是問題。

他喝了兩罐啤酒之後，擦了擦滿是鬍渣、啤酒碎沫的嘴旁，在安靜無人的河畔角落坐了下來。

夏夜晚風，遠方的燈火搖曳，他在昏暗中打開了那封粉紅色的信，他已經梳理好所有往事，已經可以為她獻上最誠摯的祝福了。

「臺灣雲林地方法院候選國民法官選任期日通知書」，信封裡只有一張紙，上頭標題寫著這行字。

「幹！這三小！」張丕飛忍不住幹譙出聲，他完全沒料到這封信竟然會是法院的通知。

他趕緊再翻到信封的封面，上面「張丕飛先生親啓」的娟秀字跡，越看越不像是曼曼寫的，畢竟也十幾年沒看過她的字了。

「靠！我還喝酒了，今天不就回不去了？那不就還好明天沒班？」他隨地躺下，慵懶地張開雙臂，不禁有種如釋重負的輕鬆感，「真的是流浪到淡水了。」

他喃喃自嘲，再拿起通知書仔細一看：「一一二年度國審重訴字第一號殺人等案件」。

「哇靠！中大獎了！」張丕飛精神一振，立刻起身，興奮地打了通訊軟體的語音電話給莊韋皓。

「飛哥，怎麼了？要請我吃宵夜嗎？」電話那頭的莊韋皓聽起來還在加班。

「我跟你說，二石山命案，你叫被告『法庭上的瘋狂小丑』，取名取得還不錯，不過報導內容寫得有點娘娘腔。」張丕飛有些醉言醉語。

「蛤？什麼意思？」現在已經晚上十點多，莊韋皓總覺得這通電話有些沒頭沒腦。

「就是寫的力道不夠啦！對於這種敗類，你還客氣什麼？」張丕飛又喝了口啤酒，辛辣入喉，「我不同意邱令典的廢死主張，但我誓死捍衛他表達的權利！」

「什麼啦？你在講什麼？你是不是喝醉了？」莊韋皓發現他講話有些大舌頭。

「什麼喝醉？我從來沒有這麼清醒過，哈哈哈！」張丕飛醉態大笑，「沒有人可以被隨意殺害，廢死的命也是命啊！」

「不過你放心，我來處理！」張丕飛拍了拍胸脯，「蝙蝠俠要來幹掉小丑了！」

他緊握著那張候選國民法官通知書，正義感塞滿了胸膛，他有兩百分之一的機會可以坐上法檯，審判那位囂張的二次殺人犯。他相信，只有死刑能夠卸下他裝瘋賣傻的小丑面具。

——兩個多禮拜前，二石山命案準備程序終結後的週一，雲林地院刑五庭審判長辦公室，徐義霆正向劉苡正、程平奭展示他精心設計的候選國民法官選任期日通知書。

「哇，粉紅色的耶。」劉苡正驚訝。

「這看起來是不是有點像喜帖啊？」程平奭哈哈一笑。

「像喜帖好啊，我就是希望候選國民法官收到信不要太緊張。」徐義霆微微一笑，「先前模擬法庭時，就有國民法官反映，一開始收到選任期日通知書，因爲是用法院的公文信封，他們還以爲被告了還是怎麼樣，非常緊張。我們用這樣柔性的設計方式，應該會比較親民吧？」

「是說，一般人收到喜帖會開心嗎？」程平奭還是哈哈笑著，「還是會覺得自己被丟了紅色炸彈？」

「哎呀，這種事情本來就很難讓大家都開心吧？至少不要感到那麼討厭就好！」徐義霆揮揮手，「如果你們都認爲沒問題，那我等下就要開始來寫信封了，我總共要寫兩百個呢！」

「全力支持！」程平奭比了個大姆指。

「學長加油！」劉苡正也點點頭。

徐義霆邊笑著，邊在信封上寫下娟秀的字跡：「張丕飛先生親啓」。

二石山命案，國民法官選任期日訂在二〇二三年八月二十八日上午九點半，而選任出國民法官後，國民法官法庭隨即在二〇二三年八月二十九日到三十一日進行審理，預計於二〇二三年八月三十一日下午兩點半宣判。

二〇二三年八月二十五日星期五，選任期日前最後一個上班日。傍晚五點多的下班時分，徐義霆請劉苡正、程平奭過來辦公室，但他這次沒有泡茶，而是神神祕祕地帶他們穿過走廊，經過了好幾道門，來到了法院一樓中庭花園。

「哇！每次經過前棟二樓走廊都會看到這裡，但我都不知道要怎麼走進來，簡直是雲院的祕密花園。」穿著NBA球衣的程平奭看著周圍環繞的花草綠意讚嘆。

「對啊，這裡眞是涼爽！」劉苡正站在幾株樹木的林蔭間，向晚的微風吹拂她的長髮。

「你們認得這棵樹嗎？」徐義霆走向花園一角，輕撫著一棵二樓高的樹木，只見它的樹皮斑駁，像是剝落的雲片，樹枝上滿布綠葉，還有淡黃綠色的小花。

劉苡正笑吟吟地沒有回答。程平奭則是走近抬頭觀望，他瞇起眼看向那些往天空蜿蜒伸展的樹枝。

「喲！學長，該不會是你辦公室那張照片的枯樹吧？」程平奭驚訝地怪叫一聲，「不過，它現在怎麼長得這麼好？」

「奭哥厲害，這樣也能看得出來！」徐義霆微笑，「那張照片是在冬天拍的，我又修了一下背景和調色，想要突顯它的孤獨感。」

「孤獨感？」程平奭疑惑，「像它現在這樣花花綠綠、充滿活力的樣子，不好嗎？」

「幾年前，我剛從檢察官轉任法官，一開始很不習慣工作性質的改變，寫判決寫到煩的時候，就會走來這裡透透氣。有一位司機大哥告訴我，這棵樹是榔榆，它已經枯了好多年了，卻始終屹立不搖，法院同仁都嘖嘖稱奇。」徐義霆回憶往事，泛著微笑，「那年冬天很冷，我爲它拍了照片，掛在辦公室牆上。隔年春天，它竟然就冒出了新芽，後來它雖然會落葉，但再也不枯了。我的相機，恰好拍下了它最孤獨的時候。」

程平奭、劉苡正靜靜聽著這棵樹的生命故事，若有所思。

「常常有人認為，司法官是在象牙塔裡工作，封閉隔絕、脫離現實，不食人間煙火。這讓我們有時候就像這棵孤獨的樹，沒有人支持，沒有人過問，任由它自生自滅。」徐義霆輕輕嘆了口氣，「雖然我們都知道，象牙塔裡守護的是什麼，一旦象牙塔傾塌了，原本習以為常的世界也將不復存在。不過說到底，這樣不被大家認同的工作，未免也太寂寞了些。」

程平奭點點頭，看著眼前生意盎然的榔榆，難以想像它曾經凋枯多年，對比那張孤獨的剪影，猶如前世今生。

「這麼多年了，現在終於有機會，讓這棵孤獨的樹冒出新芽。」徐義霆的話並沒有說完，但他停了下來。

「學長你是指，國民法官嗎？」程平奭看著站在樹下的徐義霆，他的身後隱隱有林蔭間的最後陽光。

「讓人民一起參與審理，讓人民瞭解司法審判的過程，讓人民走進象牙塔裡，讓人民一起守護，法治國家最重要的事情。」徐義霆的眼裡彷彿也有光，「一開始只是小小的新芽，但終究會成為一棵生氣蓬勃的大樹。」

劉苡正抬頭，看著綠色夕陽隨風搖曳。

「哈，那下禮拜就要靠學長這位專業老園丁了！」程平奭哈哈一笑。

「欸！沒禮貌，我應該沒有很老吧？」徐義霆笑罵道。

徐義霆已經決定，等到審理完畢、宣判之後，他想邀請整個國民法官法庭一起到這棵樹下合影，作爲案件的結束，以及人民與司法的開始。

二〇二三年八月二十八日，「二石山命案」國民法官選任期日。

報到時間到九點十分爲止，雲林地院用電腦隨機抽選、通知了兩百位候選國民法官，但沒想到眞正來報到的人數卻只有三十七位，還不到四分之一，相對於法院外團團圍住、熱鬧的記者媒體們，顯得冷清許多。

張丕飛一大早就和莊韋皓、攝影師等超新聞工作團隊一起開車南下，他穿著簡單輕便的棉T、牛仔褲，依照法院行政人員的指引，與其他候選國民法官進到了第一法庭旁聽席。他看了空蕩蕩的座位區，心中不免竊喜，總覺得自己獲選的機會大增——尤其當法院行政人員爲他寫上候選編號：「一六八號」後，他更加確信自己今天不會空手而回了。

九點半，穿著短袖襯衫、西裝褲的徐義霆走進第一法庭。他站在法檯前，向三十七位候選國民法官說明本案檢察官起訴的事實及被告、被害人的身分，讓候選國民法官們確認自己跟被告、被害人有沒有利害關係，而不能被選爲國民法官。隨後，徐義霆請候選國民法官們當場塡寫到庭調查表，作爲判斷是否可被選爲國民法官的參考。

「哇，你一六八號，眞好。」張丕飛正寫著調查表，坐在他旁邊，留著中分頭髮、單眼皮的年輕男子突然向他攀談，「我也好想被抽到喔！」

「放心啦，今天才來三十七個，要抽八個，我看大家都很有機會吧。」張丕飛聳聳肩，「不過被抽到就要綁在這裡四天耶，其實也不輕鬆吧？雖然規定公司要給公假，但有時候還是難免會影響工作吧？」

他沒說出口的是，如果自己能被抽到，親自擔任這麼矚目的二石山命案國民法官，對於新聞採訪工作一定非常有幫助，他都還記得今天清晨從公司出發時，親自送行、眉開眼笑的總編，總編是多麼期待他能夠進去國民法官法庭「臥底」，來個最深入的第一手報導——雖然國民法官有嚴格的保密義務，張丕飛也不可能眞正揭露什麼審判祕辛，但至少由國民法官寫出來的報導，本身就充滿了話題性。當然，相對於此，張丕飛清楚知道，自己如果能被選上國民法官，他有更重要的使命要完成。

「哈哈，我沒有工作啊！」中分男怪笑道，「或者也可以說，參與這件案子的審理，就是我最近最重要的工作！」

「喔喔，是喔。」張丕飛也無心搭理他，隨口敷衍過去，「那加油囉！」

「好喔，希望我們有機會可以一起當國民法官啊！」中分男微笑，「我叫鄭彥昇。」

「叫我老張就好了。」張丕飛也微笑，並沒有透露全名。

「老張，我覺得我們還眞是有緣。」鄭彥昇擠眉弄眼一下，突然神神祕祕地湊近他，低聲道，「等等就要個別詢問了，我有研究過了，我覺得他們問的重點會在於國民法官法第十五條第九款，也就是會不會認爲你擔任國民法官不公正。簡單說，太偏向檢察官跟太偏向被告都不好，這樣的人有可能會被刷掉。」

張丕飛點點頭，他倒是沒想過這件事，但鄭彥昇說得確實有道理。

「那張大記者加油了，我也是你專欄的鐵粉啊！」鄭彥昇笑了，「雖然我不一定同意你的觀點和立場，但我覺得你如果能夠擔任國民法官的話，我們一定可以一起找出眞相！」

他笑得陽光燦爛，張丕飛卻感到有些意外——原來鄭彥昇早就認出他了，近年來他偶爾會上一些政論節目針砭時事，所以是有被認出來的可能性。或許鄭彥昇並不是隨機攀談，而是有意要提醒他，太過鮮明的立場，可能會在個別詢問時被篩掉。

「謝謝。」張不飛點點頭，用眼神告訴鄭彥昇他心領神會。雖然他並不確定他們心中的「眞相」，是否一致。

上午九點四十五分，開始候選國民法官的個別詢問。

依照準備程序的決定，本次選任程序是採取「先問後抽」的方式，也就是法院、檢辯雙方個別詢問每一位到庭的國民法官，如果檢辯雙方認爲某一位候選國民法官有不適任的情形，可以說明理由，聲請法院裁定不選任他擔任國民法官，但是否裁定不選任，決定權在法院，如果法院裁定不選任，他就不會被列入抽選名單。除此之外，檢辯雙方各有四個名額，可以不附理由聲請法院不選任某人擔任國民法官，法院並沒有選擇權，必須裁定不選任，這個人也不會被列入抽選名單。最後，法院就從沒有被裁定不選任的候選國民法官當中，用抽籤的方式，抽選出六名國民法官，以及兩名備位國民法官。

按照國民法官法第三條第一項的規定，國民法官法庭是由三位法官及六位國民法官共同組成。另外依照第十條第一項規定，法院可以選任一到四位的備位國民法官，當國民法官不能執行職務的時候，備位國民法官就可以依序遞補成爲國民法官。而爲了讓備位國民法官遞補時可以無縫接軌審理，備位國民法官會跟著國民法官法庭一起審理，也可以訊問證人、被告等等。

個別詢問是在第一法庭旁的詢問室進行，合議庭徐義霆、劉苡正、程平爽，檢方高至湧、羅宇妍、辯方施奇正、曾初恩都到場，因爲不是正式開庭，也爲了減緩候選國民法官的緊張情緒，他們並沒有穿著法袍，坐成一個半圓弧，一旁則是用筆電負責製作選任程序筆錄的書記官丁朵雯。

換上先前那套整齊黑色西裝的黃遊聖，由兩位法警戒護，坐在第五法庭旁的證人保護室，他透過攝影設備，遠端觀看詢問室的選任程序；合議庭也可以透過桌上的螢幕，看到證人保護室裡黃遊聖的狀況。如果黃遊聖想要發言，經過徐義霆允許，法警會爲他開啓麥克風，詢問室就可以聽到他的聲音。而一般時候，麥克風是保持關閉狀態，避免黃遊聖不當干擾選任程序的進行。

「被告黃遊聖先生，有聽到我的聲音嗎？」徐義霆向黃遊聖確認詢問室的收音狀況，確保待會進行的選任程序，黃遊聖能夠順利看到、聽到整個過程。

「有聽到。嘿！」黃遊聖冷笑一聲，「今天來的候選國民法官也太少了吧？我強烈要求法院，對於今天沒到庭的候選國民法官，應該按照國民法官法第九十九條規定處以罰鍰！」

「這部分合議庭會再審酌，候選國民法官是不是經合法通知，卻沒有正當理由不到庭，也會審酌有沒有裁處罰鍰的必要性。」徐義霆看著螢幕向他說明。

「當然有必要性啊！」黃遊聖依舊冷笑，「今天是要來決定我的生死，他們這樣隨隨便便不到庭，愛來不來的，是不是看不起我的生命權？罰錢都算便宜他們了！」

徐義霆不再搭理他的張狂，將視線移回詢問室內。

施奇正舉手向合議庭表明，爲了尊重被告黃遊聖在選任程序的權利，也爲了符合國民法官法第二十七條第一項但書、第二十八條第二項「辯護人之聲請，不得與被告明示之意思相反」的規定，當每一位候選國民法官個別詢問結束後，辯方不會立刻主張是否聲請附理由、不附理由的不選任，而是等到整個個別詢問結束後，辯護人與被告討論後，才會提出聲請。高至湧對此表示沒有意見。徐義霆三人簡單討論後，也同意了施奇正的請求。

「待會我們進行個別詢問，檢辯雙方如果有問題，可以直接詢問候選國民法官，合議庭如果認爲有需要，會再補充詢問。」徐義霆說明，「那請第一位，編號三號的候選國民法官進來。」

爲了保護候選國民法官的個人資料，選任、審理程序中，法院都只以編號稱呼候選國民法官或者國民法官。在行政人員的引導下，編號三號的候選國民法官走進詢問室，他穿著素色的Polo衫、牛仔褲，依照他先前塡寫的資料，他叫詹毅達，今年四十四歲，學歷爲大學畢業，目前擔任一間公司的組長。

「對於社會大眾批評恐龍法官，你在問卷勾選非常認同，可以跟我們說一下原因嗎？」羅宇妍拿著平板電腦，上頭顯示詹毅達先前填寫問卷的掃描檔。

「就是有錢判生、無錢判死啊。這種事情大家都知道吧。」詹毅達聳聳肩，展現出職場主管的自信，「你要嘛就是有錢，不然就是要有黨證，還要看看現在法院是哪個黨開的。」

「你有過訴訟經驗嗎？」羅宇妍皺眉。

「沒有啊，能不要來法院誰會想來啊！」詹毅達笑了笑，「不過上法院、打官司這些事情都是老梗了，新聞媒體早就報導到爛掉了。」

「你對於最高法院常常撤銷發回死刑判決，有什麼看法？」施奇正發問，他依舊空手、不用任何書面資料或者平板電腦，所有候選國民法官的背景資料、填寫的問卷內容，全部都在他的腦海中。

「恐龍法官啊！不敢擔責任啊！」談到死刑，詹毅達有些火氣上來，「明明就罪證確鑿，還不判死刑，不敢判死刑就不要當法官！」

「你怎麼知道罪證確鑿？你有看過任何案件的判決書嗎？」施奇正追問。

「判決書又沒有上網公開，我怎麼看？」詹毅達攤手，「不過新聞都報導得這麼詳細，還有被害人家屬出來指控，有時候還有監視器畫面，怎麼不是罪證確鑿？」

「編號三號候選國民法官，法官提醒你，法院的判決書，除了少數不公開案件外，都可以在司法院的『法學資料檢索系統』找到喔！」徐義霆說明，很多民眾可能都不知道要去哪裡查閱法院的判決書。

「你覺得可能被判死刑的這些人，經濟上是比較優勢還是弱勢？」施奇正繼續問道。

「比較窮吧，通常都是走投無路的人吧！不然正常人怎麼會想去殺人？」詹毅達不加思索。

「但你剛剛說有錢判生、無錢判死，他們沒有錢卻沒有被判死，是發生了什麼問題嗎？」施奇正露出狡黠的微笑。

「問題就是恐龍法官啦，社會的亂源！」詹毅達毅然決然地跳針，毫不顧忌眼前就坐著三位法官，「現在改由人民來當法官，一定會比較好啦！」

「一定會比較好？你指的是什麼？」施奇正好奇，「是指被告能獲得更公平的審判嗎？」

「犯罪的人，就應該接受處罰。」詹毅達挺直了腰桿，「對我來說，這就是最公平的審判。」

「還沒審理，你怎麼知道他是犯罪的人？這樣不就是未審先判嗎？」施奇正質疑。

「我只知道，臺灣法官對於罪犯都太過寬容了。」詹毅達搖搖頭，態度依舊堅定，「國民法官，就是要來改變這一切，我願意接受這樣的使命！」

「謝謝，我沒有問題了！」施奇正回以禮貌性的微笑。

個別詢問結束，徐義霆請詹毅達先離開詢問室後，詢問檢察官是否要提出理由，聲請法院裁定不選任詹毅達擔任國民法官。

羅宇妍與高至湧簡單地討論後，她舉手表示：「編號三號候選國民法官，依照剛剛詢問的過程，檢察官認爲他欠缺無罪推定原則之觀念，有罪心證強烈，立場有所偏頗，足以認定他執行國民法官職務有失公正，而有國民法官法第十五條第九款情形，聲請法院裁定不選任。」

施奇正與曾初恩互看一眼，檢方竟然願意主動捨棄明顯有利他們的候選國民法官，確實令他們感到意外。

羅宇妍的聲請也在徐義霆意料之外，他與兩旁的劉苡正、程平奭低聲討論後，他宣布：「候選國民法官並不是法律專業，無罪推定等刑事審判的基本原則，之後我會在審前說明程序向國民法官說明與澄清，合議庭認爲，不能夠因爲候選國民法官欠缺法律相關知識，就認爲他無法公正執行職務，考量到國民法官制度反映國民正當法律感情的立法目的，本院駁回檢察官的聲請。」

「那檢察官聲請不附理由不選任編號三號候選國民法官。」羅宇妍立即舉手回應。

如果說羅宇妍原先附理由聲請不選任，令施奇正與曾初恩感到相當意外，那她被法院駁回後，現在竟然直接聲請不附理由不選任，簡直讓施奇正與曾初恩震驚地不敢置信——才第一位個別詢問，她就花掉了寶貴的不附理由不選任權，而且還是用來剔除對檢方非常有力的候選國民法官。

羅宇妍的這個決定，顯然沒有事先知會高至湧，因為他的表情跟施奇正、曾初恩一樣震驚。

「好，本院裁定不選任編號三號候選國民法官。」徐義霆宣示，依照國民法官法第二十八條第四項規定，法院不能拒絕這個聲請。

「她對於這個案子一定非常有信心，看來她不只是要勝訴而已，」曾初恩低聲告訴施奇正，「她追求的是壓倒性的勝利。」

「羅檢，名不虛傳！」施奇正笑了，看著圓桌對面的羅宇妍，他現在才發現，多年以來，這竟然是第一次，他們在審理程序中交手。

羅宇妍並未穿法袍，但她還是在黑色套裝領口旁別了金紫色的檢察官徽章。她若無其事地理了理領口，她能理解施奇正、曾初恩甚至是高至湧的震驚，但並不認同——她是本案的偵查檢察官，也是本案的公訴檢察官，她的職責本來就是要在公平法院的審判下，證明被告犯罪，如此理所當然而已。

接下來幾位候選國民法官的個別詢問，檢辯雙方都提了各自的問題，程平奭也問了幾位候選國民法官問題，羅宇妍聲請附理由裁定不選任其中兩位候選國民法官成功，公正的理由也讓施奇正、曾初恩不得不心服口服。

「再來請編號八十六號候選國民法官進來。」徐義霆說。

短髮微捲、穿著紫白碎花寬鬆上衣、長黑褲的萬淑麗走了進來。資料顯示她今年四十七歲，未婚，學歷高職畢業，現爲西螺市場的菜販。

「請坐。」徐義霆向她點頭致意，但他發現了她臉上無聲的怒容。

「是還要等多久？」萬淑麗一邊抱怨著，一邊粗魯地拉開椅子坐下，「生意都不用做了！」

「編號八十六號候選國民法官不好意思，很謝謝妳今天過來一趟。因爲妳被抽選到候選國民法官，按照法律規定妳必須到庭。如果今天妳被選爲國民法官，將來幾天可能還是要麻煩妳過來，履行擔任國民法官的義務，否則可能會有相關的處罰。」徐義霆向萬淑麗告知相關的權利義務，「當然，我們也會發給旅費、日費等費用，再麻煩妳了！」

「麻煩，麻煩，眞的很麻煩啊！」萬淑麗嗤之以鼻，「要問什麼快點問一問吧，我也沒這麼衰小會被抽到吧？」

「妳的資料塡寫，妳曾經是刑事案件的被害人，可以跟我們分享一下當時的狀況嗎？」羅宇妍提問。

「這有什麼好說的？我被詐欺幾十萬元，後來一毛錢都沒有拿回來啊！法院都沒有幫我！就那個文生啊，英文名字文生有沒有？騙我說他是美國軍官啊，被派去非洲還哪裡出任務，要我匯款幫助他，不然他會陣亡。結果都是在騙我啊！不只騙我的錢，還騙我的感情！」萬淑麗越講越氣，「眞的太可惡了，法院也沒有抓到文生，只抓到幾個車手，後來寄來一張判決書說判他們什麼有期徒刑，到現在四年多了，我什麼賠償都沒拿到！我對法院眞的很失望！」

「編號八十六號候選國民法官，抱歉我打斷妳一下。法院是不告不理，應該是要由警察、檢察官找出犯罪的人，檢察官起訴後法院才能審判他，不是由法院自己去找出犯罪的人。再來，檢察官起訴他，只是起訴他的犯罪，這是刑事部分，法院會認定他們有沒有成立犯罪、要被判什麼刑。如果被害人想要跟被告求償，這是民事部分，被害人要另外向法院提起附帶民事訴訟，或者另外提一個民事訴訟，否則法院也是沒有辦法處理民事賠償的問題喔。」徐義霆忍不住向她法普一下，這的確也是一般民眾容易誤會的情形。

「附帶民事訴訟？警察有問我，我有跟警察說我要提啊！最後還是什麼賠償都沒有啊！」萬淑麗依舊不滿。

「附帶民事訴訟是要寫起訴狀跟法院提喔，不是跟警察提。」徐義霆說明，「妳沒有向法院提出起訴狀、起訴被告附帶民事訴訟，法院這邊是沒有辦法判決賠償的。」

「我是賣菜的，我怎麼會知道這麼多？你們這叫什麼？這叫做不親民啦！」萬淑麗原本強硬的態度稍微緩和了一些，「像你這樣跟我說，我就懂了，要自己跟你們法院告民事的、要寫狀子給法院提附帶民事訴訟，不然法院不會判賠償，這樣很清楚啊！你們應該要多多宣導啊，不然民眾根本就不知道啊！」

「妳說得有道理，法院跟民眾之間常常有一些誤會，應該要透過宣導、溝通來減少誤會。」徐義霆推了推金框眼鏡微笑，「謝謝妳啊！我們國民法官制度其實某種程度上來說也是一種宣導，如果每位國民法官結束審判之後，能夠回去幫我們多多宣導法院審判的過程還有相關的法律知識，我相信會很有幫助的！」

「好啦，你這樣說我瞭解啦！我如果有被選上，再來幫你們宣傳啦！」或許是被徐義霆始終友善的態度影響，萬淑麗已經不再排斥擔任國民法官了。

個別詢問程序繼續，輪到辯方提問。

「妳有看過包青天嗎？」施奇正天外飛來一筆的提問。

「包青天？」萬淑麗疑惑，「當然有啊，很好看啊！我們法院如果可以像包青天一樣就好了！」

「為什麼像包青天會比較好？」施奇正不解。

「他懲奸除惡，伸張正義啊！」萬淑麗想起了電視劇的情景，如此鮮明的正義形象，「沒有壞人能夠逃過他的法眼啊，都會被他繩之以法，我也希望文生這個愛情騙子、詐騙集團可以被他重判！」

「妳講到重點了，包青天都自己抓壞人、自己審判，跟我們現在法院審檢分立完全不一樣。檢察官沒起訴，法院就不能審判，所以不會發生自己抓的犯人，自己審判的現象。」施奇正微笑，「自己抓的犯人自己判，難道沒有問題嗎？」

「這……這可能比較有效率吧？」萬淑麗有些語塞。

「那如果一開始就抓錯人了呢？如果包青天的虎頭鍘鍘下去，哇塞，才發現凶手不是他，那要怎麼辦？」施奇正追問。

「這……這怎麼會？」萬淑麗堅定地搖了搖頭，「包青天可是神明。」

「謝謝，我沒有問題了。」施奇正微笑。他並不覺得萬淑麗不適合擔任國民法官，反而覺得她有著直率的眞誠。

這次個別詢問結束，檢方也沒有聲請附理由、不附理由不選任萬淑麗。

又經過了幾次個別詢問，輪到了編號一百一十三號。

三十歲的吳漢夫走進個別詢問室時，高至湧多看了他好幾眼。資料上記載，他的學歷是高職肄業，現職爲刺青師，金髮平頭造型、雙耳釘上好幾枚銀質耳環，穿著露臂黑色上衣的他，前胸的青黑色全甲刺青半隱半現。

「長官好！」吳漢夫爽朗一笑，揮手向大家打了招呼才坐下。

「奇怪，他真的沒有前科嗎？」高至湧喃喃，不斷查詢平板電腦上吳漢夫的前科資料。

「你在資料表填寫，你曾經有訴訟經驗，可以跟我們分享一下當時的情形嗎？」羅宇妍發問。

「喔！那個沒什麼啦，都過去的事了！」吳漢夫聳聳肩，一副雲淡風輕的態度，「少年時不懂事，跟兄弟一起去打架，當時下手是有比較凶殘，不過後來都和解了啦，那個法官人也很好，後來叫我假日去上一下課、生活輔導一下就沒事了。那件事讓我媽很難過，我從那時候開始就比較會想了，後來也沒再惹什麼麻煩了。」

吳漢夫講起這段過往，程平爽聽得格外專注，他凝視著吳漢夫身上的刺青圖騰，總覺得每道線條都有它的記憶。

「我想請問一下，你是不是贊成，不管犯下多麼嚴重的錯誤，只要他真心悔改，就應該擁有可以改過、重新開始的機會？」曾初恩問道。

「你想回頭，就有機會。就算別人都不給你機會，但你永遠都可以給自己機會。」吳漢夫淡淡地說，卻相當深刻，一旁的施奇正聽了頻頻點頭。

「假設你擔任國民法官，法院已經調查了所有證據，只能認定這個被告非常可能就是凶手，大概有高達九成的準確度，但還是有一成的機會，他並不是凶手，那你會怎麼判？」換施奇正發問。

「欸……我會判他無罪。」吳漢夫想了想，回答道，「我沒讀過什麼書，但我知道，不要隨便冤枉人。」

「所以就算放掉了真正做壞事的人，也沒關係？」施奇正追問。

「做壞事的人，擧頭三尺有神明。不是不報，時候未到。」手指天空的吳漢夫笑了，卻是笑得非常篤定。

吳漢夫的個別詢問結束，徐義霆請他先離開詢問室。

「我們不聲請拒卻他嗎？也可以不附理由拒卻他啊？」高至湧低聲與羅宇妍討論。

「不用吧，主任。」羅宇妍微微一笑，「我倒覺得他把無罪推定講得蠻好的。」

高至湧聳聳肩不置可否，卻也沒聲請法院裁定不選任。

一個多小時過去了，個別詢問程序也接近尾聲。編號一百六十八號的張丕飛是倒數第四位等待個別詢問的候選國民法官。依照法院人員的指引，他走進個別詢問室，坐在院檢辯三方圍成的半圓中央，平常習慣採訪別人的他，此時有種換作自己被簇擁採訪的錯覺。

「請問編號一百六十八號國民法官，你是超新聞的社會線記者？」施奇正率先發問。

「是的，我從事新聞工作十幾年了。」張丕飛回答。

「你對於貴刊報導，形容我的當事人，也就是被告黃遊聖，說他是『法庭上的瘋狂小丑』，對此你有什麼看法？」施奇正瞇起眼，試圖收斂銳利的目光。

「你說的是我們七月十四日的報導吧？那篇不是我寫的，我也沒有參與，但我有看過那篇專題報導。」張丕飛回答得慢條斯理。

「對，就是那篇專題報導，你覺得用『法庭上的瘋狂小丑』形容被告適當嗎？瘋狂小丑是什麼意思？」施奇正追問。

「那是我們團隊相當優秀的年輕記者寫的，那是他來法院旁聽後，根據自己的親身見聞，如實寫下的報導。」張丕飛稍微停了停，回想著那篇報導，「身爲一位記者，我不一定同意他的觀點，但我絕對會捍衛他表達意見的權利，因爲每一個被打壓的聲音，都有可能就是事實的眞相。」

「所以你不同意被告是瘋狂小丑？」施奇正依舊問道。

「我沒有看過被告，也沒有旁聽開庭，這個問題我無法評論。」張丕飛搖了搖頭。

「你是不是同意，每位被告都應該受到無罪推定原則的保障？」施奇正直視著張丕飛，凝視著他，「新聞媒體也有落實無罪推定原則的責任？」

張丕飛沉默了一會兒，他想起了鄭彥昇的提醒。

「在不妨害新聞自由、發現真相的前提下，我完全同意被告應該受到無罪推定原則的保障。」張丕飛相當斟酌自己的措詞，「我想，這些衝突是可以找到平衡點的。」

「我沒有問題了。」施奇正結束提問。

「檢察官沒有問題詢問。」羅宇妍表示。最後，檢方並沒有聲請拒卻張丕飛。

上午十一點四十分，完成了全部的個別詢問程序，檢方一共拒卻了四位國民法官。施奇正和曾初恩則來到了證人保護室，親自向黃遊聖確認，他要拒卻哪些候選國民法官。

「今天一共有三十七位候選國民法官到庭，編號三、四十六、七十五、一百七十九號這四位，法院已經裁定不選任。」施奇正向黃遊聖說明，「剩下三十三位候選國民法官，你有沒有認為哪一位可能有所偏頗的，無法公正執行國民法官職務的？」

全程聽完個別詢問的黃遊聖，雙手環抱在胸前，微微冷笑搖頭。

「或者我們可以不附理由，向法院聲請不選任某位候選國民法官，我們有四個拒卻名額可以使用，法院不能拒絕我們。」施奇正解釋道，「還是你對於哪位候選國民法官剛剛的回答比較有印象，我們可以一起討論看看？」

「是不是一次討論三十幾位太多了，你分不清楚誰是誰了？我們也可以重頭開始討論，整個詢問過程，我這邊都有簡單摘要，你可以參考看看。」曾初恩將剛剛記錄的筆記本遞給黃遊聖。

「不用了。」黃遊聖並沒有接過那本筆記本，一副蠻不在乎的笑容，「所有的候選國民法官，都不要拒卻。」

「你確定？這樣他們就有可能被抽選擔任本案的國民法官喔！」施奇正詫異問道，「我對於其中幾位……」

「我說不用了。」黃遊聖揚手打斷他，「按照國民法官法規定，你們身為辯護人，不能違反我的意思吧？」

國民法官法第二十七條第一項但書、第二十八條第二項確實如此規定，施奇正一時竟無語。

「我就是想看看，」黃遊聖笑了，笑得有如置身事外，「是不是每一個人，都認為我該死。」

回到詢問室，施奇正向合議庭陳報，被告、辯護人均不聲請裁定拒卻特定國民法官。坐在對面的羅宇妍微微揚眉，連她也不禁感到有些意外。

「好，那我們今日一共有三十七位候選國民法官到庭，經本院裁定編號三、四十六、七十五、一百七十九號這四位不予選任，法院將從其餘的三十三位候選國民法官中，抽選六位國民法官，以及兩位備位國民法官。」徐義霆宣示，請法院行政人員開始操作電腦，進行隨機抽選。

「眞的是瘋狂，再怎麼樣應該也要拒卻那個『一路發』記者吧？」施奇正忍不住低聲向曾初恩抱怨，他看過張丕飛許多報導、專欄文章，字裡行間，他讀出了張丕飛對於這場審判的「危險性」。

「他可能也覺得自己勝券在握吧！」曾初恩理了理套裝領口，「不管怎麼樣，我們就是盡力而爲吧，反正我們本來也就不能選法官了。」

「也對，該怎麼樣就怎麼樣吧。」施奇正摸了摸鼻子笑了，「就當作單手讓他們吧，哈！」

抽選結果出爐，顯示在詢問室左側的投影布幕上，由編號十七號鄭彥昇、編號二十三號蕭沐晴、編號四十八號姜品婕、編號八十六號萬淑麗、編號一百一十三號吳漢夫、編號一百六十八號張丕飛擔任國民法官，由編號九號廖明忠、編號一百四十五號汪思慧擔任備位國民法官。

「哇賽！還眞的中獎了，簡直比樂透還要樂透。」施奇正與曾初恩相視苦笑。

合議庭、檢辯雙方、書記官回到第二法庭，向到庭的候選國民法官們宣布選任結果。黃遊聖依舊在證人保護室裡，用遠距方式觀看法庭狀況。

張丕飛聽到自己的號碼，從旁聽席起身，與鄭彥昇一同走到法檯前。

「恭喜啊。」張不飛對鄭彥昇微笑，「如願以償。」

「合作愉快。」鄭彥昇也微笑，「希望這幾天也能合作愉快。」

徐義霆請六位國民法官、兩位備位國民法官來到法庭中央，進行宣誓程序。

「本人獲選擔任臺灣雲林地方法院一一二年度國審重訴字第一號殺人等案件國民法官（備位國民法官），當全程參與審判，依據法律獨立行使職權，不受任何干涉，並且公平誠實執行職務，不為有害司法公正信譽之行為，絕對不會洩漏評議祕密及其他職務上知悉之祕密。」國民法官、備位國民法官們高舉右手，在審判長徐義霆的監誓下，完成宣誓。徐義霆隨後頒發給他們一人一個深藍色絨布盒，裡頭裝放著銀色、圓形的貓頭鷹造型徽章。貓頭鷹雙眼，一眼為字母C，一眼為字母J，是取自國民法官「Citizen Judge」的字首，徽章背面則刻著「臺灣雲林地方法院」，以及專屬的案件編號「001」。

「恭喜各位，也謝謝各位擔任國民法官、備位國民法官，一起來審理本案。」徐義霆說明，「這是司法院設計的國民法官紀念徽章，貓頭鷹是智慧的象徵，相信各位一定能夠公平公正的執行國民法官職務。」

「你知道貓頭鷹的利爪，能夠抓碎人的頭骨嗎？」雖然法院並沒有要求，但張不飛已經自行在胸前別上了徽章，他向身旁的鄭彥昇說道，「牠是猛禽，牠是掠食者，牠就是現在司法欠缺的力道。」

「沒有那麼凶狠吧？」鄭彥昇卻是哈哈一笑，「這個明明就是Q版徽章，看起來應該是貓頭鷹博士之類的吧？」

他笑著，一樣也自行別上了徽章。他知道他們要合作，但可能未必會愉快。位在證人保護室，隔著螢幕遠距觀看宣誓過程的黃遊聖，突然兀自拍手大笑起來。

「黃先生，怎麼了嗎？」法警連忙制止，「請你冷靜一下。」

「我要怎麼冷靜啊？法警大人！」黃遊聖笑得有些歇斯底里，「你看我們偉大的司法，為我辦了這一場多麼隆重的典禮，我難道不應該激動一下嗎？哇哈哈哈！」

在他猖狂的眼裡，不論是檢察官、法官的法袍，還是國民法官的徽章，甚至是法典裡的每一條法條，都只是虛張聲勢的惺惺作態，只是為了讓處死惡魔的儀式，看起來更加光明正大——但卻從來沒有人問過，是誰准許你們處死惡魔的？

宣誓程序結束後，是午休用餐時間。徐義霆為了達到「團隊作戰」的目標，他跟劉苡正、程平頭三人，也與國民法官們一起在會議室吃便當，彼此先聊天、熟悉一下，徐義霆還拿出了預謀已久的「國民法官金萱」茶，用一杯杯的金黃香氣歡迎國民法官們。

「大家這幾天開庭可能要特別小心，」程平奭邊喝茶邊笑著說，「我們審判長太喜歡供應茶飲了，你們可能會一直想跑廁所。」

「新陳代謝很好啊！」徐義霆也笑了，「國民法官制度，也算是來幫我們司法新陳代謝一下。」

「咦，學長你這個比喻適當嗎？」程平奭吐槽，幾位國民法官看到他們的有趣互動，忍不住笑出聲來。

下午兩點開始審前說明程序，由徐義霆向國民法官、備位國民法官說明國民參與審判程序、國民法官的權利義務、刑事審判的基本原則等等事項。地點一樣是在第二法庭，法院人員在法庭中央擺放好桌椅，國民法官們依序入座。

「大家好！剛剛用餐時我們應該都認識了，我是審判長徐義霆，我左手邊的這位是劉苡正法官，我右手邊的是程平奭法官，他也是本案的受命法官。在我開始說明之前，有一件事我想要先麻煩大家。」徐義霆站著講解，「因爲我們再來就是一個審理團隊，是一起審理的夥伴，我想請大家先簡單自我介紹一下，簡單說明自己的背景、生活狀況，但請注意自己個人資料的保護，不用講得太詳細，只要讓我們大家知道，你大概是做什麼工作就好了。因爲我想，國民法官法希望反映國民正當法律感情，在審理之前，我們應該要知道這些多元的觀點，是來自於哪裡。或許在審理過程當中，你的專業背景就能發揮重要的效用也說不定。好，我們就先請一號國民法官來自我簡介。」

法院抽選國民法官的時候，已經重新完成了編號，爲了保護國民法官們的個人資料，接下來的程序都將以編號稱呼。

「嗨！各位好！我是記者，跑社會線新聞十幾年了，因爲工作關係，平常就很關心刑事案件，也常常跑警察局、地檢署，或者到法院旁聽，我看過的壞人可能比法官們還要多，對於相關規定應該也都還算瞭解，希望可以跟大家一起找出這個案件的眞相，謝謝！」一號國民法官張丕飛起身自信說道。

——今天清晨六點多，張丕飛、莊韋皓、攝影師一車三人，開了兩個多小時的車來到雲林地院。

「飛哥，這次眞的靠你了，最接近眞相的第一手報導。」莊韋皓向準備要走進法院報到的張丕飛說。

張丕飛笑了笑，他想起了多年前，他獨自坐在昏黑的辦公室，看著電視新聞報導氣到發抖、流淚，之後他也跟著群眾一起上街頭，對於恐龍法官的荒謬判決發出怒吼聲。

「嘿！以前都是我們報導新聞，」張丕飛向莊韋皓伸出拳頭，「今天我如果當選國民法官，我的決定，就是新聞。」

兩人的拳頭輕碰，這幾年來他們一起經歷過多少大小戰役，心意相知。

「我是一位國小老師，平常生活很單純，我很喜歡教育工作，希望能把這次參與審判的寶貴經驗帶回去給學生，謝謝！」三十多歲年紀、烏亮長髮的二號國民法官姜品婕說道。

——姜品婕接到那張粉紅色信封的選任期日通知書後，她走到書房，打開書櫃上層的抽屜，拿出那張五年前的判決書。那是雲林地院的判決書，主文寫著：「姜品婕犯肇事致人傷害逃逸罪，處有期徒刑壹年。緩刑貳年。」她沒有上訴，判決很快就確定了，兩年的緩刑期間早已期滿，按照刑法第七十六條規定，這個刑之宣告已經失效了。但是那天審判程序的情形，她依舊記得清清楚楚，無法忘記。

檢察官說她開車，轉彎時擦撞到被害人的機車，導致被害人人車倒地受傷，她卻逕行離開現場肇事逃逸。她和被害人雖然已經調解成立、賠償完畢了，被害人也沒有提告，但因爲肇事逃逸罪是非告訴乃論的罪，檢察官依舊提起公訴。

「我眞的不知道我有撞到人。」姜品婕從警詢、偵訊一直到審理程序，她都一再強調，「我是一位老師，我不可能發生車禍了，卻不停下來處理，這樣我要怎麼教學生？」

不過審理程序時，她的律師向她分析，肇事逃逸罪的刑責相當重，如果不承認犯罪，但法院認定有罪，她可能要入監服刑。相反的，如果承認犯罪，姜品婕沒有任何前科紀錄，又已經和被害人達成調解，法官有很高的機率會給予緩刑，只要緩刑期滿，這個刑就失效了。

雖然姜品婕知道，這個刑永遠都不會失效，會是她心頭永遠難熬的烙印，但在一番掙扎後，她還是選擇認罪。

「我要怎麼證明自己無罪？」姜品婕沒有說出口，她只是在問自己，卻沒有答案。

這麼多年了，是這張選任期日通知書，讓她再次翻出這份判決書——她知道當初被審判的自己，現在有機會能夠成爲審判的人。

「大家好，我是個刺青師傅。欸……要說什麼？」三號國民法官吳漢夫抓了抓一頭金髮，「我認識很多朋友還是客人，他們有的雖然看起來很凶，但其實私底下人很好，重義氣也不會亂搞。我想審判這種事情，應該就是天地良心吧。人在做，天在看。」

——晚上十點半，女友小柔來幫吳漢夫關店。吳漢夫站在店門口，一邊滑著手機內今天工作的刺青成品照片，一邊抽著菸。

「欸，我今天收到那個什麼，國民法官的什麼通知單耶。」吳漢夫突然說道。「你要被關了喔？」

「那要幹嘛？」染著紅色短髮的小柔搶過他抽到一半的菸，接續抽著，「你要被關了喔？」

「哭爸喔，關個屁啦，我正當生意人好不好！」吳漢夫笑罵，「妳老公要去當法官了啦！國民法官，如果被抽到，就可以當法官判案耶！」

「不要去了吧，你這個金毛去當法官看起來很奇怪吧？哈哈！」小柔哈哈大笑，「還是他們會準備電影裡的那種法官假髮給你？」

「不去會被罰錢耶！」吳漢夫從抽屜拿出選任期日通知書，「去了一天可以領三千元，我看加減賺了。」

「但是你去了，萬一被選上了，你知道要怎麼判嗎？」小柔還是眼帶笑意，「我看你還是留下來刺青比較實在吧！」

「欸，妳知道人爲什麼要刺青嗎？」吳漢夫反問道。

「幹嘛？應該是覺得刺青很帥或者很美吧？」小柔摸了摸左肩上鮮豔的花朵刺青，「我覺得這是最好的化妝。」

「我跟妳講，」吳漢夫搶回了香菸，「想刺青的人，代表他有些事情不想忘記，代表他有些話想要說。」他深吸一口菸的尾聲。

「靠！你以爲這樣很帥是不是？」小柔笑罵，從身後抱住吳漢夫撒嬌，「揹我，揹我啦！」

兩人的笑鬧中，吳漢夫前胸的青黑色全甲刺青，靠近心臟的位置，有一組清楚的數字「7.13」。那年的七月十三日，他媽媽吞下了人生的最後一口氣。

「我喔，我就那個在西螺果菜市場賣菜的啦！賣菜賣了十幾年了，平常工作眞的很忙，我是做事人啦。我很討厭被騙，詐騙集團通通都不得好死！做人就要腳踏實地啊！」四號國民法官萬淑麗講著講著，情緒突然變得有些激動。

——萬淑麗大概在幾個禮拜前，就已經發現「文生（Vincent）」是在騙她的錢，但她依舊一次又一次，匯出了好幾萬元，用來拯救文生在非洲某處的亡命任務。

文生雖然說他的中文不好，但他總是能夠幽默風趣的分享他在異鄉的軍旅生活，他們也曾經用語音聊天，文生帶著外國口音的彆腳中文簡直可愛極了。茫茫網海上，他們的認識就從一次錯誤的交友邀請開始。

萬淑麗說自己只是一個平凡的賣菜大嬸，但沒想到文生竟然說他是個瘋狂蔬菜控，熱愛各式各樣的蔬菜水果，還央求萬淑麗拍一些新鮮蔬果照片給他，他在非洲駐點已經好幾天沒吃到蔬菜了。

「妳好有氣質。」文生稱讚萬淑麗在果菜市場拍攝的照片，那天她刻意化了妝，「充滿活力的感覺，認眞的女人最美麗。」

四十多年來，從來沒交過男朋友的萬淑麗，不知不覺已經爲了這位英俊挺拔的美國軍官神魂顚倒。除了老家的父母外，她沒有什麼朋友，每天辛勞的工作，累得回到小公寓裡常常倒頭就睡，日復一日的平凡生活，直到遇見了不平凡的文生。

文生傳了很多照片，有他帥氣地拿著長槍的軍裝照，有在非洲大草原與野生動物的合照，有在火紅的夕陽下，和直升機的自拍照，一張一張，都像是另一個世界的景象。

萬淑麗其實很快就意識到文生可能是詐騙集團，他可能虛編故事、盜用照片，但又怎麼樣呢？文生確確實實豐富了她的人生，每一個跟文生聊天的夜晚，她都能獲得前所未有的快樂。

她知道自己陷溺了，沉淪在這種虛假的快樂中——直到資力有限的她，沒辦法再跟先前一樣，每次都滿足文生匯款的請求。文生竟然開始變得冷淡而疏遠，她的世界簡直就要傾塌了。

如果不是她突發奇想，創了另一個帳號、創了一個假身分來主動聯繫文生，她可能會繼續對文生奉獻下去。萬淑麗用了一個假身分，想要確認文生對自己是不是「眞心」的。沒想到，文生完全把萬淑麗拋到腦後，跟萬淑麗的分身帳號聊得多麼開心。又是一樣的說詞，又是一樣的手法，文生複製了他們先前的快樂回憶。

「文生，你還在嗎？」萬淑麗換回原本的帳號，主動聯繫文生。

「嗯。」已讀幾分鐘後，文生才冷冷回應。

「最近我談成一筆生意，有十幾萬入帳，你那邊狀況還好嗎？長官有說什麼時候可以回美國嗎？」萬淑麗關心地問道。

「寶貝，我打給妳好嗎？我最近狀況很不好。」文生火速回答。

「嗯嗯，我隨時有空。」萬淑麗回應。

語音電話響起，那頭是遠在非洲的文生，熟悉的外國口音，背景音甚至夾雜著槍聲。

「寶貝，有聽到嗎？」文生慌張地說道，「我們這邊每天都在槍戰，戰況很危險。」

「文生，」萬淑麗突然大吼，「很危險那你怎麼不去死一死啦！FUCK YOU！」

「幹你娘耶！肖查某！」文生也突然轉成道地的台語口音，不甘示弱地回罵，萬淑麗隨即掛上電話。

這通電話之後，她才願意心死，她才願意到派出所報案。

幾年後，她收到了那張粉紅色信封的選任國民法官通知書。

「大家好！我是一個無業遊民，哈。」五號國民法官鄭彥昇自嘲道，「三十幾歲了還在家裡蹲，喜歡看動漫小說，每天最大的工作就是寫寫小說，我相信總有一天，會讓我寫到成功出版的。很高興能有這個機會可以擔任國民法官，我應該也會把這次參與審判的經歷寫成小說吧！或許有一天，大家可以在書店看到我們一起審理的故事。」

「謝謝分享，不過如果要寫成小說，請遵守國民法官的保密義務，不然恐怕會有觸法問題，還有，」徐義霆笑了笑，「記得要把審判長寫得帥一點。」眾人聽了莞爾，現場氣氛也變得輕鬆一些。

——鄭彥昇窩在熟悉的咖啡店角落，一樣是一杯熱拿鐵、一台筆電，消磨一整個下午的時光。

只見他在鍵盤上敲敲打打，螢幕上的文字浮現了又刪除，來來回回，進度相當有限。他今年開始構思的全新推理小說作品，想要寫一起臺灣本土的凶殺案，但不論是自創憑空想像的案件，或者嘗試改編眞實案例，他卻怎麼寫都不滿意，總覺得在眞實與虛構之間，一直找不到平衡的美感。

正當他感到心煩意亂之際，桌上手機突然震動一聲，他滑開看到了媽媽的LINE訊息：「剛剛收到你的掛號信，是法院寄來的，我放在鞋櫃上，回來記得拿。」後面傳了一張掛號信的照片，喜氣洋洋的粉紅色封面相當搶眼。

「法院？雲林地院？」鄭彥昇看著這個與眾不同的信封感到相當狐疑，他想不到自己怎麼會跟法院有瓜葛，於是他請媽媽先幫他拆信來看看，再拍照傳送給他。

「臺灣雲林地方法院候選國民法官選任期日通知書。」鄭彥昇看到這個標題，忍不住在心中大力喝采。

「我就說靈感不是想出來的，是從天上掉下來的！」鄭彥昇眉開眼笑地回傳LINE訊息給媽媽，「你兒子要發達了！國民法官的推理小說，一定很有搞頭！」

他將早已涼掉的拿鐵一飲而盡，竟然是前所未有的甘醇芬芳。

「大家好，你們好。我……我大學畢業一年多了，一直還沒有去工作，平常都在家裡陪伴爸媽、看看書，」綁著長馬尾、最年輕的六號國民法官蕭沐晴看起來有些緊張，但卻十分真誠，「沒想到，國民法官會是我的第一份工作，我會好好努力的，謝謝！」

——蕭沐晴拎著一大袋沉甸甸的書，離開雲林斗六圖書館。她借閱的書籍領域很廣，從武俠、科學、美食、商業、歷史到醫學等等，各式各樣。茫茫書海，她不想只取一瓢飲，但不免感到有些迷惘，大學畢業已經一年多的她，還是一直沒有踏入社會的勇氣，她總覺得第一步非常重要，卻不知道要如何下腳。

她騎機車回家，才剛停好車，就遇到郵差過來送掛號信，她簽收後，接到了那封粉紅色的來信。

「又去借書了啊？」爸爸站在庭院澆水，公務員退休的他，院子裡的花花草草成爲了他的生活重心，「妳書看得還眞快。」

蕭沐晴沒有回答他，而是將那袋書放在一旁，站在門口，忐忑地打開這封法院的來信，個性較爲內向、容易緊張的她，不知道法院要通知什麼事，她幾乎都聽到自己過度膨脹的心跳聲。

「怎麼了？誰的信？」爸爸看到她神情有異，放下水管走近關心。

「爸！」蕭沐晴也分不清楚自己的聲音是開心還是擔心，「我找到工作了！」

她拿著那張「臺灣雲林地方法院候選國民法官選任期日通知書」，手還在微微顫抖。

「大家好。我是一位大樓管理員，沒有什麼專長，但交辦我的工作我會盡力去達成，很高興有這個機會參與審理，謝謝！」四十二歲，身材微胖、頭頂微禿的備位一號國民法官廖明忠起身說道。

——週間的下午兩點，是這座大樓白天最清閒的時刻。大部分的住戶在外上班，在家的住戶有的還在午休，一樓大門口比較少人出入。距離交班時間還有四個小時，廖明忠看著櫃檯裡六個監視器顯示螢幕，腦袋放空休息。

不像另一位管理員陳大哥喜歡追劇，工作閒暇時，廖明忠常常就是像這樣看著監視器，他並不去思考些什麼，只是單純地看著這些監視器顯示畫面，顯示著社區大樓重要的出入口、公共區域，有沒有出現什麼異常狀況，以便做出管理員工作的立即反應。個性低調、沉默寡言的他，相當重視親戚介紹的這份工作，比起先前在大太陽底下揮汗如雨的建築工作，他非常珍惜身上的這套管理員制服，他要確保不能出什麼差錯。他的努力住戶們也看在眼裡，管委會主委對於他的敬業態度更是讚譽有加，總覺得社區有他在守護，大家都很放心。

「掛號喔！」熟識的郵差過來送信，廖明忠起身，打開登記簿準備要幫住戶收信。

「不是住戶喔，是你的掛號信。」郵差笑了笑，「這邊幫我簽一下。」

廖明忠從他手中接過了那封粉紅色信封，困惑地打開了它。看到了裡頭那張「臺灣雲林地方法院候選國民法官選任期日通知書」，他才想起了，先前就有收到法院寄來的備選國民法官通知，沒想到竟然眞的抽選到自己，要再去法院進行進一步的選任程序。

「欸，這樣要請四天假耶，」廖明忠看了選任期日通知書所附的說明喃喃道，他擔心會造成住戶及其他管理員的困擾，「不過既然規定要去，也就只能去了吧。」

腳踏實地的他，總覺得一切都照規定來就不會出錯。他沒有什麼過人之處，但他至少能盡到自己的本份，工作如此，做人也是如此。

「大家好，我是新手媽媽，現在全職在家照顧小孩，謝謝法院提供了居家托育補助的服務，讓我可以沒有後顧之憂的過來參與審理，」最後一位，二十九歲、微捲短髮、身材高眺的備位二號國民法官汪思慧說道，「身爲一位媽媽，我希望我們國家越來越好，所以我覺得這次的機會對我來說意義重大。」

——晚餐的餐桌上，汪思慧煮了一桌豐盛的飯菜，她和老公對坐，一旁是坐在兒童餐椅上，兩歲多的兒子小寶。

「欸，我今天收到法院通知，說我被抽到要去參加國民法官審理。」汪思慧邊夾菜邊說道。

「國民法官？」老公停下筷子，皺眉說，「那不用去吧，哪有時間。」

「但上面寫不去可能會被裁罰，我……」

「不會啦！法院不敢裁罰啦！那麼多人，一定不會只有妳沒去，」老公不等她說完就打斷她，「國民法官這個制度，就是政府想要提升司法形象，用來打廣告的，他們怎麼可能會眞的裁罰，會被民眾罵翻吧！」

「不是啊，上面也有寫說，有提供臨時托育措施，如果有未滿六歲的小孩，可以申請臨時托育的費用，而且另外還有每天三千元的日費，看起來還不錯啊。」汪思慧拿出了通知書所附的資料說著，「欸，你不知道在家顧小孩眞的很累啊！我趁機去放風一下也不錯吧？國家出錢幫我們顧小孩耶。」

「這要去幾天啊，會不會很麻煩？」老公的態度有些軟化，他接過了通知書資料閱讀。

「哇哇哇……」自己吃飯吃到撞到桌子的小寶突然嚎啕大哭，情緒崩潰的他竟然開始抓著碗裡的飯菜亂丟，大哭大鬧得像一隻失控的小野獸。

「我不管了，我一定要去。」看著杯盤狼藉的轟炸現場，汪思慧翻了個生無可戀的白眼，去意甚堅。

「好的，謝謝大家的自我介紹。這次我們國民法官法庭的組成，眞的是來自於各行各業，不同性別、年齡，不同的生命經驗，我相信一定會給審判帶來更多元開放的觀點。」徐義霆推了推金框眼鏡，表情滿是期待，「接下來，就由我來跟各位說明整個審判的流程，以及國民法官的權利義務，還有相關的注意事項。」

徐義霆使用法庭的投影布幕顯示PPT，深入淺出地向國民法官們說明國民參與審判案件的審理流程，以及國民法官法的相關規定，國民法官們都聽得相當專注，姜品婕、蕭沐晴還不斷低頭抄寫著筆記。午休沒睡好的萬淑麗雖然連打了幾個呵欠，但還是揉揉眼睛，努力撐住聽著說明。

「再來要跟各位說明，我們刑事審判的基本原則，首先我想要先問大家一件事，」徐義霆看了一下面前的八位國民法官、備位國民法官，「你們覺得，法律是保障好人，還是壞人？」

「我覺得法律是保障懂法律的人。」習慣教學現場互動的姜品婕先舉手回答，徐義霆微笑向她點了點頭。

「我認爲這個問題很難回答，」張丕飛也舉手，「我覺得法律是中性的，沒有色彩的，但適用法律的人，卻讓法律變成了壞人的保護網。」

劉苡正微微皺眉，她總覺得張丕飛對於職業法官並不是很友善。

「好的，非常謝謝各位的意見。」徐義霆不疾不徐地說明自己的想法，「我個人認爲，法律不是保障好人，也不是保障壞人，而是保障每一個人。」

張丕飛用鼻子輕哼了不以爲然的一聲，但聲音輕到只有坐在他身旁的鄭彥昇聽得見。

「眞實世界裡，眞假善惡是很難區分的，我們要怎麼分辨一個人是好人還是壞人呢？在審判之前，我們又怎麼會知道他是好人還是壞人呢？所以法律選擇了保護每一個人。」徐義霆更進一步的說明，「更重要的一點是，我們永遠不知道，哪一天會輪到我們坐上被告席？如果哪一天我們眞的被起訴了，我們希望自己如何被審判？」

於是徐義霆介紹了無罪推定原則，他說一個人在未經判決確定有罪之前，都應該被推定、認爲是無辜的，不能先入爲主認爲被告一定是有罪的。而檢察官負有舉證責任，檢察官就起訴的犯罪事實負擔證明的責任，如果檢察官提出的證據不足以證明被告犯罪，法院就應該判決無罪，被告不必證明自己無罪。

「至於檢察官要證明到什麼程度才夠？這個就涉及到罪疑惟輕原則。」徐義霆繼續解釋道，「我們雖然負責審判工作，但我們並不是全知全能的神，案件審理到最後，常常會出現事情眞僞不明的狀況，在調查所有有利、不利被告的證據之後，我們會覺得被告很有可能有犯罪，但也有可能眞的沒犯罪，我們該如何判決呢？是要錯殺還是錯放呢？」

徐義霆刻意看向了張丕飛，張丕飛卻沒有回應。

「這是一個價値選擇問題，民主法治國家會選擇寧可錯放，也不要錯殺，還是回到那句話，我們永遠不知道什麼時候，無辜的自己也會坐上被告席，我想沒有人會願意被冤枉、被錯殺。」徐義霆說明著，「這個精神展現在法律上，就是罪疑惟輕原則。檢察官的舉證，必須要達到讓一般人都能夠確信是被告犯罪，對於被告犯罪，沒有任何合理的懷疑，法院才能判決被告有罪。反過來說，如果我們還有合理的懷疑，認爲被告有可能並未犯罪時，我們就應該要判決被告無罪。」

「請問審判長，什麼是合理懷疑？」張丕飛這時舉手了，「你的合理，會是我的合理嗎？」

「謝謝，很好的問題。這裡要注意的是，並不是只要有『任何可能的懷疑』就要判決被告無罪，必須是『合理的懷疑』，才能適用罪疑惟輕原則判決被告無罪。」徐義霆解釋，「舉例來說，如果今天經過DNA檢驗比對後，被告跟犯罪者不是同一人的機率只有十億分之一，這個十億分之一的機率，就不能算是合理的懷疑。」

「審判長，不好意思，我沒有冒犯的意思，不過你好像沒有回答到我的問題，」張丕飛的追問有些尖銳，「這種極端的舉例我當然知道不算是合理懷疑，但再多一些懷疑呢？如果是一萬分之一、一千分之、一百分之一，還是十分之一呢？多到什麼程度的時候，就要算是合理懷疑，法院就要判決無罪呢？」

「很抱歉，這個問題我沒有辦法回答，」徐義霆瞇起了眼，「因爲這個就要看諸位的智慧判斷了，每個審判者心裡都有一把尺，獨立判斷自己的懷疑，是不是合理。」

「謝謝審判長，這樣我瞭解了。」張丕飛微微一笑，「我想先前司法之所以常常被詬病，有一部分的問題，可能就是法官們心裡的尺量不準了吧！現在有國民法官了，我們的尺應該會比較準一些。我想這會是國民法官的重責大任。」

面對三位職業法官，張丕飛依舊保持微笑，左胸口的銀色國民法官徽章彷彿隱隱發光。

按捺不住的劉苡正想要回應，卻被徐義霆輕輕擋了下來。

「謝謝一號國民法官的自信。不過我想我們國民法官法庭，不會是好幾把尺。」徐義霆也微微一笑，不慍不火，「不管是法官還是國民法官，就讓我們一起審理，一起找出最公平的標準。」

審前說明程序在下午三點多結束，按照審理計畫，明天早上九點半，正式開始審理程序，從八月二十九日到八月三十一日，展開爲期三天的連續審判。

第六章
審理程序

二〇二三年八月二十九日星期二，上午九點三十分，臺灣雲林地方法院第二法庭，一一二年度國審重訴字第一號殺人等案件，「二石山命案」，將由國民法官法庭進行審理程序。

雲林地院的早晨熱鬧無比，路旁停車位滿是各大新聞媒體的SNG車，這在純樸的雲林是少見的景象。

張丕飛很早就跟莊韋皓、攝影師來到雲林地院，他們在法庭外走廊的自助咖啡機買了咖啡，坐在法院大門口的鯉魚噴水池旁聊天，也跟陸陸續續過來準備拍攝、採訪的其他媒體同業朋友打招呼。

張丕飛注意到法院大門口，有一對老夫妻，大概六十多歲年紀，他們站在法院廣場的一隅，頭戴著斗笠，戴口罩、墨鏡，兩人合力拿起了一幅白布條，上頭墨字寫著：「十幾年了，爲什麼我兒子永遠回不了家，爲什麼殺人凶手可以出獄，還可以繼續殺人？」而「**殺人**」兩個字，還特別用紅筆圈了起來，看起來格外驚怵。

老夫妻拿著白布條，默默無語，卻已經用行動道盡了最沉痛的抗議。他們也馬上吸引了各家媒體記者的目光，紛紛一擁而上拍攝採訪——在「二石山命案」開始審理的第一天，被告黃遊聖前案的被害人家屬卻到法院抗議，確實相當有新聞性，他們彷彿要提醒社會大眾，黃遊聖已經是第二次殺人了。

法院法警見狀，馬上就過來勸導老夫婦別在法院廣場抗議，以免影響審判。

「等等找機會跟他們約個專訪，這個會中！」張丕飛向莊韋皓叮囑，「我先進去了，等著看我的判決吧！」

他別上了國民法官徽章，理了理格子襯衫領口，走入雲林地院的大門。

九點十分，旁聽的記者、民眾陸續就座，這件全國矚目的案件，旁聽席幾乎滿座，兩位穿著襯衫西裝褲的男子坐到了最後幾個位子。

「那筆匿名的二十萬元捐款，後來有沒有查到什麼線索？」看起來年紀較長、五十歲左右，灰白頭髮梳理整齊的男子問道。他是廢除死刑前進協會的理事長沈立巨，也是與邱令典共同推動廢除死刑運動多年的戰友。

坐在他身旁的三十多歲男子，是廢除死刑前進協會的主任唐肇光，大學畢業後就加入協會工作。

「我們努力打聽了很久，還是沒有什麼頭緒。」唐肇光回答，「不過從時序推敲起來，捐款人應該是看到邱教授的死訊，想要給我們一些鼓勵吧。」

沈立巨點點頭，沒再多問些什麼。他將目光放回到法庭上，對於同樣簽署「不同意判處行爲人死刑聲明書」的他來說，這場審判有著多重而複雜的意義。

滿頭白髮的梁琇怡穿著一套藏青色套裝，在家人的攙扶下，慢慢走入法庭，她的眼神凹陷，臉上的皺紋顯得憔悴而疲憊，就像是在一副老壞的軀殼中，點上一炷風中殘燭，隨時都會熄滅煙消。

沈立巨、唐肇光看到梁琇怡，連忙向前致意。

「伯母，請您務必多保重。」沈立巨與邱令典相識多年，還曾到邱令典的古坑老家作客過，眼前梁琇怡如此無助虛弱的悲傷，與當年開朗健談的她簡直判若兩人。

梁琇怡只是點點頭，並沒有回應他，因爲她還在等待法院的回應，等待這個國家，對於她兒子慘遭殺害的回應。

今天清早出門前，她向家中的神祇上香，誠心祈求，如果上天有靈。

隨後，雲檢主任檢察官高至湧、檢察官羅宇妍，他們身穿鑲紫邊法袍、拖著裝放卷宗的小登機箱步入法庭，他們也先向梁琇怡及家屬們致意。

「那位女檢察官就是羅宇妍，」唐肇光低聲向沈立巨說，「我先前說過，無罪論告的那位檢察官。」

沈立巨看著自信從容的羅宇妍點點頭，法律圈不大，他早已聽聞過羅宇妍許多高度的正面評價。如果邱令典可以選擇的話，他或許正希望本案是由羅宇妍起訴的吧。

這時候法庭內有了一些耳語騷動，原來是法警們提解被告黃遊聖到庭，穿著鑲綠邊法袍的公設辯護人施奇正、鑲白邊法袍的曾初恩律師也隨同在後。曾初恩同樣也是拉著一個裝卷的小登機箱，施奇正卻是一如往常的兩手空空，只帶了個自信的腦袋。

只見黃遊聖穿著整套黑色西裝，打上黑色領帶，頭髮用髮油梳得相當整齊、油亮，當法警爲他卸下突兀的手銬、腳鐐之後，法庭上顯露自信笑容的他，猶如爲自己辯護的專業律師。

沈立巨從來沒有看過穿著西裝的在押被告，而他相信，不論是他自己或者邱令典，都相當希望被告在法庭上，能夠在無罪推定的基礎上，獲得一個公平、對等的答辯地位。眼前黃遊聖的外觀，或許很接近他們的理想，但諷刺而令人心碎的是，邱令典卻只能出現在法庭的證據裡，只能由檢察官來爲他發聲——對殺了你的人無罪推定，就像遞給他行凶的刀，讓他再殺你一次。

在情感與理性的牽扯上，沈立巨發現自己很難保持客觀中立，他的心情矛盾而複雜，所幸自己只是一位沉默的旁聽者。

「起立！」九點三十分一到，法庭中央的法警發號施令，眾人起立。審判長徐義霆、陪席法官劉苡正、受命法官程平乘，以及一號國民法官張丕飛、二號國民法官姜品婕、三號國民法官吳漢夫、四號國民法官萬淑麗、五號國民法官鄭彥昇、六號國民法官蕭沐晴、一號備位國民法官廖明忠、二號備位國民法官汪思慧，從法官通道，魚貫走入法庭的雙層法檯上。

除了合議庭法官們穿著鑲藍邊法袍外，國民法官們都穿著自己的服裝，而張丕飛、姜品婕及鄭彥昇還別上了銀色的國民法官徽章。

被告席的黃遊聖閉上眼睛，垂下的雙手向後伸展，他挺胸深深吸了一口氣，像是迎接山谷的日出，他終於迎來了這場盛大的「典禮」，他覺得全場的觀眾都在注視著他，「舞台」上彷彿只有他的位置有光，他非常享受這種聚焦、受到矚目的優越感，忍不住驕傲的嘴角上揚，兩旁的法警則是謹慎戒備著他的一舉一動。

張丕飛從步入法庭開始，就一直注視著黃遊聖，根據他多年的採訪經驗，他相信人不經意展現的肢體動作、表情不會說謊，而他看到黃遊聖擴胸冷笑的輕蔑舉動，不禁深深皺眉——這傢伙到底把法律當成了什麼啊？

「請坐。」徐義霆在圓弧形的主法檯中央就定位後，請法庭內的眾人坐下，「本案開始審理，請書記官朗讀案由。」

「本院受理一一二年度國審重訴字第一號被告黃遊聖殺人等案件，於中華民國一百一十二年八月二十九日上午九時三十分，在本院第二法庭公開行審理程序。」穿著黑色法袍的書記官丁朵雯起立朗讀。

徐義霆向黃遊聖詢問出生日期、身分證字號、地址等資料，進行人別確認後，請檢察官陳述起訴要旨及被告所犯罪名。

羅宇妍起身，用相當口語的方式，說明了檢察官本件起訴的簡要內容及被告黃遊聖涉犯的罪名。

檢察官主張，黃遊聖涉嫌於一百一十二年四月二十九日某時許，在二石山某處持刀殺害了邱令典，並且將邱令典的屍體肢解、裝入大塑膠桶，再倒入大量的工業用硫酸溶屍，靜置了三天後，才在五月二日晚間十一點多，將屍體殘肉、屍水倒置在牛武溪。被告黃遊聖涉犯刑法第二百七十一條第一項之殺人罪嫌，以及刑法第二百四十七條第一項之遺棄屍體罪嫌。

「被告黃遊聖先生，檢察官起訴你涉嫌殺人罪、遺棄屍體罪，現在要告訴你，你在訴訟上的權利。審理程序中，你可以保持沉默，不用違背自己的意思陳述。你可以請律師為你辯護，如果你是低收入戶、中低收入戶或者原住民，你可以請求法律扶助，而法院已經幫你指定兩位辯護人了，另外，你可以請求法院幫你調查對你有利的證據，」徐義霆依照刑事訴訟法第九十五條第一項規定進行權利告知，「瞭解嗎？」

「我完全瞭解，謝謝。」黃遊聖微笑回應，自信地宛如徐義霆只是他個人演唱會的暖場嘉賓。

「對於檢察官起訴你的事實，你承認嗎？」徐義霆凝視著他。

「我不認罪。」黃遊聖聳聳肩，一副若無其事的模樣，「犯過錯的人不代表他一定會一錯再錯。我雖然殺過人，但我不會再殺人了。邱教授長期爲我們這種社會敗類發聲，我感謝他都來不及了，怎麼會想殺他呢？」

他越說，聲音卻越是興奮高昂，彷彿刻意說著反話般諷刺。法檯上的張丕飛，在自己的筆記本記下一劃正字。

「嗚……」檢察官後方的告訴人席傳來低聲嗚咽，梁琇怡用淺棕色手帕捂著臉，努力遏止自己的悲傷。

「請辯護人說明答辯要旨。」徐義霆看向兩位辯護人。

「被告否認檢察官起訴的犯罪，主要有兩點，第一，檢察官沒有辦法證明邱令典教授已經死亡。第二，就算邱教授眞的不幸被人殺害，也不是被告做的。」施奇正起身辯護，而他也預料到，這樣的答辯內容，會引起梁琇怡更大的情緒反彈。

「哇嗚……嗚……還我兒子來……還我……嗚……」梁琇怡情緒潰堤，聲嘶哭吼，「什麼沒殺……沒殺……嗚……那就還我兒子來啊……嗚……」

徐義霆用眼神示意陪同家屬上前安撫，旁聽席的沈立巨看到此情此景，心裡翻湧著矛盾的酸楚。張丕飛關注黃遊聖的反應，沒想到他竟然毫不迴避梁琇怡的崩潰責難，而是笑吟吟地觀賞著，張丕飛再次劃下了正字標記。

「好，請檢察官進行開審陳述。」徐義霆等待梁琇怡情緒稍微平靜下來，才繼續審理程序。

羅宇妍起身，振了振鑲紫邊的法袍，氣勢銳利得像一把出鞘的劍。

「檢察官羅宇妍，在此爲開審陳述。」羅宇妍拿著遙控器，法庭左右兩旁的大螢幕、旁聽席前圓柱上的小螢幕，顯示出PPT的畫面。

「這是一起無屍命案，本案被害人邱令典教授的屍體，已經被被告損壞遺棄了，但身爲檢察官，沒有屍體的被害人，我們更要爲他發聲。」羅宇妍走入法庭中央，凝視著黃遊聖，「沒有屍體的殺人案，難道就不能定被告罪嗎？這樣不就完全符合了被告的殺人滅屍計畫，讓他順利地逍遙法外嗎？」

「異議！」施奇正舉手起身抗議，「檢察官的開審陳述充滿了暗示性，會讓國民法官、備位國民法官產生預斷或偏見。」

「檢察官，妳的用語是不是……」徐義霆點點頭，還在思索著合適的處理方式。

「謝謝審判長，檢察官這邊做個修正，我向國民法官法庭報告，我只是在陳述客觀上、普遍性關於無屍命案的迷思，本案雖然也是無屍命案，但被告黃遊聖究竟是不是殺人凶手，根據無罪推定原則，請各位法官、國民法官還是要依照證據來認定，不要先入爲主，認爲一定就是被告殺了邱教授。」還不等徐義霆裁示，羅宇妍很快地就做了修正，「不過檢察官一定會提出足夠的證據，來證明這件事。」

「好，請檢察官再留意一下陳述方式，也請國民法官、備位國民法官們注意我們昨天審前說明提到的無罪推定原則。」徐義霆示意羅宇妍繼續往下說。

「同樣也是通案性質的介紹，跟本案未必有相關，但我想說明的是，」羅宇妍用遙控器切換了螢幕上的投影片，顯示出幾則判決書，「這些判決，都是檢察官沒有辦法找到被害人的屍體，不過最後法院還是依照其他證據，判決被告殺人罪確定的案例。沒有屍體，檢察官的舉證雖然變得相當困難，但並不是不可能。」

張丕飛、吳漢夫聽了都點了點頭；姜品婕看著螢幕掠過的判決文字，總覺得那些貌似斬釘截鐵的論述，實際上卻是多麼無力而蒼白。

接著，羅宇妍藉由開審程序及書證、物證、被告自白等證據調查，透過她清楚的說明，隨著螢幕上一張張投影片的切換，漸漸呈現出檢察官主張的事實全貌。

——黃遊聖在雲林第二監獄服刑期間，他從一百零八年四月開始寫信、寄到明正大學給邱令典，前前後後一共寄了六十一封信，內容大多是與邱令典討論廢死議題、受刑人權益、勞作金被剝削、更生困難等問題，邱令典也常常回信勉勵黃遊聖，甚至提供具體的解決方法，黃遊聖一共收到了三十六封回信。

羅宇妍用螢幕投影片展示了黃遊聖服刑期間的收信紀錄，以及檢警從邱令典研究室扣押到的信件內容。

然而，從一百一十一年八月十二日曹姓死刑犯執行槍決後，黃遊聖寫信給邱令典的次數變得相當密集，一直到一百一十二年一月五日最後一封信爲止，短短不到五個月的時間，邱令典就收到了十五封信。黃遊聖信中的文字用語更是丕變，從原本的虛心請益，轉換成充滿敵意的攻訐。

羅宇妍按下遙控器，螢幕上顯現這些信件的翻拍照片，內容滿是黃遊聖對於邱令典的批評及責罵：「一起下地獄吧！」、「希望你也被判死刑！」、「你憑什麼呼吸比我們高級的空氣？」、「我們被槍口抵住頭，你卻在辦公室吹冷氣，踩著我們的屍體往上爬！」等等情緒性用語。

「我這個月要假釋了，一定會去明正大學好好『拜訪』你！」黃遊聖寄給邱令典的最後一封信，最後一行話，拜訪兩個字用了上下引號，還特別用紅筆書寫，恐嚇意味濃厚。

張丕飛看著螢幕上書信的照片皺眉，右手在筆記本上寫下文字。相對於張丕飛常常關注黃遊聖的神態，程平爽更常左右張望身旁的國民法官們，觀察他們對於證據調查的反應。不習慣沒有卷證在手的劉苡正，則是在起訴書旁記下一筆筆檢察官提出證據的摘要。

趕在黃遊聖一百一十二年一月十七日假釋出獄前，監所管理員、也是邱令典法律研究所的指導學生蔡瑋森，用通訊軟體傳訊息提醒邱令典，說黃遊聖最近常常嚴厲批評邱令典，甚至還向他探詢邱令典的住處等個人資料，請邱令典務必小心防範。

羅宇妍展示出黃遊聖在雲林二監精神鑑測的相關資料，診斷結果：「反社會性人格障礙（ＡＳＰＤ）」，上頭寫著：「無社會責任感、無道德觀念、無罪惡感、無恐懼心理、無自控自制的心理能力、無真實情感、無悔改之心，『七無』。」——羅宇妍說明，這就是蔡瑋森非常擔心邱令典人身安危的原因。

一百一十二年三月八日，早上八點十分到十點，邱令典開設的刑法總則課程，黃遊聖不請自來，到法學院二〇二教室旁聽，他在旁聽的過程中，對於邱令典講授的內容常常嗤之以鼻，引來同學們的側目。不過黃遊聖倒是耐住性子完整旁聽，直到十點第二節下課，才到走廊等待邱令典，兩人發生了口角爭執，有女學生聽到黃遊聖破口大罵，「廢死就是你沽名釣譽的工具！」、「你踩在我們身上往上爬！」之類的情緒性話語。

羅宇妍播放了明正大學法學院二〇二教室外的監視器影像，雖然沒有聲音，但從黃遊聖的肢體動作看得出來，他當下的情緒相當激動，邱令典正努力安撫著他，兩人往前走去，漸漸消失在監視器畫面中。

這次見面，邱令典知道黃遊聖出獄後經濟生活困頓，還拿了六千元接濟他，但邱令典卻怎麼也沒想到，這個善意的舉動竟然會惹來殺機。黃遊聖認爲這是對於自己的嚴重羞辱，再加上他當面與邱令典對談後，更加確認邱令典空洞的主張，只是用廢死拉抬自己的學術地位與聲量，那面高舉的人權大旗，終究會成爲他們的裹屍布。而黃遊聖瘋狂殺機的最後一根稻草，正是那張邱令典在一百零七年十月十日世界反死刑日簽下的「不同意判處行爲人死刑聲明書」。

「他不該簽下這張聲明書的，這讓他沽名釣譽的噁心行爲到達了極致，也讓他獲得了用生命奉獻廢死的最好理由。」螢幕上，羅宇妍展示出黃遊聖偵訊筆錄的這段文字，正是他赤裸裸的殺人自白。

「人渣。」張丕飛用氣音罵了很輕的一聲，一旁的吳漢夫也聽到了，跟著點了點頭。

台下的黃遊聖彷彿聽見了他們的不齒，雙眼森冷地瞪視著他們，由他侵略的氣勢，一時之間，竟然有種分不清楚到底是誰審判誰的錯覺。

決定要殺人滅屍的黃遊聖，他暗中跟蹤了邱令典，弄清楚邱令典的生活作息，他發現邱令典只有週三到週五上午有課，而每週六回去古坑老家探望梁琇怡前，會到二石山登山健走。於是他擬訂了犯罪計畫，拿了邱令典給他的六千元去購買行凶滅屍的工具。他到五金行買了一把生魚片刀及其他刀具，到大賣場買了一個大塑膠桶和麻布手套等等，他還到網咖上網，訂購了大量的工業級濃硫酸，再從超商取貨。

羅宇妍展示出五金行、大賣場、網咖、超商等處的監視器畫面，畫面中戴著鴨舌帽、口罩，身穿米色長袖上衣、藍色牛仔褲的男子，雖然拍攝角度、畫質並不像明正大學的監視器那樣清楚，但依稀可以辨認出，這個人就是黃遊聖。

再來，黃遊聖觀察了好幾天，鎖定了斗六郊區久定路上的一台黑色休旅車。這台車一方面車內空間夠大，足以裝載大塑膠桶及相關工具；另一方面，這台車已經被車主閒置許久，已經好幾個月沒開過了，車身積累了厚厚一層灰塵，雨刷上也滿是廣告傳單。前往二石山的路上，勢必無法完全躲避監視器鏡頭，沒有車子的黃遊聖如果去租車，很容易就會被警方發覺身分；如果去偷車，使用贓車更會引起警方的注意，甚至有被半路攔查的可能性，所以黃遊聖打算「借用」這台黑色休旅車犯案，等到犯行完成後，再將這台車回歸原位，可能連車主都沒有發現自己的車輛曾經被使用過。

羅宇妍展示出車主的警詢筆錄，他對於自己的車子被黃遊聖「借走」當作犯罪工具，確實是一頭霧水。只見監視器畫面上，那個戴著鴨舌帽、口罩，身穿米色長袖上衣、藍色牛仔褲，相當神似黃遊聖的男子，熟練地撬開那台黑色休旅車車門，進入後不到兩分鐘，就順利發動駕駛離開。

黃遊聖爲了避免被警方事後調閱監視器發覺行蹤，刻意提早一天，在行凶的前一天上山。一百一十二年四月二十八日，下午四點多，他駕駛那台黑色休旅車上山，在二石山上躲藏了一夜。隔天早上八點多，邱令典一如多年來的習慣，從明正大學駕車上山健走，埋伏已久的黃遊聖尾隨在後，等到無人的山林僻靜處，黃遊聖從後方突襲邱令典，持生魚片刀刺進了他的後背、腹部、頸部等處，砍殺多下，導致邱令典失血過多，失血性休克死亡。黃遊聖也當場砸毀了邱令典的手機，避免暴露行蹤。接著，他用大行李袋裝載邱令典的屍身，用大寶特瓶裝水，簡單清理現場後，將屍袋移到隱密處藏放。將自身清理乾淨的黃遊聖，若無其事的在休憩涼亭吃著零食飲料，等待入夜後，他在空無一人的二石山上，打開屍袋，在月光下，在跳動的手電筒照射下，用其他刀具摸黑肢解了邱令典的屍體，再將屍塊放入大塑膠桶內，倒入大量的高濃度工業用硫酸，再用蓋子、膠帶密封起來，避免氣味逸散。黃遊聖接著將整個塑膠桶扛上黑色休旅車的後車廂，也將刀具等工具放回後車廂，但因爲清潔得不夠徹底，後車廂還是沾染了少量邱令典的血跡。

羅宇妍展示了黑色休旅車後車廂的採證照片及鑑定報告，後車廂沾染了一些不起眼的微量血跡，鑑識人員從中採集到邱令典的DNA。

「而扣案的這把生魚片刀，就是被告黃遊聖用來刺殺邱教授的凶器，請國民法官法庭當庭檢視。」羅宇妍拿出用透明證物袋裝放的生魚片刀，可以明顯看出刀尖已經凹鈍彎曲，而刀柄則有一些腐蝕的痕跡。

「刺到後來刀都鈍了。」羅宇妍將黃遊聖偵訊筆錄的這句話用粗體標記。

當庭看到刺殺自己兒子的凶器，梁琇怡忍不住又放聲哀號。

徐義霆接過證物袋，端詳了一下刀身後，讓其他兩位法官及國民法官們輪流傳遞檢視。

吳漢夫在接過刀之前，特別注意了台下黃遊聖的神情。他的表情冷漠，嘴角淺笑，看似事不關己，但吳漢夫卻能夠看出，他眼裡深藏著一絲不安，就繫諸這把輕薄的刀上。因爲刺青工作、過往背景的關係，吳漢夫認識了許多人，甚至是那些眞正拿刀動槍的人，他發現自己有種說不上來的敏銳直覺，能夠嗅出他們眼裡的血腥味——眞正傷害過人的傢伙，是藏匿不住那股暴戾的。

黃遊聖預料邱令典失蹤的事，應該會到下週三，也就是五月三日邱令典未到學校上課才會被發現，他爲了讓邱令典的屍身徹底損壞溶解，以毀屍滅跡，也爲了躲避警方之後調閱監視器的追查，他決定要在二石山上多待幾天。

接下來的數日，黃遊聖一直在二石山上等待，除了留意有沒有警察的蹤影外，他就跟一般的登山客無異，來來回回爬了好幾趟二石山，也將自行攜帶的零食餅乾、飲料吃喝得精光。深夜裡，二石山上空無一人時，他還對著裝載邱令典屍塊的大塑膠桶說話，繼續爭論著廢死議題。一個第二次殺人的殺人犯，一個被殺害肢解的推動廢死教授；一個繼續高談闊論，一個沉默地在濃硫酸中消融，漆黑的二石山上正上演著嚴重病態的戲碼。

一百一十二年五月二日，晚上九點多，黃遊聖駕駛那台黑色休旅車，載著裝載邱令典屍塊的大塑膠桶摸黑下山。他一路開到了牛武溪沿岸，這天夜裡有雨，黃遊聖在暗夜雨中，打開了桶口，裡頭只剩下消融殆盡的屍水肉泥，以及難以溶解、邱令典所穿戴的衣物、皮帶等等。他也脫掉自己身上衣物，再將手套、刀具、屍袋等工具，一起扔入桶中浸泡硫酸。黑暗中，昏暗的月光下，赤身裸體的他站在岸邊，將未封蓋的塑膠桶奮力推到溪水裡，溪水遇雨稍漲，桶子載浮載沉，急流的溪水隨即將碎衣屍骸沖刷得不見蹤影。看著黑水滔滔，黃遊聖當時確實認爲，他已經完全抹去了邱令典被殺害的事實——你不能證明他還活著，但你也不能證明他已經死去。

黃遊聖換上了預先準備的另一套衣物，駕駛那台黑色休旅車回到原本停放的位置，彷彿未曾移動過一般。而在警方於一百一十二年五月十六日拘提他到案之前，他早已將自己穿過、可能曝露在監視器錄影中的衣物、帽子、口罩等物，打包丟棄到垃圾車，徹底跟本案脫離關係。

羅宇妍展示出警方在牛武溪現場打撈的照片及鑑定報告。警方於一百一十二年五月十六日到場時，距離黃遊聖棄屍時已經相隔了十幾天，中間又遇到幾次大雨，警方並沒有辦法打撈到較爲完整的屍塊，只能找到大塑膠桶以及邱令典衣物、皮帶等殘骸，還有黃遊聖行凶的刀具等物。但是，警方從大塑膠桶內刮取、採集殘跡，鑑定結果與邱令典的DNA型別相符。

「以上，就是檢察官主張，本案事實的經過，最後容我提醒國民法官法庭注意的是，」羅宇妍面向法檯，昂然自信，「這個事實，是被告黃遊聖於一百一十二年五月十六日偵訊時親口所說，並且本案一百一十二年六月三十日準備程序時，被告以及辯護人，都不爭執被告偵訊自白的任意性，不論他們的目的是爲了爭取自首減刑或者有其他原因，但請各位法官、國民法官們留意，被告黃遊聖曾經自願承認過本案的犯罪事實。」

「精彩！」羅宇妍語畢，黃遊聖突然鼓掌嘲諷，「檢座故事編得眞是精彩，賺人熱淚！」一旁的施奇正連忙攔阻他。

沈立巨對於黃遊聖在法庭上浮誇、挑釁的舉止深深皺眉，讓他想起了先前讀到的「法庭上的瘋狂小丑」那篇專題報導。

「被告，我會給你充分答辯的時間，請你注意法庭上的秩序。」徐義霆也出聲制止。

法檯上的張丕飛又在筆記本上劃下了一筆，聽完檢察官的陳述及證據調查，他覺得這個案件根本就沒有什麼懸念了，雙方攻防的重點應該只在於是否要判處被告死刑了。

接著，換被告、辯護人對於檢察官剛剛提出的證據表示意見。

「麻煩幫我打開一下簡報檔，謝謝。」施奇正起身辯護，他先笑了笑，「檢座的簡報檔眞的是精美，但我是個電腦白癡，我的簡報檔很陽春，再麻煩法官們包容一下。」

通譯操作電腦，打開了施奇正事先提供的檔案，法庭螢幕上顯示出辯護人的簡報檔，內容主要是剛剛出現過的監視器畫面：戴著鴨舌帽、口罩，身穿米色長袖上衣、藍色牛仔褲，體態面容神似黃遊聖的男子，在五金行、大賣場、超商等處採買犯罪工具的監視器畫面截圖。

「請庭上看看，這個人長得眞的像被告嗎？」操作螢幕遙控器的施奇正看向法檯。

張丕飛毫不猶豫地點頭。萬淑麗則是瞇著眼，她總覺得這些照片的畫質不佳。

「其實監視器的畫質並不是這麼好，沒關係，我來放大一下。」施奇正切換到下個頁面，是放大後的監視器畫面，幾乎是臉部的特寫，「這樣看得清楚了嗎？這個人長得像被告嗎？」

萬淑麗看了螢幕照片，又看了看在庭的黃遊聖，猛點著頭，吳漢夫也跟著點了點頭。其他國民法官、備位國民法官則是不置可否，廖明忠更是困惑地皺眉，坐在下層法檯的他轉頭看向徐義霆，卻是欲言又止。

「欸，好像有幾位國民法官覺得有像被告喔！」施奇正咧嘴笑了，「讓我們繼續看下去。」

他切換到下一張投影片，全場人員發出了驚訝的低呼聲。

只見接連好幾張監視錄影畫面的截圖，畫面中的男子脫下了鴨舌帽、口罩，還朝向監視器鏡頭比YA。

——而這個男子，竟然就是施奇正本人！

黃遊聖看了，笑得合不攏嘴，一直對施奇正比大拇指按讚，他眞的非常熱愛法庭翻車的荒謬戲碼。

「異議！審判長，檢方要提出嚴正抗議！」高至湧氣得跳腳，連忙舉手起身大聲抗議，「辯護人提出跟本案無關的證據，也未曾在準備程序中主張過，卻偷渡到審理程序中，嚴重影響、污染國民法官的心證，請審判長制止！」

「公辯，這會不會太超過了？」徐義霆深深皺眉，相當不以爲然，「請各位國民法官、備位國民法官注意，辯護人剛剛提出的證據跟本案完全無關，並不是本案的證據，不要列入本案的判斷。也請辯護人絕對不要再有類似情事，擾亂訴訟程序的進行。」

「哎呀，怎麼會這樣，我拿錯照片了啦！」施奇正拍了拍頭，佯裝驚訝，「眞的很不好意思，都怪這些照片實在長得太像，我才會拿錯照片。請法官們見諒，也千千萬萬，不要把我剛剛說的話列入考量，我們一筆勾銷，我沒有意見要表示了，謝謝庭上。」

施奇正走回座位，對著曾初恩擠眉弄眼，他知道自己已經偷渡成功，讓國民法官們留下深刻的印象，讓他們知道這些畫質模糊的監視器錄影截圖照片，是多麼地不可信，不枉費他接連好幾天，自行喬裝打扮，還拜託商家提供他親自演出的監視器畫面。

「老狐狸！」曾初恩低聲笑罵，這傢伙的手法還真不光明正大啊——不過遇到絕境，也只能盡力嘗試所有可能的方法，險中求勝，死裡逃生。

旁聽的沈立巨微微頷首，雖然可能有藐視法庭的疑慮，但他不得不佩服施奇正這傑出的一手辯護。

檢察官提出的證據調查完畢，羅宇妍將卷證及卷證電子檔提交給法院。十一時四十分，上午的審理程序告一段落，徐義霆宣示休庭，下午二時三十分再繼續審理。

法庭旁的會議室，也是國民法官們的休息室，徐義霆、劉苡正、程平奭也跟著他們一起用餐。吃完便當後，徐義霆當場泡了一壺「慢午紅茶」，說茶多酚能夠幫助大家消化。

而用餐過程中，辛勤的法院行政人員也將卷證拿進會議室，並且將卷證電子檔存入每位國民法官、備位國民法官的平板電腦中，方便他們能夠隨時檢閱卷證。

吃飽後，幾位國民法官一邊喝著茶，一邊開始滑著平板電腦，看著卷證內容。

「這個人真的長得很像被告吧？」張丕飛點開監視器畫面截圖，放大畫面中正在大賣場購物的男子。

「其實畫面很模糊，看不太出來吧？」鄭彥昇搖了搖頭。

「不是，你仔細看，」張丕飛點開另一張被告正面的照片，與監視器畫面截圖並列，「這個人的眉毛間距比較寬，額頭也有稍微不平整的線條，有沒有？被告是不是也有這些特徵？」

一旁的蕭沐晴佩服地點了點頭，覺得張丕飛眞的是觀察入微。

「是啦，是啦！他都承認了，怎麼會不是他！」萬淑麗打了個飽嗝，揮了揮手，她總覺得事情簡單處理就好，不需要弄得這麼複雜。

「這是看圖說故事吧？我怎麼看都看不出來哪裡像。剛剛辯護人提出的監視器照片，明明就是他自己扮的，你們不也是覺得像？」鄭彥昇喝了口茶，依舊不認同張丕飛的說法。

「你這樣就不對了，剛剛審判長也說了，辯護人提出的證據跟本案沒關係，要我們不要列入考量，你不要被他污染心證了！」張丕飛看向徐義霆，他點了點頭。

「不過我想，辯護人可能主要是想要提醒大家，檢察官提出的監視器畫面截圖，它的畫質、拍攝角度，還有畫面中男子戴著帽子、口罩，我們到底能不能直接判斷就是被告？」徐義霆補充說明，「這個就有賴各位的判斷了！」

爲了避免職業法官的專業對於國民法官造成「權威效應」，徐義霆早已和劉苡正、程平奭達成共識，除了向國民法官解釋法律上的疑義、有關法律原則的澄清外，他們盡量不要加入、干涉國民法官對於本案的討論。

「我覺得一定是他做的。」剛剛從吸菸區回來、一身菸味的吳漢夫，剛好趕上大家的討論。

「怎麼說？」正和居家保母傳訊息、詢問小寶狀況的汪思慧好奇他斬釘截鐵的自信。

「我看他的眼睛就知道了，我看到他看見凶刀的眼神，我就知道一定是他幹的，他一定拿過這把刀殺過人。」吳漢夫聳聳肩，「也不知道你們信不信，但我認識很多人，有些人是眞的開過槍或者砍過人的，他們的眼神有一種不一樣的味道，我聞得出來。」

蕭沐晴看著吳漢夫半顯半露的刺青，不禁覺得他的「社會經驗」很有說服力。

「欸，其實我只聞得到菸味耶！沒有啦，開玩笑的啦，大哥別生氣！」鄭彥昇嬉皮笑臉的吐槽。

「我們是國民法官，應該還是要看證據判案吧。」將便當盒收拾整齊的姜品婕發言了，「不過被告自己也講說，他並沒有被警察還是檢察官脅迫，或者刑求逼供之類的，那他爲什麼要自首？如果不是他殺了邱教授，在檢警都認爲他涉有重嫌的情況下，他卻自己自首，這不是對他很不利嗎？」

「沒錯，被告哪有引火自焚的道理！」張丕飛立刻表達支持，「根據我跑社會線多年的經驗，這種不打自招的被告，一定都是他們幹的。他可能後來跟律師討論後，才發現自己第二次殺人很可能會被判死刑，才臨訟杜撰，推諉卸責，打算做垂死的掙扎，被告跟辯護人之所以不爭執那次自白，就是為了要爭取自首，保留一線生機。你們別看被告在法庭上一副老神在在、無所謂的模樣，其實他心裡根本怕得要死。」

「我確實也覺得黃遊聖在法庭上，好像是在表演，很用力的表演。」鄭彥昇難得沒有反駁張丕飛，「這件案子比較奇怪的是，被告或者辯護人都沒有提出不在場證明，反而是檢察官提出了被告的自白，這個走向確實是對被告很不利。」

「不過審判長有提醒過我們，刑事訴訟法有規定，被告的自白，不能當作有罪判決的唯一證據。」姜品婕仍舊保持著相當理性，「檢察官提出的證據到底夠不夠，還有沒有合理懷疑的存在，我想是我們要仔細判斷、討論的。」

一旁的徐義霆聽了，讚許地點了點頭，再喝下一口溫潤紅茶。

蕭沐晴也跟著點點頭，不過她其實沒有什麼自己的想法，她總覺得每個人都說得很有道理，等到真的要下決定時，自己可能會相當苦惱。

個性低調的廖明忠聽著，卻一直沒有發言。吃完便當的他拿著法院提供的平板電腦，就如同他平常擔任大樓管理員的習慣一樣，默默看著電子卷證檔案裡的監視器錄影。當影片中的時間與現實生活中的時間一同慢慢流逝，他彷彿就回到了案發時刻，能讓他更加接近事實的眞相。

十

下午兩點三十分，雲林地院第二法庭，二石山命案繼續審理。

依照審理計畫書，這個階段是要進行量刑事項的證據調查，檢察官聲請傳喚主要負責本案偵辦的小隊長何翼賢到庭接受交互詰問，待證事實爲：警方早已發覺被告涉犯本案殺人罪嫌，本案不符合自首減刑規定。

「證人何翼賢先生，請問你跟在庭的被告黃遊聖先生，有什麼親屬或身分關係嗎？」徐義霆核對何翼賢的身分證後詢問他。

「報告庭上，沒有。」身材高大的何翼賢，穿著黑色短袖襯衫、黑色西裝褲、黑色皮鞋，一如往常全黑色系的刑警打扮。

「今天請你到庭爲被告黃遊聖先生涉犯的殺人、遺棄屍體罪案件作證，你要據實陳述，不能說謊，你不要想說要幫他或者害他，就是照事實陳述，如果說謊的話，可能會涉犯僞證罪，最重可以判處有期徒刑七年，瞭解嗎？」徐義霆告知何翼賢僞證罪的處罰規定。

「我瞭解。」

「那請你具結。」

何翼賢起立，接過通譯遞交的證人結文朗讀後，表示他會據實陳述，證言內容絕對不會有匿、飾、增、減的情形，再簽名切結，完成具結。

「開始進行證人交互詰問，請檢察官行主詰問。」

「請問證人，案發時任職於何處？擔任何種職務？」羅宇妍起身，走向法庭中央。

「雲林縣警察局刑事警察大隊小隊長。」何翼賢回答。

「現在也是嗎？」

「是的，我已經擔任小隊長十四年了。」

「你當這麼久的小隊長，自己承辦過多少刑案？」

「嘿，這個眞的算不清了，太多太多了。」何翼賢微笑。

「本案偵辦過程你還有印象嗎？」

「當然，我的印象非常深刻，這件案子這麼矚目，我們隊上弟兄爲了破這個案子，好幾天都沒睡覺。」

「你能告訴我們，當初查獲被告的過程嗎？」

於是何翼賢說明了全案偵查的來龍去脈，包括一開始只調閱四月二十九日案發當日，二石山上、下山的監視器，並沒有發現可疑車輛，偵辦一度陷入膠著。直到羅宇妍指揮，由地檢署、警局公開對外徵求本案情資，以及擴大調閱前後數日的監視器錄影後，才有了突破性的進展。

擴大調閱監視器錄影的結果，他們發現了那台行蹤可疑的黑色休旅車，而雲二監監所管理員蔡瑋森、明正大學法律系宋姓女同學證述了黃遊聖的可疑舉動，後來調閱明正大學監視器的結果，也證明黃遊聖確實曾經在明正大學與邱令典發生爭執。警方繼續從黑色休旅車的行車軌跡出發，調閱了沿路各處監視器，發現了被告戴著鴨舌帽、口罩購買凶器、犯罪工具的畫面，而黑色休旅車的後車廂，也鑑定出有血跡反應，羅宇妍就簽發拘票，拘提黃遊聖到案，他到案後就坦承全部犯行。

「先稍待一下，」羅宇妍明知故問，「你剛剛說看到被告戴著鴨舌帽、口罩購買凶器、犯罪工具的監視錄影畫面，但你怎麼知道監視器畫面中的男子就是被告？早上我們審理的時候，辯護人還拿出其他不相關的監視器畫面來魚目混珠，說檢方提出的監視器畫面根本沒有辦法確認是被告呢！」

施奇正看著羅宇妍意有所指的眼神，只是微微一笑。

「那個人絕對就是被告。」何翼賢回答得斬釘截鐵。

「喔？怎麼說呢？」羅宇妍順水推舟。

「請求庭上提示那些監視器錄影畫面照片，並且讓我操作播放。」何翼賢提出請求。

「好。」徐義霆同意。

法庭螢幕上又出現早上的那些監視器錄影照片，何翼賢拿著遙控器，切換著不同時間、地點的監視器畫面照片。

「各位法官請看，注意這個人拿東西、簽名的手，是右手，從這些照片明顯看的出來，照片中的這個男子是個右撇子，跟被告黃遊聖一樣。」何翼賢指出了數十張照片中的這個細節共同點。

黃遊聖雙手一攤冷笑，畢竟右撇子的比例是多數，這根本就不能算是什麼獨特特徵，足以認定畫面中的男子就是他。一旁的施奇正則是摸著下巴靜靜等待，他知道羅宇妍眞正的招數還沒有現身。

「右撇子？我也是右撇子啊？這能夠說明什麼嗎？」羅宇妍繼續和何翼賢一搭一唱。

「請各位法官注意，畫面中的這個男子，雖然是個右撇子，但他卻在一些場合改用了左手提東西。」何翼賢切換到超商取貨的監視器畫面照片，「這些都是他到超商領取工業用濃硫酸的監視器畫面，一箱重約六、七公斤，他這幾次，卻都改用左手提箱子。爲什麼？我想是因爲這些濃硫酸比較重，所以他必須用左手提。」

「他明明是右撇子，爲什麼要改用左手提重物呢？」羅宇妍微笑問道。

「可以請庭上讓被告露出右手前臂嗎？」何翼賢並沒有回答，反而是向徐義霆提出請求。

徐義霆向左右兩旁的劉苡正、程平奭交換眼神確認後，他請黃遊聖脫下西裝外套，解開長袖襯衫袖口鈕扣，露出右手前臂。

黃遊聖面無表情地一摺一摺捲起襯衫右邊袖子，露出了結實的右前臂——**上頭有一條明顯的長條傷疤。**

法庭上又出現了短暫的驚訝低呼聲。

「我們當時調閱了被告的前案資料，發現被告在先前判刑定讞的殺人案件中，跟前案被害人打鬥的過程，被酒瓶碎片深深割傷了右臂肌肉及神經，長期以來都不能提重物。」何翼賢凝視著黃遊聖，有種貓抓老鼠的睥睨，「所以我們在拘提被告之前，就已經有客觀證據足以鎖定，被告是本案重大的嫌疑人。」

張丕飛重重吐了一口氣。他想起今天一早在門口遇見的老夫婦，他們兒子多年前無辜殞落的生命，今日化身成制裁被告的利刃，眞的是老天有眼，他已經找到了絕佳的報導素材。

「所以在你們拘提被告之前，依照警方所掌握的客觀證據，就已經發覺了被告涉犯本案重嫌，你認爲被告到案後坦承犯行，並不符合自首，是嗎？」羅宇妍向何翼賢確認。

「是的。」何翼賢回答得直截了當。

「那我們可不可以這樣說，檢察官提出的監視器錄影畫面，畫面中的男子明明是右撇子，但遇到要提重物的時候，卻改用左手，正好與被告黃遊聖因爲右手受過傷、不能提重物的特徵相符，所以這些監視器錄影畫面，足以證明被告本案的犯行？」羅宇妍結合了早上監視器畫面的爭議，整理出結論。

「完全正確。」何翼賢點頭。

「異議！」施奇正再也按捺不住，舉手抗議，「剛剛檢察官的主詰問明顯誘導證人。另外，檢察官也不得要求證人陳述個人的意見或推測，況且我們現在是進行量刑事項的調查，檢察官怎麼可以又偷渡回犯罪事實事項的證明力論告？」

「哎呀，怎麼會這樣，我搞錯了啦！」羅宇妍也不等徐義霆裁示就回應，她佯裝驚訝，「眞的很不好意思，我不應該這樣詰問，都怪這些問題實在太像，我才會搞錯。請法官們見諒，也千千萬萬，不要把我剛剛說的話列入考量，我們一筆勾銷，我沒有問題要詰問了，謝謝庭上。」

羅宇妍完完整整地複製早上開庭施奇正的取巧話語，當場狠狠地用來諷刺、揶揄施奇正。

「我還以爲學姐不會玩這種酸人的，沒想到玩起來比誰都凶。」法檯上的程平奭打字傳到刑五庭「滅絕恐龍小組」LINE群組，劉苡正看了訊息，和他相視而笑。

天才自負的施奇正卻哪裡忍得下這口氣，也不等徐義霆請他行反詰問，竟然就當庭聲請調查證據。

「庭上，辯護人要聲請調查證據。既然檢察官認爲被告的右手因爲傷勢關係不能提重物，我要聲請送被告去進行肌力檢測鑑定，被告如果連拿一箱幾公斤的濃硫酸都有困難了，他要怎麼抬得起裝了一個成年人屍體還有一大堆硫酸的塑膠桶？」施奇正說得義憤塡膺、振振有詞，「我們準備程序雖然沒有提出這個證據的調查，但也是因爲我們今天被檢察官突襲才有再聲請調查證據的必要，且事關被告有罪無罪的重要判斷，我相信是符合國民法官法第六十四條第一項但書的規定的。」

坐在他身旁的曾初恩一臉驚訝，這完全是施奇正自己臨場應變、突發奇想的聲請，但她仔細想想，在邏輯上確實具有相當的殺傷力。

「檢察官的意見呢？」徐義霆先轉頭詢問羅宇妍。

「檢察官反對，認爲沒有調查必要性。一方面，檢察官並沒有突襲辯護人，這些監視器畫面照片本來就都有開示給辯護人閱覽，我相信辯護人手上也都有，辯護人現在臨時提出這個聲請，有拖延訴訟的嫌疑。」羅宇妍雖然沒有預料到施奇正的反擊會來得如此又快又猛，但還是有條不紊地迅速回應，「另一方面，被告有可能藉由工具或者其他方式搬運裝屍體的塑膠桶，未必只能用徒手的方式，檢察官認爲……」

「不用調查了！還送什麼肌力檢測，太麻煩了！」黃遊聖突然舉手起身，打斷羅宇妍的回應，卻是表明了反對再送肌力檢測鑑定的立場，不僅是羅宇妍，就連施奇正跟曾初恩都覺得非常錯愕。

就在徐義霆還來不及反應、指揮訴訟的時候，黃遊聖已經走到法庭中央，一旁法警連忙上前戒護，但黃遊聖已經迅速趴在地上。

他在法庭中央，在眾人面前，扎扎實實用右手做了三下單手扶地挺身，右前臂的那道長傷疤因為充血而格外顯眼。

「沒什麼，其實我右手的傷早就好了。」黃遊聖起身，微微冷笑，「我的手，就跟你們大家的手都一樣，沒什麼特別的。」

「謙虛了，我可是連一下單手扶地挺身都做不起來。」法檯上的鄭彥昇低聲打趣道。

「報告庭上，我撤回我剛剛證據調查的聲請，確實不用調查了。」施奇正也微微一笑，「另外，我也沒有問題要問證人，不用反詰問了。」

施奇正看向羅宇妍，他從她稍微閃爍的眼神中可以看出來，黃遊聖露的「這一手」，確確實實擊中了她公訴策略的要害，有效地摧毀檢方非常關鍵的證據。不過他知道，她可是羅宇妍，公訴論告時，她一定會重新提出一套完整堅強的論述，強力說服國民法官——明天的雙方辯論，才是最終決勝關鍵。

下午的審理程序結束後，徐義霆、劉苡正、程平奭與國民法官、備位國民法官們，一同到會議室討論。

「萬萬沒想到還有這一招，讓被告逃掉了。」張丕飛喝了口徐義霆泡的普洱茶，忍不住扼腕道，「不然檢察官的舉證多麼漂亮啊，一步一步讓他掉進陷阱裡，唉，眞的是太可惜了！」

「我只能說剛剛眞的是峰迴路轉！但也未免太巧了，被告右手有傷，爲什麼監視器畫面中的戴帽男就這麼剛好，『故意』在提重物的時候換成左手？」鄭彥昇撥了撥頭髮沉吟道，「我覺得這之間不太單純。」

「很純啦！不要老是想得那麼複雜啦！換手提東西也沒有什麼啊！我在搬菜的時候，有時候右手痠了就改用左手啊，這有什麼好大驚小怪的？」萬淑麗說著，她已經打開法院發的餐盒吃起麵包。

「好了，各位，我們也差不多到下班時間了。」徐義霆說道，「我先向大家說明一下程序事項。」

徐義霆說明，合議庭先前考量本案被告採取否認答辯，本案又是涉及到殺人重罪，要小心國民法官審判淪爲「投影片審理」的批評，也就是國民法官只看檢辯雙方當庭提出、截取的證據片段，而沒有仔細檢視證據的原始內容，造成在雙方去脈絡的引用下，發生偏離事實的危險，所以我們會將雙方提出的卷證放在會議室供大家查閱。另外考量審理期間，卷證保密的重要性，不管是卷證或者是電子卷證，都不能攜離會議室，不論是法官或者國民法官，都只能在會議室閱覽卷證。於是合議庭特別預留了明天上午兩個半小時的時間，可以讓大家在會議室檢視卷證、互相討論，最後確認還有沒有其他證據要調查，或者有其他事實要釐清、有什麼問題要訊問被告，明天下午才會進行最後的量刑調查及辯論程序。

「當然，如果你們覺得明天早上看卷證會太趕，也是可以今天晚上留下來在會議室加班閱卷，但很不好意思，法院的經費有限，這個部分我們沒有辦法提供加班費。」徐義霆微笑著說，「其實明天早上看卷證應該是足夠了，眞的不行，在後天評議前，我們也有預留一個上午的時間，讓大家最後一次檢視卷證，所以大家可以放心。我先自首，我因爲年紀大了，今天一整天開庭下來也是有點累了，我等等就要先回家了，明天我會早點進來看卷。」

「審判長辛苦了！」姜品婕說。她看著徐義霆一整天坐鎮法庭，指揮訴訟，想必眞的是累壞了。

劉苡正、汪思慧都要先回家照顧小孩，其他國民法官、備位國民法官也都有事情沒辦法留下。很快的，會議室就只剩下程平奭及廖明忠。

「大哥，你不用先回去休息嗎？」程平奭邊吃著麵包邊問道。

「不用喔，沒關係。我們管委會主委人很好，這禮拜都讓我放假，反正我回去也沒事情，乾脆留在這裡吹吹冷氣，把這些監視器錄影看一看再走。」廖明忠也吃起麵包，繼續看著平板電腦上的監視器畫面。檢方提供了各個場所、時間的監視器畫面，而且錄影片段相當完整，要全部看完，恐怕要花上好幾個小時。

「好喔，監視器錄影晚點我也會看，如果你有看到什麼特別的再告訴我啊！」程平奭翻著卷證，從第一宗卷的第一頁開始翻起，他不願意錯過卷裡任何一個可能有利或者不利被告的重要證據。

晚上九點多，廖明忠到會議室外沖泡一杯法院的即溶式咖啡提神，回來時程平奭已經離開，他也不以爲意，繼續坐下來看著監視器錄影。

「嘿！大哥，吃宵夜了！」沒幾分鐘，程平奭提著兩大袋香噴噴的炸物進來，「這家斗六廟口的老牌鹹酥雞眞的好吃，我千拜託萬拜託我的書記官幫我一起買回來的，你也吃吃看！」

「法官謝謝！」廖明忠笑了，他沒想到這個年輕法官這麼親切。

於是夜間安靜的法院裡，他們兩人在會議室裡，在鹹酥雞的香味中，默默專注於眼前的卷證中。

晚上十點多，廖明忠揉揉眼睛，他已經看完了大部分的監視器，並沒有發現有什麼特別的地方，剩下的部分，他預計明天大概再花一個多小時就能全部看完。

「法官，我要先離開了。」廖明忠說。

「沒問題，大哥辛苦了！」程平奭燦笑，自己彷彿不知疲憊。

「法官你也早點休息！再見！」

「好喔，明天見！」

廖明忠關上會議室的門，走向法院外的機車棚。雖然他並不熱衷社會或者政治新聞，對於司法信任度不高、恐龍法官之類的輿論批評也是無感，他總覺得法院或者訴訟，距離他很遙遠，這輩子可能都不會遇到，但沒想到，竟然讓他成爲了備位國民法官，不僅已經共同審判，之後如果遞補成國民法官，還有可能會共同判決，決定被告的生死。而他看到程平奭經過一整天開庭下來，繼續加班閱卷到深夜，竟然還是精神奕奕，不禁心想，是不是就要像他這樣敬業的態度，才能夠支撐起判決的重量？判決背後，或許有太多不爲人知的努力。

機車遠離，深夜裡法院一樓會議室的燈光還未熄。

十

二〇二三年八月三十日，雲林地院，一樓法庭區會議室。

「欸，爽哥，你最早？」徐義霆打開會議室的門，有點詫異，他以爲自己七點半到就已經很早了。

「對啊，起床去吃個早餐就過來，卷很多看不太完啊。」程平奭笑了笑，他正在用平板電腦檢視卷內的監視錄影畫面。

「年輕人體力眞好！」徐義霆微笑，拿出了茶具組，「今天我來泡升級版的『早安綠茶』，不惜重本，一杯大概要十八元喔。」

「我聽到了學長，我也要一杯。」劉苡正這時候也揹著包包走進來，「奇怪，怎麼有鹹酥雞的味道？」

「學姐專業，我跟國民法官昨天宵夜就是吃鹹酥雞，這家眞的好吃，改天我們再一起去斗六吃吃看。」程平奭哈哈一笑。

「苡正，妳也這麼早喔？小孩怎麼辦？」徐義霆開始煮水泡茶。

「這禮拜都先交給我老公處理了。沒看過卷審理起來還是覺得不踏實，我也怕今天早上看不完啊，所以還是早點過來。」劉苡正坐下後，一邊吃早餐一邊翻著卷。

於是在早晨的微光中，瀰漫的茶香中，國民法官們陸陸續續走進會議室，第二天的審理程序，就從檢閱卷證開始。

早上十點多，廖明忠已經看著暫停播放的平板電腦螢幕猶豫了十分鐘，最後他還是鼓起勇氣舉起了手。

「咦？備位一號國民法官，怎麼了嗎？」徐義霆抬頭詢問。

「邱教授有抽菸嗎？」

廖明忠起身，將平板電腦轉向眾人。

監視錄影畫面中，邱令典的白色轎車在停等紅燈，駕駛座旁的窗戶並未關上，一隻手臂垂在車外，指間有支點燃的香菸。

徐義霆的心一沉，除了抽菸之外，他還發現那隻左手臂，並沒有戴著邱令典扣案的手錶——整起案件，恐怕將掀起完全不同的巨變。

下午兩點半，雲林地院第二法庭，二石山命案繼續審理。

面對最後的訊問及辯論，身穿同一套西裝的黃遊聖，依舊一副事不關己的輕鬆模樣。

「按照審理計畫書，本來是要讓雙方詢問被告後，再進行事實法律辯論和量刑辯論，」徐義霆推了推金框眼鏡，態度嚴肅，「不過在此之前，本院認為必須先釐清一個事實。」

徐義霆請通譯打開了那個監視錄影畫面，在法庭大大小小的螢幕上播放。

「停。」

畫面停止在邱令典的白色轎車正停等紅燈，駕駛座旁的窗戶並未關上，一隻手臂垂在車外，指間有支點燃的香菸，沒有戴錶。

「這是檢察官提出的監視器錄影，時間是一百一十二年四月二十九日早上八點十三分，邱令典教授駕駛白色轎車駛出明正大學，右轉之後的第二個路口。」徐義霆說明，「畫面中這隻夾著香菸的手，是邱令典教授的嗎？」

「那不是我兒子的手。」搶在檢察官、辯護人之前，梁琇怡就先起身激動表示，「我兒子從來都不抽菸，而且他都會戴錶，那隻錶是他之前生日我送給他的……嗚……是誰開我兒子的車……我兒子到底……到底在哪裡？嗚……嗚……」

隨著梁琇怡的否定哭訴，案情巨大的衝擊襲來，法庭上的眾人再也壓抑不住驚呼聲，旁聽的記者們交頭接耳，議論紛紛，案件的走向、法庭的秩序，瞬間都步入了崩潰的邊緣。

「叩！叩！叩！」

徐義霆拿起法檯上的法槌敲了三下，每一下都像是擊在眾人的心房，整座法庭頓時安靜下來。

「檢察官有什麼意見？」徐義霆看向羅宇妍。

——身經百戰的羅宇妍竟然呆住了，一時之間不知道如何反應。

爲了今天最後的辯論程序，羅宇妍昨天加班到深夜，對於辯護人、被告可能提出的各種抗辯一一沙盤推演，每一個她都能提出精準有效的反擊，胸有成竹的她，卻萬萬沒想到案發當天，本來應該是由邱令典駕駛白色轎車，從明正大學前往二石山登山，現在客觀上出現的監視器畫面鐵證，竟然顯示非常有可能不是由邱令典駕駛那台白色轎車，那邱令典當天到底有沒有去二石山登山？如果沒去，他現在人在哪裡？如果沒去，爲什麼黑色休旅車後車廂、大塑膠桶會驗出他的DNA？畫面中，這個抽菸開車的人，又是誰？他跟本案有什麼關係？案發當天，他爲什麼要開著邱令典的白色轎車上二石山？

羅宇妍瞬間閃過許多疑問，即使她不斷尋求腦海中的每個卷證比對，卻沒有辦法提出任何有說服力的理由。

——或許從偵查的一開始，這件案子就發生了致命性的錯誤。

「哇哈！哇哈哈哈哈……」黃遊聖自然不會錯過這個嘲諷檢察官的大好機會，「羅檢，妳這樣呆呆的好萌喔！哇哈哈哈……」

黃遊聖瘋狂嘻笑得有如小丑，他不需要白粉紅鼻的濃妝，誇張的表情線條，就是他最戲劇化的裝扮。

今天依舊與唐肇光到庭旁聽的沈立巨眉頭深鎖，雖然他對於黃遊聖的狂放舉止沒有好感，但眞正令他困擾的，是螢幕中的那隻手。他與邱令典相識多年，邱令典確實從來不抽菸，也有戴錶的習慣。

「宇妍！」身旁的高至湧低聲喚道。

「主任，這……這跟我們預想的不一樣。」羅宇妍用只有他們兩人聽得見的音量，告訴高至湧她的慌亂。

「報告庭上，審判長剛剛提示的監視錄影，以及告訴人梁女士剛剛的證詞，檢方認爲是新事實新證據，而且與本案具有重大關係，爲了發現眞實，釐清本案的眞相，請求順延今日的審理期日。」高至湧起身說道。不愧是十幾年檢察官的老經驗，他當機立斷做了危機處理。

「辯方反對！」施奇正舉手，「這些監視器錄影，明明就是檢方提出的，哪裡是什麼新事實新證據？是檢方當初自己沒仔細看監視錄影吧？如果檢察官沒有辦法證明被告犯罪，法院應該就要判決無罪，而不是讓檢察官一直拖延訴訟下去。何況本案是行國民參與審判，延滯訴訟會造成國民法官不合理的負擔。」

監視錄影畫面中那隻抽菸的手，施奇正雖然自己也沒注意到，但他知道，這隻手不管是上帝之手還是惡魔之手，都將徹底扭轉戰局，他自然是要乘勝追擊。

「我同意！」沒想到黃遊聖竟然完全不顧辯護人的辯護策略，他站起來說，「就讓檢察官回去再多想想啊，回去檢討一下，身為法治國守門人的檢察官，是不是隨便起訴，冤枉無辜的人民呢？我可以等，我也願意等。

「因為遲來的正義，還是正義啊！哇哈哈……」穿著西裝筆挺的黃遊聖大力獰笑著，他正用最惡意的表情說著「正義」。

「本件暫休庭，由合議庭評議。」徐義霆宣示。在做決定之前，法院需要更多的討論。

「一定要准許啊，要讓檢察官查清楚到底是怎麼回事！絕對不能讓他這樣不明不白地逃了！」一回到會議室，張丕飛就激動的發言，「你們沒看到被告那副嘴臉，那會是無辜者的表情嗎？他根本就是玩弄法律的小丑！」

「各位先等一下。」徐義霆用手勢阻止國民法官們繼續討論下去，「依照國民法官法第六十九條第一項規定，訴訟程序的裁定是由我們合議庭三位法官共同決定，不過我們可以聽取你們的意見。不知道你們對於檢察官請求延期審理，有什麼意見嗎？」

「我覺得辯護人說得有道理，檢察官在起訴前本來就應該要把事實調查清楚，現在都起訴、審理了，如果沒有辦法證明被告犯罪，就要判無罪，不應該一直拖延訴訟。」姜品婕舉手表示不同意。

「對啊，現在不就是要調查清楚嗎？今天我們突然丟出這麼大的問題，難道就不用給檢察官時間反應、思考嗎？他們可以再調查、確認清楚啊！」張丕飛情緒有些激動，「我就說一個可能性，畫面中抽菸的那個人搞不好是被告的同夥，他們一起計畫好，由這個抽菸的同夥到明正大學去綁架教授到二石山，誤導檢警以為教授一如往常去爬山，然後他們兩個在山上，一起殺了教授再一起棄屍。東窗事發之後，被告打算自己一個人扛下來，所以向檢察官自首，沒想到審理時卻被我們意外發現了這個監視錄影，難道沒有這樣的可能性嗎？什麼叫做就要判被告無罪？」

「我也支持要讓檢察官調查清楚。」吳漢夫也表態，他絕對相信自己的直覺，他也認為男子漢就要敢做敢當。

「我是覺得不要這麼麻煩啦！法院不是都跟我們說好了嗎，今天下午讓他們辯論，我們明天討論完就要宣判了啊，不要再拖了啦，我還要趕回去賣菜耶！」萬淑麗攤手表示無奈。

「我這禮拜都請假了，我都可以配合。」發現關鍵監視錄影的廖明忠淡淡表示，他就像個功成不居的無名英雄。

「我……我是想讓檢察官回去再想看看，不然現在要我做決定，判斷被告是不是凶手，我會覺得很爲難。」蕭沐晴的聲音有點小聲，但她至少誠實表達出自己的看法。

「其實讓檢察官回去想看看，也不一定是對被告不利吧？搞不好我們現在評議投票，被告是被判有罪怎麼辦？今天的狀況這麼突然，我想大家都沒有預料到。檢察官可以回去想想，辯護人也可以啊，他們甚至可以問看看被告，當天到底發生了什麼事？我想被告自己一定最清楚啊！」討論時一向話不多的汪思慧，突然提出了不同的觀點，蕭沐晴聽了一直點頭認同。

「我支持延期審理。因爲我們現在看到的，絕對不是事實的眞相。」一邊使用平板電腦查找卷證資料的鄭彥昇，他一邊說，「這樣的審判結果，不管是對被告，還是被害人，我覺得都不公平。」

「我贊成，我們應該要想辦法探求事實的眞相，還給被害人，還給社會一個公道，這也是我們擔任國民法官的使命，不是嗎？」張丕飛有些振奮，他難得與鄭彥昇意見一致。

「不過我不太贊同一號國民法官的假設就是了。」鄭彥昇微微一笑，「這件案件，被告、邱教授經過的大小路段，檢察官、警方已經調閱了相當完整的監視錄影，我覺得要存在一個隱形的、看不見的共犯，可能性非常的低。而且依照現場照片顯示，邱教授在明正大學的研究室，並沒有侵入或者打鬥的痕跡，當天應該不太可能有人侵入研究室綁架他。」

張丕飛雙手交叉在胸前，對於鄭彥昇的推論不置可否。

「我自己倒是有一個非常大膽的想法。」鄭彥昇撥了撥中分的瀏海，有著推理小說迷以及小說創作者的自信，「你們看。」

他將平板電腦轉向眾人，畫面中是黃遊聖一百一十二年五月十六日的偵訊筆錄，他在承認犯行之前，先向檢察官表示：「我可以先抽根菸嗎？」

「所以呢？抽菸又怎麼了？我也抽菸啊。」張丕飛不以為然。

「如果，我是說如果，我們早上發現監視器畫面中，開著邱教授車子的人，就是被告黃遊聖呢？」鄭彥昇終於丟出了這個匪夷所思的「假設」。

「你在說什麼跟什麼啦！」張丕飛皺眉，其他人也是面露困惑。

「你們有沒有看過不帶劍寫的《殺人自白》？之前法律文學獎極短篇小說的

首獎作品？」鄭彥昇反問眾人，但大家都搖了搖頭。

「不好意思讓我爆個雷，那個故事主要是在講，一個支持廢死的教授，跟一個曾經犯下殺人罪、假釋出監的受刑人，兩個人密謀了一場社會實驗，由受刑人假裝殺害了教授，而檢警偵查、法院審理過程中，受刑人一直自白犯行，等到法院判決死刑後，教授才現身，告訴大家死刑有多麼大的誤判危險。」鄭彥昇笑得慧黠，「很瘋狂的實驗，但你們不覺得這個情節似曾相識嗎？」

「支持廢死的教授，殺人罪假釋出監的受刑人？」蕭沐晴喃喃複誦，若有所思。

「昨天開完庭後，我就到書店買了邱教授的經典著作《死刑的死刑》來看，厚厚一本，我翻了整個晚上。」鄭彥昇從背包拿出那本書，只見封面是黑白繪圖，畫著斷頭台上的斷頭台。

「在最新第九版的序裡，邱教授有寫到，他認爲國民法官制度問題重重，包括投影片審判、辯護資源無法與檢察官對抗等等，被告有可能淪爲國民法官制度下的犧牲品，但從廢除死刑的角度來看，國民法官制度，有望成爲壓垮臺灣死刑的最後一根稻草。」鄭彥昇分析道，「如果邱教授跟被告聯合起來演一場戲，做一場巨大瘋狂的社會實驗，利用國民法官制度，讓我們判處被告死刑之後，邱教授再現身，批評國民法官制度，批評死刑的危險性呢？這樣就可以合理解釋，爲什麼警察跟檢察官，會一直找不到邱教授的屍體了。」

「他可能根本沒死。」鄭彥昇這句話刺進了眾人的腦袋，天外飛來一筆，卻直擊要害。

「鬼扯！眞的是鬼扯！」張丕飛第一時間跳起來反對，「你簡直比記者還會編故事！邱令典堂堂一個大學教授，搞這個把戲要幹嘛？這麼浪費社會資源，難道不怕自己身敗名裂嗎？他有必要連自己的媽媽都騙嗎？讓自己的老母親哭成那樣肝腸寸斷，他有這麼不孝嗎？難道社會大眾眞的會因爲這個爛實驗，就支持廢死嗎？別做夢了！」

「他都敢公開簽署『不同意判處行爲人死刑聲明書』了，我想你還是不要小看邱教授支持廢死的決心與覺悟。」鄭彥昇聳聳肩，「馬克．吐溫不是說過嗎？有時候眞實比小說還要荒誕，虛構的故事是在一定的邏輯下進行，但現實卻往往毫無邏輯。」

「但是我們現在是在審理案件，還是要講求邏輯吧？」姜品婕忍不住發言。

「如果要說邏輯的話，當然有。」鄭彥昇摸了摸鼻子，專注地像個抽絲剝繭的偵探，「我如果是邱教授，砸了這麼多成本下去做實驗，我一定會想盡辦法，讓國民法官法庭的審理漏洞百出，不堪一擊。我想來想去，最荒謬的審理結果，就是把被害人當成了凶手。」

「什麼叫做把被害人當成了凶手?」汪思慧不解。

「如果今天角色對調，我們看到那些監視器畫面中，偷黑色休旅車、買凶器的鴨舌帽男子，其實是邱教授呢?如果開著教授白色轎車上山爬山的人，其實是黃遊聖呢?我們最後卻用這些監視錄影畫面，來判決黃遊聖有罪，這不是很可笑嗎?這不是證明了，國民法官法庭的判決，一點都不可靠嗎?」鄭彥昇分析道，「被告涉嫌第二次殺人，在法庭上的態度又那麼輕浮、挑釁，是不是想要引導我們判處他死刑呢?這樣連結起來，不就完美呈現出，國民法官法庭的死刑判決，有多麼高的誤判危險性嗎?」

眾人沉默，就連張丕飛也認爲鄭彥昇的假設有幾分道理。

「還有，如果仔細去比對卷證，你們會發現，除了黃遊聖的自白之外，並沒有其他證據能夠直接連結到黃遊聖，甚至連黃遊聖的自白，也像是他對於檢察官提出的證據，看圖說故事，自己編造出來的。」鄭彥昇深吸了一口氣，「我想邱教授是想要證明，如果國民法官法庭能夠落實罪疑惟輕原則的話，就應該判決被告無罪，但偏偏，國民法官法庭卻判了被告死刑，這是嚴重的人爲疏失，是國民法官們的疏失，冤枉了一條人命。」

「啪啪啪!」程平奭起身鼓掌，「我眞的覺得你講得太好了!當然目前還只是假設階段，我們還要仔細閱覽卷證、審理調查之後才能確定，但我覺得你分析得非常精彩。」

雖然徐義霆有先告知劉苡正、程平奭盡量不要干預國民法官們的討論，好讓他們能夠自由發揮，但程平奭聽完鄭彥昇一連串的推理分析後，他實在忍不住內心激動的讚賞，就連一向心高氣傲的劉苡正也露出佩服的眼神。

「好，如果大家沒有其他意見的話，我們合議庭討論後就會做出決定。」徐義霆環視了下全場。

「稍等一下。」萬淑麗舉手了，「我可以啦！我可以多留幾天開庭沒關係，我不喜歡被他們當猴子耍啊，我最痛恨被騙了！」

「我也覺得我要再多想想。」姜品婕也改變意見。

儘管理由不一，立場不同，但國民法官、備位國民法官們，最後都同意本案延期審理。

†

下午三點四十五分，雲林地院第二法庭，二石山命案休庭結束，繼續審理。

「本院原訂於今天下午進行訊問被告及辯論程序，檢察官請求延期審理，本院合議庭聽取國民法官及備位國民法官的意見後，綜合考量被告程序保障及發現眞實的必要性，並兼顧國民法官的合理負擔，裁定今日之審理程序，延展至明日上午九點半，續行審理程序。」徐義霆宣示退庭，明天早上繼續審理。

合議庭最後決定，雖然延期，但只延到明天早上，檢察官必須跟時間賽跑。

羅宇妍看向法庭牆壁中央的鐘，剩下不到十八個小時。不過已經回過神的她，立刻拿起手機聯繫何翼賢。

「我們一起。」高至湧的微笑令人感到溫暖而放心，「從現在開始，整個地檢署都可以支援。」

法警爲黃遊聖銬上手銬，黃遊聖起身離開法庭之前，他將銬著手銬的雙手舉至胸前，嘲諷地喊了聲：「檢座，加油喔！」

他步出法庭，外頭蜂擁的媒體鏡頭中，只聽見他最狂妄的笑聲。

第七章

辯論終結

徐義霆宣示審理期日展延到隔天上午後，他和劉苡正、程平奭及國民法官們回到會議室。雖然徐義霆說國民法官們如果有事可以先回去了，明天早上再過來審理就好。但今天案情經過這一番不可思議的翻轉，大家都決定留下來繼續看卷證，看能不能在各種假設的可能性之中，多發現一些蛛絲馬跡。

笑咪咪的徐義霆爲大家泡了普洱茶提神，會議室裡有茶，有卷，還有一群共同尋找眞相的夥伴。

「大哥，你眞的厲害，我也有看監視錄影啊，怎麼就沒發現？」程平奭上完廁所，在走廊遇到廖明忠。

「沒有啦，我就平常看習慣了啊！」廖明忠搔了搔頭微笑，他自己也沒想到，竟然有一天，看監視器錄影也能發揮這麼大的功用。

「我等等要再把剩下的監視錄影都看完，看能不能再發現一些什麼。」程平奭說。

「應該沒了，我全部都看完了。」廖明忠比了個大姆指，爽朗地笑了。

「大姐！沒想到妳這麼會操作平板電腦，厲害喔！」吳漢夫向一旁的萬淑麗攀談，「教我一下，這個電子卷證的書籤是要怎麼點開啊？」

「你就按那個三角形，就會展開了啊，這個簡單啦，我常常在玩手機跟電腦啊。」萬淑麗幫他點開了書籤，「不過玩那些交友軟體也是浪費生命，枉費感情啦，唉！不說了不說了！快點看一看我要回家了。」

「大姐妳看。」吳漢夫展示出他的左手無名指，根部有一圈黑色文字的刺青，上頭是「Belinda」的英文字母，「這是Belinda。」

「什麼巴林那？香蕉喔？」萬淑麗皺眉。

「不是香蕉啦！那是我前女友的英文名字啦！」吳漢夫綜藝摔了一下，「她之前告訴我，刺她的名字在無名指上，就像是我們一輩子的婚戒，結果最後她還不是跟別的男人跑了，我哭耶！」

「那你還不去雷射弄掉刺青？是要氣死你現在的女朋友喔？」萬淑麗疑惑。

「沒關係啦，我女朋友就偶爾虧一下，她也不是眞的很在意。」吳漢夫看著那圈刺青若有所思，「她說要感謝Belinda，讓我成爲更好的人，讓我學會要怎麼好好去愛人。

「所以大姐我是要告訴妳，沒有什麼是浪費生命，枉費感情的。」吳漢夫單比著那隻驕傲的無名指，「人生在世，一切都是有意義的。」

「那不就好棒棒！」萬淑麗笑罵，「快看一看回家了啦，你女朋友還在等你啦，你就不要之後十根手指頭都刺滿滿！」

「喂！大姐！你幹嘛唱衰我啦！」吳漢夫又好氣又好笑。

「請問，我能夠跟你借那本《死刑的死刑》回家看嗎？」熱愛閱讀各種書籍的蕭沐晴，鼓起勇氣詢問鄭彥昇。

「當然沒問題啊，這本寫得很不錯，看了會改變一些原來的想法。」鄭彥昇燦笑，「我眞的很希望，這麼有理想的人，現在還活著。」

坐在長桌中央的徐義霆，一邊喝著茶，一邊看著會議室裡國民法官們的互動。來自四面八方、各行各業的陌生人，會一起完成怎麼樣的判決呢？茶香入喉，他突然靈光一現，有了一個特別的想法。

徐義霆宣示審理程序展延之後，法警們帶著黃遊聖，一路戒護穿過重重採訪媒體，回到了候審室，等待解送回雲林看守所。

換下法袍的施奇正、曾初恩，得到審判長允許，就近在候審室與黃遊聖律見。

「怎麼了？你們也嚇到了？」已經換回看守所衣物的黃遊聖冷笑，毫不在乎眼前的就是爲他辯護的人。

「那個開車抽菸的人，你認識嗎？」施奇正開門見山的問，這也是本案審判到現在最爲關鍵之處，而黃遊聖，正是知道事實眞相、最爲關鍵的那個人。

「你說呢？」黃遊聖依舊冷笑，並沒有回答的意願。

「你是不是不在乎被判死刑？」施奇正的語氣有點強硬，他內心並不認同黃遊聖這樣輕視法律程序的態度。

黃遊聖卻只用冷笑回應。

「那個人，是不是你？」施奇正凝視著黃遊聖的雙眼，黃遊聖同樣也凝視著他。

「律見時間結束了。」黃遊聖冷冷地說，「法警，送客了！」

羅宇妍離開法庭後，除了請何翼賢到她辦公室外，也請書記官調出來所有的卷證。其中，已經在審理程序中調查、提出到法院的證據，地檢署也有留存掃描檔案的電子卷證或備份，其餘則是檢方原先認爲跟本案沒有直接關係的卷證、物證等等原始資料，全部都集中到羅宇妍的辦公室，換下法袍的她站在那幅「除惡務盡　刑期無刑」的墨字前，要重新檢視這個案件，到底是哪個環節出了問題。

高至湧也指派好幾位檢察官、檢察事務官，一起偕同檢閱卷證、地毯式地查看監視錄影，絕對不能再有任何疏漏。

一個多小時後，黑衣黑褲裝扮的何翼賢趕到辦公室，羅宇妍已經重新瀏覽完所有的證據資料。

「檢座，妳交辦的事情我已經請科偵隊去處理了。」小跑步過來的何翼賢還有點喘，「那我們現在要去哪裡？」

「現場。」羅宇妍拿起平板電腦，「所有的現場。」

──「破案的基礎來自現場，案件的眞相藏於卷證。」羅宇妍的第一個檢察官老師教她的第一件事，時隔多年，她依舊謹記在心。

於是從明正大學、偷車現場、購買凶器、工具的五金行、大賣場、網咖等等，這個案件曾經出現過的所有地點，羅宇妍都請何翼賢開車載她過去，她在現場拿著平板電腦，從卷證一一比對，想要找出任何可疑的地方，卻都一無所獲。

晚上十點多，羅宇妍與何翼賢在麥當勞稍作休息。何翼賢一邊吃著漢堡薯條，一邊看著手機新聞，各大媒體都在報導二石山命案，今天竟然出現了那隻「惡魔之手」，讓案情出現大逆轉，檢察官狼狽請求延期審理的情形。

「媒體眞的是亂七八糟，一隻手又怎麼了？我們讓你一隻手也會贏啦！」何翼賢喃喃罵道，他看身旁的羅宇妍忙到連一口水都沒喝，「檢座，妳不用吃一點東西嗎？」

「不用喔，你快吃一吃，我們還要去最後一個地方。」羅宇妍依舊翻閱著電子卷證，腦中思緒飛快運轉。

「還要去現場？還有哪裡啊？我們不是都跑完了？」何翼賢納悶。

「二石山。」羅宇妍的表情並不像在開玩笑，「被告在二石山住了好幾晚，但我們還沒有去過夜間的二石山。」

入夜的二石山，像一頭蟄睡的巨獸，讓人的呼吸變得謹慎而漫長。

羅宇妍與何翼賢一人拿著一支警用手電筒，摸黑在二石山上探查。他們從當時找到邱令典停放白色轎車的路旁停車場出發，一路上山，試圖模擬邱令典可能遇害的路徑。

但二石山實在太過廣闊，一個多小時下來，不論羅宇妍再怎麼比對電子卷證，再怎麼在腦海中沙盤推演，她都只能確認，黃遊聖是有在山上殺害邱令典，再進一步分屍、溶解的客觀條件，但他是不是眞的這樣做了？漆黑的二石山並無法給她解答。

「何小，我們下山吧。」羅宇妍關上平板，語氣有些疲憊。

二〇二三年八月三十一日，上午九點半，雲林地院第二法庭，繼續進行二石山命案的審理程序。

「對於本院昨天提出監視器畫面的疑問，檢察官有何意見要表示？」徐義霆問道。

全場安靜無聲，大家都在等待檢察官經過一夜之後的解答。

「在檢察官回答這個問題之前，檢察官要先聲請調查證據。」穿著鑲紫邊法袍的羅宇妍起身回答，整晚沒睡的她，依舊挺拔如竹，「請求法院搜索被告黃遊聖的住處，以扣押本案的相關證據。」

這三天始終出席旁聽的沈立巨皺眉，審判中雖然還是可以搜索，但實務上確實非常罕見，不知道檢方有什麼堅強的理由。

旁聽席的記者們聽到竟然要去搜索，一陣交頭接耳，議論紛紛。

「被告的住處，之前偵查中就已經搜索過了，檢察官爲什麼認爲有再次搜索的必要呢？」徐義霆沉吟。

「先前搜索，並沒有扣押任何物品，檢察官認爲先前的搜索不夠詳盡，應該有相當重要的證物還藏在被告的住處。」羅宇妍回答，但她也沒有辦法再提出更多理由了。

沈立巨不由得嘆了口氣，原來檢察官的舉證，已經窮途末路了。

「辯護人的意見呢？」徐義霆轉頭詢問。

「辯護人嚴正反對！沒有在審理中，還讓檢察官續行偵查的道理，這又不是接力賽，法院不應該接棒檢察官的偵查任務，如果檢察官沒有辦法證明被告犯罪，就……」施奇正話都還沒說完，就被一旁的黃遊聖拉了下來。施奇正感受得到，黃遊聖用了相當的力道，代表他的堅決。

而這個細微的動作，徐義霆、鄭彥昇及羅宇妍都注意到了。

「我同意！我同意檢察官到我家去搜索。搞不好能找到什麼好東西啊！」黃遊聖高舉著手起身，不懷好意的詭譎笑容，「不然這個案子像現在這樣，不清不楚，不明不白的，不太好看吧？後面的媒體朋友們，你們說是不是啊？」

旁聽席竟然有些記者還點了點頭。

施奇正雖然不解黃遊聖的用意，但他和曾初恩對望了一下，他們也不打算阻攔了，黃遊聖實在隱瞞了他們太多事情，他們無意為虎作倀——該怎麼樣就怎麼樣吧。

「審判長，如果今天搜索被告住處沒有辦法扣得任何證物，檢察官同意今天下午就進行辯論，審結本案。」羅宇妍再次舉手表示，「檢察官無意拖延訴訟，檢察官和警察們，昨天不眠不休，重新勘察了本案所有現場，現在只剩下最後一個現場，必須要法院的搜索票我們才能進去，只有搜索完這個地方，檢察官才認為自己已經盡了對於被告有利及不利的情形，一律注意的客觀性義務。」

——「破案的基礎來自現場，案件的眞相藏於卷證。」羅宇妍已經翻遍了所有卷證，只剩下最後一個還沒有勘察的現場。即使這是一件全國矚目的案件，即使案件的成敗攸關檢察官的聲譽，但法院到底是不是判決有罪，對於羅宇妍自己來說，並不是那麼重要，她只在意自己在這個案件上，是不是盡到了檢察官的職責。

「檢察官有罪必究，無罪不枉。」羅宇妍說道，氣宇軒昂。

「檢座，怎麼辦？妳眞的是帥慘了啦！」黃遊聖嘻笑道，「庭上，快點准了吧！你們還不用開搜索票耶，我直接同意你們搜索啊，好不好？」

詢問雙方沒有其他意見表示後，徐義霆宣布休庭討論。依照國民法官法第六十九條第一項規定，證據調查的必要性，也是專由合議庭決定。徐義霆詢問了國民法官們的意見，大家都認為既然被告同意，也不會太過影響審理期程，應該准許檢察官的聲請。

「苡正，妳覺得呢？」徐義霆詢問號稱人體法學檢索系統的劉苡正。

「從刑事訴訟法第一百五十條第一項的文義來看，審判中搜索是沒有問題的，實務雖然罕見，但確實有一些前例。」劉苡正說明，「不過審判中，檢察官是居於當事人一方的地位，應該是要由我們執行搜索會比較妥當，但從國民法官的程序規定來說，如果我們搜索眞的有扣到證物，應該要把證物交由檢察官判斷。如果檢察官認爲這個證物確實與本案相關，檢察官向辯護人或被告開示後，再向法院提出，並且聲請調查。」

「爽哥，你說呢？」徐義霆換問程平爽。

「我都準備好要出發了。」程平爽露出招牌的陽光笑容。

⊤

徐義霆、劉苡正、程平爽換下法袍，和丁朵雯搭同一台公務車，一起前往搜索現場。國民法官、備位國民法官們則搭乘法院其他兩台公務車前往。

「學長，我們到底是要去找什麼東西啊？」車行途中，程平爽發問。

「任何跟本案可能有關聯的東西，都不要放過了。」徐義霆微笑回答，「等你找到了，你自然就會知道它是你要找的東西了。」

「學長你也說得太玄了吧，是指緣分到了自然會找到？佛系搜索的概念嗎？哈哈！」程平爽哈哈大笑，「不過學長，找東西我也是略懂略懂，我有一些朋友很會藏東西，還有一些朋友很會找東西，要不要來比看看啊？等等看誰先找到東西。」

「你怎麼這麼多奇奇怪怪的朋友啊！」徐義霆笑了，一時也起了玩心，「要比就來啊！不過我是檢方出身的，你不要說我勝之不武喔。」

「學長不要再提當年勇了，試試看就知道！」程平爽自信地用拇指撥了下鼻子，「輸的請一個禮拜中午便當？」

「玩這麼大喔？」徐義霆推了推金框眼鏡，笑說，「那我就先謝謝你的熱情招待了！」

「學姐要一起比嗎？」程平爽轉頭問道。

「我就不用了！」劉苡正揮揮手，「我是第一次去搜索，我還眞的很不習慣去亂翻別人的東西耶，等等就靠你們了！」

爲了避免爭議，徐義霆決定，這次搜索就由合議庭法官親自實施。審判中由三位法官一起搜索現場的情形，司法實務上應該屈指可數，更是國民法官案件的首例。

上午十點三十分，雲林地院的幾台公務車，陸續抵達了黃遊聖位在斗六市郊區的租屋處，位在一棟老舊公寓的四樓。

黃遊聖在幾名法警戒護下在場，在場的還有檢辯雙方。那是一間約五、六坪大的套房，一群人站在屋裡屋外，略嫌擁擠。採訪記者們團團圍在公寓封鎖線外的道路旁，不願意漏掉任何一個搶得先機的畫面。

於是三位法官，開始一起搜索著這間狹小的套房。

施奇正百無聊賴地打了個呵欠，按照他上次「拜訪」的經驗，他知道這次搜索注定是徒勞無功的。

「欸，你這麼會瞎掰，你覺得我們會找到什麼東西啊？」張丕飛靠近鄭彥昇，低聲問道。

「如果我的推理沒錯的話，我們應該是找不到東西耶。」鄭彥昇笑了笑，不過他還弄不太明白，爲什麼黃遊聖會這麼希望、甚至引導法院過來搜索呢？

「嘿！沒有在每天過年的。」張丕飛冷笑了聲，「邪不勝正，我們走著瞧吧。」

劉苡正雖然說自己不習慣翻別人東西，但眞正開始搜索起來還是有模有樣，她細細翻查著衣櫃、收納櫃等等每個可能藏放東西的角落。「參賽者」徐義霆、程平奭這兩位就不用說了，他們各展神功，專門探查正常人不會藏放東西的地方，用手敲了每一塊牆面、地板看有沒有異音，也翻起了浴室輕鋼架的天花板、馬桶水箱，在場旁觀的高至湧、羅宇妍都認同地點了點頭。

半個多小時過去，整間套房都已被翻查仔細，但三位法官卻是一無所獲。

「眞是遺憾，大家可以回家了吧？」黃遊聖冷笑，鄭彥昇注視著他的表情，卻發現自己越來越摸不清他佯笑背後的用意。

「對於剛剛的搜索過程，檢察官、辯護人及被告有沒有意見？」徐義霆問道，雙方都搖了搖頭。

塵埃落定，羅宇妍默默決定了下午辯論的論告方向。

「既然沒有意見，那我就開始進行第二階段的搜索。」徐義霆出人意表的說，「朵雯，麻煩一下。」

一旁的丁朵雯，從後背包中拿出了一組工具盒，交給徐義霆。

「被告你不用擔心，我平常就喜歡自己ＤＩＹ修修東西，」徐義霆拿著一把螺絲起子微笑道，「我會幫你回復原狀的。」

接著，在眾人的注視下，日光燈座、廁所鏡子、熱水器等等，徐義霆將房間內所有可以拆解的東西都拆開，確認裡頭沒有任何東西後，再熟練地組裝回去。

「最後一個。」徐義霆開始拆解房裡一台老舊的直立式電風扇，打開底座之後，裡頭藏放著一支不屬於電風扇的零件。

——那是一支非常輕薄短小的錄音筆。

在場眾人低呼出驚訝聲。

黃遊聖卻依舊面不改色地冷笑著，彷彿不管案情出現什麼轉折，一切都在他的預料之中。鄭彥昇不喜歡這種感覺，他總覺得黃遊聖站在制高點，掌控著一切，包含依照計畫進行，或者是失控的意外。

「你看！」張丕飛調侃地笑著，鄭彥昇卻沒有回應的心思，他皺眉思索著這支錄音筆的「用意」。

程平奭看到徐義霆戴著醫療手套拿出那支錄音筆，震驚得不能自已，他沒有料到自己竟然眞的要招待一個禮拜的中午便當。

「沒有人告訴你，學長之前是特偵組的嗎？」劉苡正湊近他，低聲打趣道。

「特偵組？」程平奭苦笑，「那眞的是勝之不武了吧。」

這時候他才想起，徐義霆辦公室書架上的深藍色小方盒，裡頭那枚金色的徽章。

因爲發現了關鍵性的證據，徐義霆詢問雙方意見，與國民法官、合議庭討論後，當場宣示審判程序再次延展至明日上午九點半進行，由檢察官帶回這支錄音筆檢視後，向被告、辯護人開示，並決定是否聲請調查。

傍晚五點多，羅宇妍辦公室內，高至湧和羅宇妍已經一起聽了扣案錄音筆內的檔案三次了。

「宇妍，沒關係，就這樣了吧，等等就把檔案交給辯護人他們。」高至湧雖然難掩失望，但仍舊保持著溫暖的笑容，「眞的辛苦了！不論妳接下來做什麼決定，我都會支持妳。」

「主任，」身心俱疲的羅宇妍有些猶豫，「就算我做無罪論告，你也會支持嗎？」

「當然。」高至湧沒有任何遲疑，「不要忘記，我們可是檢察官啊！」

羅宇妍笑了，眼前的高至湧，就是那些年帶著學弟妹一起衝鋒陷陣、偵查辦案的熱血學長，有著檢察官最鮮明的特徵與驕傲。

二〇二三年九月一日，上午九點半，雲林地院第二法庭，二石山命案審理程序。

「對於本院先前提出監視器畫面的疑問，檢察官有何意見要表示？」徐義霆問道。這個答案，他已經等了整整兩天。

「檢察官認爲，監視器畫面中那名抽菸的人，就是被告黃遊聖。」羅宇妍起身回答，「案發當天，是由被告駕駛被害人的白色轎車，前往二石山。」

這個答案一出，立刻引起了全場的驚呼——凶手跟被害人，怎麼會對調了呢？

旁聽席上的沈立巨同樣感到訝異，他知道那不是邱令典的手，但他怎麼也沒想到，那竟然會是被告的手。那天，到底發生了什麼事？

檢察官請求當庭勘驗扣案錄音筆的錄音，施奇正、黃遊聖都表示沒有意見。

在法院播放了錄音筆的錄音檔案後，檢察官提出了本案截然不同的事實版本。

——錄音筆的錄音檔案，大部分都是邱令典的聲音。

一百一十二年三月八日早上，黃遊聖不請自來、旁聽邱令典的課程後，他在走廊等邱令典，兩人談話過後，邱令典跟黃遊聖約了隔天見面的時間。

隔天，邱令典和黃遊聖在明正大學外的某處公園見面，而黃遊聖帶了錄音筆，錄下了他和邱令典的談話。

「你不是說我支持廢死，只是沽名釣譽嗎？」邱令典笑了笑，「我想了好多年，到底要發生怎麼樣的事件，才能讓臺灣人民覺醒？才能讓大家知道死刑是錯的？難道要再發生一次死刑冤案不可嗎？人的生命多麼寶貴，我不願意看到再有人無辜犧牲在法律之下。」

「你的屁放夠了沒有？」黃遊聖對於他的說詞不屑一顧，「你這些講給大學裡的那些迷弟迷妹聽就好，不用對我一直放屁。」

「如果我願意放棄我一生的前途，換取廢除死刑的機會，你願意幫我嗎？」

邱令典依舊保持微笑。

「什麼意思?」黃遊聖不解。

「地獄不空，誓不成佛；眾生度盡，方證菩提。」邱令典淡淡說道，「我沒有宗教信仰，但我非常欽佩地藏菩薩的大願，我也有一個很重要的夢想。」

於是邱令典告訴了黃遊聖他的計畫，他潛心計畫多年，終於讓他遇到了黃遊聖，遇到了這個計畫最適合的幫手，讓他有機會能夠對臺灣社會大眾進行一場實驗，關於國民法官與死刑的瘋狂實驗。

邱令典希望他們演一場戲，讓黃遊聖假裝殺了自己，先前黃遊聖與邱令典的書信往來，黃遊聖抒發不滿情緒甚至恐嚇字眼，恰好就成了他最初的殺人動機，結合邱令典先前公開簽署的「不同意判處行為人死刑聲明書」，確實有一定的說服力。

為了突顯司法實務過度注重自白的證明力、無法落實無罪推定原則的危險性，以及國民法官審判的粗糙、草率問題，邱令典早已研究了相關地點的監視器狀況，也鎖定了那台閒置多時的黑色休旅車，案發前一天，他跟黃遊聖交換身分，他們兩人身材相當，由他喬裝成頭戴鴨舌帽、口罩的「凶手」，去購買凶器、工具，去「借用」那台黑色休旅車，並且在案發前一天的下午就上山過夜；黃遊聖則是代替自己，案發當天早上，才從明正大學的研究室開著他的白色轎車出發。邱令典甚至還注意到了黃遊聖右手的傷疤，他在超商領取濃硫酸時，刻意換成了左手，製造了誘導的陷阱。這樣一來，如果國民法官法庭輕信了黃遊聖的自白，將明明是邱令典本人的監視器錄影當成了黃遊聖，甚至判了死刑，這個荒謬的誤判結果，正好突顯出死刑判決是多麼不可靠而危險，而國民法官制度，不但無法改善，反而更加重了這種致命危險。

爲了誤導檢警甚至法院，邱令典作了完整的妥善規劃。他們在二石山會合之後，邱令典還用買來的生魚片刀自殘，在黑色休旅車的後車廂、大型塑膠桶內留下一些自己的血肉，讓檢警將來有機會可以採集到他的DNA。兩人約定好，五月二日黃遊聖開著那台黑色休旅車載著他下山，行經古坑鄉偏僻的鄉道，那邊幾乎都沒有設置路口監視器，就讓喬裝後的邱令典下車，黃遊聖再前往牛武溪假裝「棄屍」。

當然，邱令典不會讓黃遊聖做白工，他拿出了二十萬元的現金，這是他爲了避免檢警發現金流，所以多年來分次留存的現金，要作爲答謝黃遊聖的報酬。而邱令典自己也留了一些費用，供作他佯死後，逃亡躲藏的生活費。

「在你被判處死刑定讞之前，我是絕對不會現身的，也沒有任何人能夠找得到我，包括你在內。」邱令典說得相當堅決，「我希望大家都認爲我已經死了，等到實驗結果揭曉的那一天，我相信一定能夠引起社會巨大的迴響。」

「你這樣浪費司法資源、社會資源，難道不怕變成全民公敵嗎？你會不會搞到連教授都當不成了？」黃遊聖質疑。

「我不入地獄，誰入地獄。」邱令典笑得堅決，「如果你也和我一樣，衷心希望臺灣能夠廢除死刑的話，你願意幫我嗎？」

「檢察官基於對被告有利不利的情形，一律注意的客觀性義務，在調查完扣案的錄音筆錄音檔案之後，提出了有利被告的可能性。」站在法庭中央的羅宇妍，轉向了旁聽席，「被害人邱令典教授，可能還活在這個世界上，正在觀看我們這場審判。」

這一句話，重重落在法庭每一個人的心上。

檢察官竟然承認，她可能起訴了一個被害人根本沒死的殺人案。

「那……那我兒子在哪裡啊？出來啊……兒子你出來啊……嗚……阿母給你拜託了……嗚……」梁琇怡又震驚又悲傷，她多麼希望就像檢察官說的，這只是一場瘋狂的社會實驗，一場可怕的惡夢，邱令典現在就可以走出來，宣告一切都結束了——他被社會責難沒關係，他沒辦法再當教授也沒關係，她只希望邱令典能夠平平安安，跟她一起回家。

沈立巨的身體都在顫抖著，他的驚訝並不亞於梁琇怡。他完全沒有想到，跟自己一同推動廢死多年的革命夥伴，竟然願意犧牲奉獻到這種程度，他不禁想起邱令典那些暢談理念，神采飛揚的自信，原來都是來自於他實事求是的親身實踐。

曾初恩看了施奇正一眼，他聳聳肩，他們兩個原本就討論過這個可能性，或許這個審判，會用非常不同的方式結束。

法檯上的國民法官們則是望向了鄭彥昇，一切就如同他前天下午精彩的推理，眾人不得不佩服他大膽又合理的想像力。但鄭彥昇卻沒有絲毫得意的表情，因爲他看到殘酷冷笑的黃遊聖，並沒有宣告實驗終止的打算。

旁聽席的記者們早已壓抑不住震驚，誰也沒想到二石山命案，竟然只是一場社會實驗，一場大學教授跟殺人假釋犯密謀的騙局，跟原本報導的方向完全南轅北轍。

「在這邊，我想要麻煩記者朋友們，能夠幫檢方一個忙，請盡速幫我們報導這件事，呼籲邱令典教授如果有看到新聞，請立刻到法院來，不要再浪費社會資源了。」羅宇妍朗聲說道，她相信，這是所有人都希望看到的結局——除了黃遊聖之外。

聽到羅宇妍這麼說，旁聽席的記者們連忙起身，跑到法庭外要搶先第一手報導。坐在旁聽席後方的莊韋皓看著張丕飛，張丕飛連忙向他使了個眼色，莊韋皓也趕了出去。

短短幾分鐘內，網路、電視、手機，各式各樣的即時平台，都插播了這則重大快訊，呼籲邱令典教授盡速前往雲林地院。

「羅大檢座，名不虛傳。」黃遊聖拍手鼓掌，笑著嘲諷道，「那是不是可以讓我走了？看你們要撤回起訴，還是無罪論告，都沒關係，既然是誤會一場，放心，我也不會聲請刑事補償，畢竟這些日子，我看大家忙來忙去的，我也覺得很有趣，哈哈！」

「請你好好坐好，被告。」羅宇妍凝視著他，用檢察官最鋒利的眼神，「檢察官非常希望，邱令典教授還活在這個世界上，能夠來到法庭跟我們報平安。」

「但是，非常遺憾，」羅宇妍轉向了法檯，「檢察官確信，被告黃遊聖背叛了他和邱教授原本的計畫，黃遊聖利用了這個計畫，將計就計，殺害了邱教授。」

梁琇怡心中好不容易點燃的希望微光，一瞬間又被殲滅。

開庭前一晚，八月三十一日晚上六點半。

在羅宇妍與高至湧聽了多次錄音檔案後，羅宇妍將扣案錄音筆的錄音檔，複製了一份給辯護人，另外也將錄音筆交給何翼賢，請他轉交科偵隊，最後確認看看，裡頭有沒有被刪除、變更而可以還原的檔案。

今天是星期四，羅宇妍依照她平日的規律，來到了地檢署附近的室內游泳池。她縱入水中，讓自己成為一條魚，讓自己的世界只剩下水。在此間，她不是檢察官，她也不是羅宇妍，她只是她自己。

等到身體的疲累趕上心理的沉重之後，羅宇妍才肯上岸休息。她用浴巾包裹身體，拿著置物櫃的鑰匙準備去盥洗。

這間游泳池的置物櫃是舊式的塑鋼材質，粗短的鑰匙繫在塑膠圈上。

她拿著置物櫃的鑰匙，站在置物櫃前。

她看著這把鑰匙，覺得似曾相識。

——下一秒，她立刻打開了置物櫃，套上短袖上衣、長褲，拿起手機包包，頭也不回地往游泳池外跑。

「檢座，怎麼了？」何翼賢接起手機。

「何小，你快點來地檢署找我，隊上有多少人？全部叫來，人手能叫多少支援就叫多少，一定要快！」跑著上車的羅宇妍還在喘氣，雙眼卻散發著久違的光芒。

頭髮都還沒吹乾的羅宇妍回到辦公室，她從昨天書記官送來的扣案物中，拿出了一串鑰匙。上頭只有兩把鑰匙，一支長鑰匙看起來是黃遊聖的家中鑰匙，另一支粗短的鑰匙，像極了游泳池的置物櫃鑰匙。

何翼賢隨即帶著警方人員趕到，羅宇妍請警方以斗六市爲範圍，全面清查符合、匹配這把鑰匙的置物櫃。

兩個多小時後，警方在斗六的一間健身房，找到了那把鑰匙的置物櫃。

羅宇妍趕到現場，才發現那個置物櫃早就已經被店家打開了。因爲顧客嚴重違反了寄物時間規定，店家又無法聯絡上顧客，監視器畫面也已經被覆蓋，求助無門下，前幾天店家會同轄區派出所員警，一同開啓了這個置物櫃，裡頭的東西正由派出所保管中。

「檢察官現在要當庭開示新的證物，」羅宇妍從桌上拿起了一個黑色側背包，拿出裡頭用證物袋裝放的幾條黃金條塊，粗估市價至少六、七十萬元。

羅宇妍又拿出了另一袋證物，那是檢警原本從邱令典研究室扣到的，不明來源的恐嚇信件，內容屢屢提及要買凶殺害邱令典——偵查中原本不起眼、檢警以爲只是惡作劇或者虛張聲勢的威脅，沒想到連結了來源不明的黃金條塊之後，卻成了非常有力的殺人動機。

「剛剛我們聽的錄音內容，並不完整，我們只知道被告跟邱教授之間，確實有這麼一個實驗計畫，但他們是不是眞的依照計畫進行，我們並無法確定。」羅宇妍說明，「但剛剛錄音內容我們聽得清清楚楚，邱教授跟被告約定的報酬，就是二十萬元現金，並沒有黃金條塊。依照被告出監所攜帶的保管金、被告出監後打零工的工作收入，根本沒有辦法購買這些黃金條塊，這些黃金是從何而來？」

旁聽的沈立巨聽到了二十萬元現金及黃金條塊，不禁想起來前些時候，那筆不明捐款人的二十萬元現金捐款，難道跟本案有什麼關聯嗎？

「結合邱教授先前收到的恐嚇信件，檢察官認爲，事情的眞相就是，被告一方面佯裝答應參與邱教授的計畫，收下了二十萬元現金，但一方面，卻接受他人以黃金條塊買凶，大玩兩面手法。」羅宇妍講得斬釘截鐵，「等被告到二石山上，和邱教授順利會合後，被告就假戲眞做，出其不意殺了邱教授，並且肢解溶屍，再到牛武溪棄屍。」

隨著黃金條塊、死亡恐嚇信件的出現，羅宇妍又徹底翻轉了案情，法庭上一時竟然靜默無語，大家漸漸都感覺模糊了，究竟哪一個才是事實？現在的可信，會不會下一秒又變得不可信？

如果檢察官的推論屬實，被告黃遊聖不僅殺了邱令典，更殺了邱令典對於廢除死刑的理想，殺了對於他的信任——這樣極致的惡，恐怕比檢察官原本起訴的版本還要令人髮指。

「被告黃遊聖先生，對於這些黃金條塊的來源，你有沒有什麼要說的？」徐義霆問道，他問了最有可能知道實情的人。

「靜默不語，是被告自由陳述的權利，此時此刻，法治國的聲音無比清晰。」

黃遊聖說道，「從現在開始，我要保持緘默。」

「最高法院一〇七年度台上字第三〇八四號判決。」劉苡正低聲告訴徐義霆，黃遊聖說的，是這則判決的經典名句。

黃遊聖依舊冷笑著，但鄭彥昇卻發現他的眼裡並沒有笑意——這是第一次，鄭彥昇覺得自己在法庭上，看到了那張瘋狂小丑面具底下的雙眸。

雙方所有的證據都已經調查完畢，而在被告保持沉默之下，沒有辦法進行有效的訊問被告程序，本案的審理程序已經來到了尾聲，最後的決勝點，就在於雙方辯論了。

上午十點半，開始進行事實及法律之辯論。

「請檢察官就事實及法律論告。」徐義霆說。

「檢察官在此，必須先向國民法官法庭，也要向社會大眾致歉。」羅宇妍朝法檯、旁聽席都深深一鞠躬，「我是公訴檢察官，也是本案偵查起訴的檢察官，責無旁貸，因爲偵查中疏忽了一些細節，才導致本案審理程序如此紊亂，這是我自己必須深刻檢討的地方。

「不過檢察官確信，邱教授已經被被告殺害了。無屍命案，在實務上並不常見，但還是不乏判決有罪定讞的案例，而關鍵就在於，檢警是不是能夠充分蒐證。」羅宇妍繼續說明，「這件案子是從失蹤案開始，因爲我們一直沒有辦法找到邱教授的遺體，所以偵辦起來格外謹愼，警方徹底清查了所有的監視器、邱教授本人及親友的通聯紀錄、銀行帳戶的金流等等，即便在審理中，我還是請科偵隊再次確認有沒有遺漏的監視器畫面，能夠讓我們發現，邱教授還活在世界上的好消息。但很遺憾的，我們找不到他任何存活的痕跡。向國民法官法庭報告，現在的臺灣，警察認眞要找出一個人，並不是一件非常困難的事情，檢察官並不認爲邱教授有辦法完美躲藏這麼久，檢察官必須下一個殘忍而堅決的結論，邱教授已經不在了。

「昨天上午，合議庭搜索扣到錄音筆，檢察官聽完錄音後，發現本案原來是一場計畫好的社會實驗，檢察官本來打算要進行無罪論告，直到晚上，意外地發現了被告扣案的這把鑰匙，也找到了置物櫃裡的黃金條塊，再連結到原本扣案的恐嚇信件，而可以認定是被告殺了邱教授。」羅宇妍踱步在法庭中央，「因爲只有這樣，才能解釋被告行爲的矛盾。

「爲什麼被告要錄音呢？」羅宇妍提高了音量，展現出根本的質疑，「如果這眞的是一場實驗，最後邱教授現身解救他不就好了嗎？被告根本沒有被判決有罪確定的危險，他爲什麼要錄音呢？

「剛剛我們其實聽過了，但大家可能沒有注意到這幾句話的關鍵意義。」羅宇妍拿出法庭螢幕的遙控器，「讓我們再聽一次。」

「你這是做什麼？」邱令典的聲音。

「其實從我們在公園見面那次開始，我就有錄音了。」黃遊聖的聲音。

「爲什麼？」邱令典的聲音。

（錄音結束。）

羅宇妍說，這個錄音檔案只有短短九秒，跟先前的錄音檔案不同，而這個相當短的錄音檔案，原本已經被被告刪除了，是科偵隊用還原軟體救回來的檔案。

「被告爲什麼要刪除這個檔案？從這個錄音檔案來看，邱教授根本就不知道被告事先有錄音。」羅宇妍走到黃遊聖面前，「被告爲什麼要偷偷背著邱教授錄音呢？」

她拋出這些疑問，而答案已經呼之欲出。

「我如果是被告，我要用什麼方法，才能夠一舉得到二十萬元現金及黃金條塊，又能夠殺了邱教授卻不用負責呢？」羅宇妍分析道，「第一，依照邱教授原本的計畫，如果不是被告自首或自曝跡證，檢警本來就不容易找到嫌疑人。第二，如果眞的不幸被檢警發現，被告先自首降低自己被判死刑的風險，再來就消極不配合偵查、審理，透過誇張的表演來模糊審判焦點，試圖脫罪。第三，因爲被告早已殺害了邱教授，邱教授沒有辦法在判決後現身，宣布這只是一場社會實驗來解救被告，所以被告勢必要有最後的保險。那支錄音筆，就是被告最後的保命符。被告或許早就預謀要殺害邱教授，才會準備了錄音筆私自錄音，錄下了邱教授的社會實驗計畫，等到審判的最後關頭，再有意無意地讓我們發現，讓我們『意外』揭露了這個實驗計畫，毫無自覺地，成爲了被告的幫凶，縱放了被告，卻永遠等不到邱教授平安歸來。

「這也可以充分解釋，爲什麼昨天被告這麼希望法院能到他住處去搜索，他內心一定非常期待，法院能找到這支錄音筆，能幫助他逃出生天。」羅宇妍繼續說明著，「要不是警方還原了這段被刪除的九秒鐘錄音，直到現在，被告依舊把我們玩弄在股掌之間。

「最後，檢察官要回到邱教授公開簽署的那張『不同意判處行爲人死刑聲明書』。檢察官相信，除了不法利益之外，這才是讓被告決定痛下殺手的主因。」羅宇妍看向黃遊聖，這些日子以來，她一直試圖看穿他虛假的面具，但到最後才發現——他根本就沒有戴著面具。

「邱教授擁有崇高的廢死理念，姑且不論檢察官是否認同他的想法與方式，但至少邱教授願意犧牲自己、追求理想的精神還是值得敬佩的。而檢察官同樣相信，被告也有著相同的理想，但他卻是不擇手段，強迫邱教授成爲了殉道者，要用邱教授的生命來獻祭廢死。」面對黃遊聖那雙侵略的眼神，羅宇妍從未迴避過，「為了達成廢除死刑的終極目標，這場社會實驗如果要成功，一定要有人犧牲。不是他死，就是邱教授要死。但邱教授絕對不可能讓他死在冤判之下，所以被告認為，死的人就只能是邱教授，才不會讓這場實驗揭曉後，淪為一場爭辯是不是浪費社會資源的口水戰，甚至最後還可能被當成一齣社會鬧劇冷處理，貶為了成本高昂的荒謬笑話。

「如果社會大眾都知道了邱教授的這一場實驗，知道了邱教授奉獻自己、追求廢死理想的精神，但邱教授卻永遠回不來了。」羅宇妍稍微頓了頓，「這樣社會大眾才會嚴肅面對這個課題，這是用生命換來的思考機會，這個力道才能夠一直延續下去，未來也才有改變的契機。

「檢察官認為，這才是被告殺害邱教授的根本原因。在高舉廢死的大旗下，他殺得心安理得，殺得大義凜然。」羅宇妍轉向法檯，面向國民法官法庭，「本案被告犯殺人罪及遺棄屍體罪，罪證明確，請依法判決。」

程平爽勉力克制了想鼓掌的衝動。他非常佩服，羅宇妍能夠在審理程序的幾次劇變當中，開創出一條非常具有說服力的思路，將每個散落的證據用邏輯串連了起來，最後更深入探究被告深層的殺人動機，彷彿讓人直視入被告的內心——法庭上有那麼一瞬間，舉止張狂的黃遊聖竟變得如此赤裸而透明。

「請辯護人為被告辯護。」徐義霆轉向辯護人說。

法庭上的眾人都在等待，在羅宇妍精彩萬分的論告之後，面對保持緘默、無法開誠布公的當事人，辯護人該如何回應呢？

「公設辯護人施奇正為被告黃遊聖辯護。」施奇正起身，他走到法庭中央前，向一旁的曾初恩使了個眼色，曾初恩微微點頭。

「檢察官剛剛有提到，扣案的……」施奇正話才說到一半，辯護人席桌上的手機卻響起，鈴聲迴盪在相對安靜的法庭。

「辯護人，麻煩先關機一下。」徐義霆說。

「好的，抱歉。」施奇正走回位置拿起手機，但他卻沒有關機或掛掉電話，反而是按下接聽。

「喂？我在開庭。」施奇正接起來說，眼看他就要掛掉電話——

「是邱教授！」施奇正突然表情大變，震驚地拿著手機告訴國民法官法庭。全場發出了驚訝的輕呼聲，就連審判長徐義霆也面露詫異。

——難道邱教授要現身了嗎？這場審判，這場社會實驗就要當庭結束了嗎？羅宇妍、高至湧臉色鐵青，而保持緘默後的黃遊聖，依舊是不為所動的冷漠——鄭彥昇注意到了他的平靜。

「他說什麼？邱教授說什麼？」徐義霆連忙問道。

「喂？是，是的。好，我會過去，再見。」施奇正匆匆掛上了電話。

「怎麼了？他說了什麼？」徐義霆追問。

「他叫我這個禮拜天記得去參加研究會。」施奇正突然哈哈大笑，「哈哈，眞不好意思，這位是教民事訴訟法的邱教授，不是本案的被害人邱令典教授啦！」

旁聽席傳出了幾聲笑聲。羅宇妍、高至湧的臉色變得更加難看了，他們沒想到施奇正會用這麼戲謔的手段，偏偏又達到了非常好的辯護效果。

「請辯護人注意在法庭的言行，本案涉及殺人重罪，請嚴肅以對。」徐義霆皺眉提醒。

「我向各位致歉，對不起。」施奇正向法檯、旁聽席深深鞠躬，一如羅宇妍剛剛論告的開場一般。

「不過，這場審判早在檢察官拿出扣案的錄音筆之後，就已經結束了。」施奇正自信說道，「爲什麼剛剛一通普通的手機來電，爲什麼我剛剛爛得要命的話劇社演技，也能夠牽動在場各位敏感緊張的神經呢？

「因爲我們大家心知肚明，我們聽了那些錄音之後，心裡一定都在懷疑，邱教授是不是還活著？」施奇正提高了音量，「難道法院判了被告有罪之後，不怕哪一天眞的接到了邱令典教授的來電嗎？辯護人不需要像檢察官分析那麼多邏輯，那麼多證據。很簡單的一個問題就好，檢察官能證明邱教授眞的已經死亡了嗎？

「沒有屍體，也沒有出血量大到足以致死的血跡，根本沒有直接證據證明邱教授已經死亡，檢察官只能修修補補，一直用排除法，說邱教授『應該』已經不在人世了。」施奇正聳聳肩，「但這些對我來說，對於罪疑惟輕原則來說，並沒有任何意義。

「我的當事人，也就是被告黃遊聖，從我擔任他的辯護人開始，他從來沒有承認過自己殺了邱教授。」施奇正看著黃遊聖，沒想到審理的最後，這張臉孔還是如此陌生，「老實說，檢察官剛剛的論告很精彩，我個人也認爲，被告有可能眞的殺了邱教授。但又如何呢？那些錄音就是鐵一般的證據，邱教授計畫了這場瘋狂的社會實驗，花了二十萬元邀請被告參加，一直到此時此刻，難道沒有可能還是在實驗進行中嗎？依照檢察官提出的證據，我實在無法排除，邱教授還活在這個世界上的合理可能性。

「按照罪疑惟輕原則，既然不能排除邱教授存活的合理可能，本案就應該判決被告無罪。」施奇正轉向法檯，面向國民法官法庭，「罪疑惟輕原則下的判決，雖然可能不是事實的眞相，但至少讓我們不會有冤枉無辜者的危險。本案請求判決被告無罪。」

國民法官們聽到了罪疑惟輕原則，都想到了他們被選任爲國民法官的那一天下午，徐義霆審前說明提到的內容，以及他和張丕飛對於什麼是「合理懷疑」的爭論——接連四天審理下來，他們心中的尺，是否已經漸漸一致了呢？

「被告，你自己有什麼要辯解的嗎？」徐義霆問。

黃遊聖冷冷地看著他，依舊保持緘默。

接著，徐義霆請檢辯雙方對於被告是否符合自首規定表示意見。

高至湧主張，雖然警方一開始從被告右手有傷的特徵出發，鎖定被告爲犯罪嫌疑人，可能是出於誤會，但誤打誤撞，被告確實就是本案的行爲人，警方的誤會並不影響警方已先發覺被告本案犯罪，被告不符合自首規定，就算眞的符合，被告本案犯行惡性重大，自首後又改口否認犯行，態度囂張甚至顯露對於司法的敵意，毫無悔意，也不應減刑。

曾初恩則認爲，在評價上，不應該認爲警方因爲「誤會」而發覺了被告本案犯嫌，如果被告沒有先承認犯嫌，警方仔細調查後就會發現，自己原本掌握的證據其實只是烏龍一場。所以被告先承認了本案犯嫌，有助於節省偵查資源，符合自首規定，也應該減刑。

——一旦依照自首規定減刑，本案就沒有判處死刑的可能性，在這場生死辯之中，這也是檢辯雙方必爭之處。

調查完前案紀錄表等量刑證據後，雙方將進行量刑辯論。

「請告訴人對於本案表示意見。」徐義霆問，「梁琇怡女士，請問妳希望法院怎麼判？」

梁琇怡緩緩起身，案發迄今四個多月，她卻像衰老了十幾歲，身體微微顫抖著，卻是沉默了將近一分鐘。

法庭上沒有人催促她，大家都知道她負載了多麼巨大的悲痛。

「我……我希望我的兒子能夠回來。」梁琇怡慢慢地往法庭中央走去，旁聽席一名中年婦女家屬連忙上前攙扶。

「拜託！黃先生！歹勢啦！」梁琇怡竟然向黃遊聖鞠躬道歉，「之前對你比較抱歉，胡亂罵你，你不要放在心上，原諒我。」

相比於法庭上眾人的詫異，黃遊聖卻冷漠如鐵石。

「我給你拜託……給你求好不好……拜託，叫我兒子回家啦……阿母眞正非常痛苦……我每天哭……每天想……嗚……我的兒子啊……回來啦……你叫伊回來啦……」情緒潰堤的梁琇怡竟是激動地要向黃遊聖下跪，旁邊的家屬用力扶起了她。

「阿姑，妳不要向這種人求啦！沒有用啦！」攙扶的中年婦女罵道，幾名家屬連忙上前安撫梁琇怡。

「我不要什麼判決啦……嗚……我只要我的兒子回來啦……嗚……」梁琇怡深沉的傷痛，遠遠在法律與刑罰之上。

丁朵雯也只能在筆錄上打上「（告訴人哭泣）」的字眼，卻難以具體描述眼前發生的巨大悲慼。

「請檢察官為量刑辯論。」等到梁琇怡情緒稍稍緩和，徐義霆繼續說道。

羅宇妍起身之前，卻被高至湧輕輕攔阻了。高至湧看著無比哀傷的梁琇怡，他再怎麼樣都要為她發聲——因為他並不確定，羅宇妍到底能不能下定「決心」。

「大家這幾天如果有早一點到法院來，應該可以在法院外的鯉魚噴水池旁看到一對老夫妻，本案審理期間，他們早上六點多就到法院來，趁法警不注意時會拿起白布條，上面寫著——十幾年了，為什麼我兒子永遠回不了家，為什麼殺人凶手可以出獄，還可以繼續殺人？」高至湧接著說，「他們是被告黃遊聖前案殺人罪，被殺害的被害人父母，他們兒子當時才二十四歲，十幾年了，喪子之痛永遠無法抹去。而被告呢？他今年得到了假釋出監的機會，他今年也才三十歲，還有大好人生等著他。我們就姑且不說，被害人永遠無法回家，加害人卻能重新開始，這到底公不公平的問題，我們就問，被告假釋出監後做了什麼事？他殺人，第二次殺人。他被關了將近十年之後，出獄還不到一年，就又殺了邱教授。他到底把人命當成了什麼啊？

「就我個人而言，我並不贊成廢除死刑，當檢察官這麼多年，我知道，求其生而不可得的犯罪，是確實存在的。沒錯，邱教授是簽了那張聲明書，表達出不願意判處任何人死刑的強烈意願，即使是殺害他的人，他可能也不願意凶手被判處死刑。這是他追求廢死的言論自由，我絕對尊重，但刑罰，不是只用來回復被害人的損害，更有維護法律秩序、追求正義的功能。」高至湧加重了語氣，「我們看看，被告對邱教授做了什麼？他徹底利用了邱教授對於廢死的信念，他貪圖不法利益，背叛了邱教授，背叛了這一場社會實驗，他殺了邱教授，他殘忍地肢解、用硫酸溶化、遺棄了邱教授的屍體，他的罪行是如此地人神共憤、不可饒恕！被告本案是第二次殺人，卻毫無悔意，蔑視司法正義，他的所作所為，正好諷刺地昭告天下，死刑就是為了他這種邪惡的犯罪所存在的！

「被告不只殺了邱教授，他還殺死了邱教授追求理想的靈魂。被告泯滅人性，犯下了情節最重大、最為嚴重的犯罪，有與社會永久隔離之必要。」高至湧面向國民法官法庭，望向人民所期盼的公正，「檢察官請求法院判處被告死刑，讓司法正義得以伸張，讓法律秩序得以回復。」

「庭上，檢察官羅宇妍補充。」高至湧才剛回座，羅宇妍就舉起了手，他們兩人眼神交會，一瞬之間，高至湧就已經明白了她的「決心」。

「檢察官個人，絕對尊重每個人對於死刑存廢的立場，但身爲檢察官，我必須提醒國民法官法庭，臺灣是一個有死刑的國家，這是絕大多數民意的選擇，大法官也未曾宣示過死刑違憲。」羅宇妍走到法庭中央陳述，「如果沒有了死刑，我們應該如何面對終極的邪惡呢？如果再怎麼殘虐冷酷、不管殺了多少人的罪犯，法院都不能判處他死刑，在臺灣，並沒有眞正的無期徒刑，他還是有回歸社會的可能，而且就算眞的讓他終身監禁，我們難道就已經消滅了終極的邪惡了嗎？還是只是選擇逃避而不去正視它？只能囚禁終極的邪惡，放任它自然死去、毀壞？

「不知死，焉知生。檢察官認爲，身爲一個人，只有在面對死亡的時候，才會正視自己的生命，才會正視自己的一生，在刑罰意義上，罪犯也才會眞正面對自己的犯行，因爲自己的生命已經退無可退了。」羅宇妍環視著法庭上的每一個人，眞誠地說明自己對於死刑的認知，「當然，絕對不是每個殺人犯都應該被判處死刑，死刑的宣告，一定要符合罪刑相當原則，只有在情節最重大、最爲嚴重的犯罪，只有對於求其生而不可得的行爲人，只有當法律面對終極的邪惡時，死刑才是唯一適合且必要的刑罰。

「檢察官認爲，在最嚴重的犯罪，在終極的邪惡之後，死刑並不是終點，而是起點。只有在死刑之後，罪犯才能正視、反省自己的犯行，被害人家屬及社會大眾，也才能回歸和平的法秩序。」羅宇妍的雙眼清澄，沒有一絲雜念，「我們不是不重視死刑犯的生命權，而是爲了讓它與終極的邪惡分離，不得不然的方式。」

羅宇妍看向了黃遊聖，在正義之前，沒有憤恨，沒有怒意。她說：**「死刑之後，才能生而為人。」**

即使立場不同，但旁聽的沈立巨也聽出了羅宇妍平靜的眞誠，這是一場多麼理想的辯論與對話，可惜邱令典沒有辦法看見了。

「被告本案的所作所爲，是不是終極的邪惡呢？在此除了援引高檢察官剛剛辯論的內容之外，檢察官另外想指出，被告殺害、利用了邱教授，不論他是想追求多麼遠大的目標，都只顯露了他非人的一面。」羅宇妍的雙眼，銳利地像是正義女神 Justitia 手持的寶劍，「被告不把人當成人，不把生命當成生命，他殘酷地把被害人當成了客體，當成了工具，當成了手段，卻毫不在意，更是毫無悔意。在他的自我中心裡，我們找不到他身而爲人的證據，只看見終極的邪惡。

「檢察官身爲法治國的守門人，爲了驅逐終極的邪惡，請求國民法官法庭判處被告死刑。」羅宇妍的結論，字字句句都刻劃了她不再猶豫的決心。

程平奭看著法庭上的羅宇妍，就像他第一次看到羅宇妍擔任公訴檢察官一樣，總覺得她正氣凜然的身影，像極了正義女神 Justitia ——她不只拿著寶劍，另一手更高舉著天平。

「請辯護人爲量刑辯論。」徐義霆看向辯護人席。

「首先，辯護人爲無罪答辯，請求判決被告無罪。」施奇正起身，站在檢察官與被告之間，他雖然總有種腹背受敵的錯覺，但又如何呢？他知道自己身上這襲鑲綠邊法袍的意義。

「我就不說什麼正義還是什麼邪惡了，這對我來說都太虛無飄渺了。」施奇正揮了揮手，「我就提醒國民法官法庭兩件事情就好。

「第一件事，不要忘記我剛剛接聽電話的惡作劇，我們永遠不會知道，是不是有可能在判決被告死刑定讞、甚至執行死刑，在槍響之後，我們才接到邱令典教授的來電呢？」施奇正的雙眼同樣眞誠，有著同樣篤定的信念，「死刑是不可逆的刑罰，國家殺害無辜者，絕對是法治國家不允許的悲劇。我們難道要矇上眼睛賭一把嗎？

「第二件事，檢察官口口聲聲說要爲了被害人發聲，卻又求處死刑，這是邱教授的聲音嗎？我們不要忘記，邱教授畢生都在追求廢除死刑，甚至願意奉獻自己一生的聲譽，也要阻止國家繼續殺戮。本案不管事實眞相到底是怎麼樣，邱教授會希望國家殺了被告嗎？邱教授簽署的那張聲明書，那不僅僅是他個人的意願表達，更是他希望社會能夠改變的開始。」施奇正稍微頓了頓，他知道自己的立場非常複雜，但他必須要有指出結論的勇氣。

「我們沒有任何錯殺的空間，也不要忘記了，邱教授的犧牲，絕對不是爲了帶來更多的殺戮。沒有人可以殺人，國家也不例外。」施奇正面向國民法官法庭，他是辯護人，卻覺得自己肩上承擔著邱令典的意志，「如果法院認爲被告有罪，也請不要判處被告死刑。」

相對於兩位檢察官的共同論告，施奇正的辯護，簡短卻有力。

上午十一點五十二分，本案的審理程序已經到了尾聲。依照刑事訴訟法第二百九十條規定，審判長應詢問被告有無最後陳述。

「被告最後有無陳述？」徐義霆看向保持緘默已久的黃遊聖。

「有。」黃遊聖站起身來，理了理他相當合身、體面的黑色西裝，像是要上台發表得獎感言般慎重。

他像檢察官、辯護人一樣，走向法庭中央，兩旁法警原本要攔阻，卻被徐義霆用眼神示意放行。

「謝謝大家，你們忙了這麼多天，眞的都辛苦了。」黃遊聖也跟檢察官、辯護人一樣，先向法庭眾人鞠躬行禮，「我最後想說的是，邱教授眞的是被我殺死的。」

審判的最後，黃遊聖竟然突然自白，引起了全場的驚呼低聲。但檢辯雙方，卻都是淡定以對。

「但我這樣說有意義嗎？全世界只有兩個人知道事實的眞相，一個是我，一個是邱令典。其他的人，相信的人自然相信，不信的人，也永遠都會懷疑。很可笑吧？我就算被判決無罪確定，還是會有很多人認爲我殺了邱教授。」黃遊聖冷笑著，「法律之前，根本就沒有眞正的黑白，法律根本沒有辦法帶我們找到事實的眞相，沒有眞相，哪來的正義？」

法檯上摸著下巴思索的張丕飛，他不得不承認黃遊聖的這句話打動到他。

「但更可笑的是你們大家啊！哇哈哈！」黃遊聖放聲狂笑，「你們看看，你們自己在做些什麼事？穿著藍的、紫的、綠的、白的戲服，還是掛著什麼鳥徽章，聚在這裡幹嘛？扮家家酒嗎？

「天啊！你們竟然煞有其事的，在這裡討論要不要殺我耶！」黃遊聖手指著法檯上的國民法官法庭，態度極爲狂妄，「你們說我是殺人犯，我看你們也好不到哪裡去吧？在這邊開開庭，投投票，就要合法合憲地殺了我是吧？用國家的名義殺人，就會比較高尚嗎？晚上就比較睡得著覺嗎？殺起來就比較正義凜然，問心無愧嗎？

「什麼極端的邪惡，我聽你在放屁。你是人，我也是人，你憑什麼說我是邪惡？你以為自己是神嗎？」黃遊聖一臉輕蔑，「把我塑造成惡魔，把我定義成邪惡，這樣你們殺起來才比較不會有罪惡感吧？真是荒謬可笑！

「我們每個人生下來，就是在等死，就像是死刑犯等待執行死刑的過程，有人等得久一點，有人等得快一些，但沒有人能夠替別人決定要等多久。」黃遊聖獰笑著，「你們說我不能決定，我說你們也不能決定。

「你們是人，憑什麼審判人！」

黃遊聖瞪視著每位法官、國民法官，像是來自深淵的質疑。

法庭上充斥著各種被激起的情緒，卻安靜得沒有一點聲音。

張丕飛在筆記本上重重地畫下一橫，完成了這個正字後他才發現，整頁都是密密麻麻的正字計數符號。

「你說完了嗎？」徐義霆問道，他代表了整座法庭，代表了司法程序。

「說完了，你們自己看著辦吧！」黃遊聖冷笑。

「你說完了，那就換法律說了。」

徐義霆宣示言詞辯論終結，於今日下午四點宣判。

第八章 宣判

二〇二三年九月一日，下午一點三十分，雲林地院一樓法庭區會議室。

爲了讓國民法官法庭有充分討論的時間，中午用餐休息時間一結束，徐義霆就開始進行二石山命案的評議程序。

「你們看，這個會不會太扯啊？」剛剛收到超新聞同事轉傳網路訊息的張丕飛嚷嚷著，幾位國民法官都圍過去看他的手機。

「你好，我是邱令典教授，我並沒有被殺害，我是被黃遊聖囚禁在國外，現在已經逃出來了，還差五萬元機票錢就能夠回到臺灣告訴社會眞相，我的帳號是XXXXXXX號，你如果幫我匯款，我承諾讓你當我的指導學生，並讓你擔任我這次社會實驗眞實經歷改編的電影角色，謝謝。」

「這種詐騙訊息也太瞎了吧？一看就知道是假的。」萬淑麗皺眉。

「但不得不說，詐騙集團更新時事也太快了吧，才過幾個小時就出現這個花招。」姜品婕也搖了搖頭。

「好了，各位，時間寶貴，我們準備開始進行評議。」徐義霆微笑著說，「依照國民法官法第八十二條第八項規定，旁聽的備位國民法官不能參與終局評議的討論，也不能陳述意見。所以等我們正式開始評議後，備位一號、二號國民法官，麻煩你們兩位旁聽就好，請不要發言。」

「好的，謝謝審判長。」汪思慧舉起了手，「不過審判長，在你們開始評議

之前，我有一些話想跟大家說。」

徐義霆點了點頭。

「這個禮拜，很高興能跟大家一起共事，一起參與這個案件的審判。我以前從來都沒有到過法院，沒想到現在來法院來到都有點習慣了。」汪思慧笑了笑，「這幾天我回家，我兒子都會問我，爲什麼媽媽白天不能在家照顧他？我告訴他，媽媽被法院選到要當國民法官喔，要跟法官們一起審理案件。

「我兒子才兩歲多，聽不懂什麼是法官，他問我法官是不是要抓壞人，會不會很危險？」想起兒子的童言童語，汪思慧泛著幸福的笑靨，「我告訴他，國民法官不是要抓壞人，而是要處理紛爭。檢察官認爲被告做錯事了，請求法院處罰他，法院就要負責判斷，被告是不是眞的有做錯事，如果有，他要接受怎麼樣的處罰。

「在我兒子簡單的世界裡，好人跟壞人可以區分得清清楚楚。但在眞實世界裡，我們恐怕沒有自信能夠去判斷一個人的好壞，我們甚至連自己是好人還是壞人，有時候都搞不清楚了。經過這一次審理的過程，我對於法院的審判有了更深的認識，而最讓我印象深刻的，就是法官判斷的艱難。」汪思慧始終微笑著，「如果不是親自坐在法檯上，聽著雙方的辯論；如果不是自己看過這些卷證，自己思考過案件的疑點，我們可能永遠都不會知道，一個判決的決定，原來是這麼複雜而困難。

「我想，也就只有經過這麼複雜、愼重的審理過程，法院才有資格做出判決吧！畢竟每一個判決，都會影響到被告的名譽、財產、自由甚至是生命。」汪思慧輕拍了下胸口，「還好最後我不用參與評議，內心壓力就沒有這麼大了，不過眞的很謝謝大家，也很謝謝法院，作爲一個媽媽，我希望下一代可以變得越來越好，我想國民法官制度，可以讓大家慢慢看見司法的好。等到我兒子長大之後，我會好好告訴他，媽媽當時是怎麼樣當一位國民法官的。」

「非常謝謝妳的回饋。」徐義霆推了推金框眼鏡，眼裡有笑，「那一號備位國民法官有沒有什麼要跟我們分享呢？」

「審判長、大家好，不好意思我不太會說話。」廖明忠抓了抓頭，表情有些靦腆，「我只想跟大家說謝謝，接下來，就交給你們了！」

「好的，那在我們開始評議之前，依照本庭慣例，我們還是先來喝杯茶吧！」徐義霆笑了，他拿出茶具，卻不是在壺中放入茶葉，而是從一個紙盒中，拿出了一包包的茶包。

「學長，大家最後一次喝茶，你怎麼改用茶包了？」程平奭不解，他知道徐義霆很少泡市面販售的茶包。

「這不是普通的茶包喔，這是我自己做的，我把它稱爲『融合茶』。」徐義

霆微笑著注入熱水，濃厚的茶香四溢。

「融合茶？」程平奭看著壺中較爲深沉的茶色問道。

「你們有沒有聽過調茶師？英國、法國的調茶師，會把不同產地、不同來源的茶葉混合調配，有的還會摻入水果、花草、香料等等進行調味。」徐義霆一邊說著，一邊注意著壺中茶葉浸泡的時間，「我這個融合茶也有異曲同工之妙，我是用紅茶茶葉爲基底，除了有不同產地的紅茶茶葉之外，也加入了微量的綠茶、普洱還有烏龍茶，讓茶的口味更加濃厚、多元而豐富。」

「喔喔，就類似手搖飲料店烏龍綠茶、冬瓜紅茶的概念嘛！」程平奭恍然大悟。

「哈，你要這麼說也是可以啦！」徐義霆苦笑搖了搖頭，「我可是試了很多次，才找到這一包的黃金比例。」

「這是我最後一次爲大家泡茶了。融合茶，我融合了各種不同的茶葉。」徐義霆開始爲大家斟茶，「就像國民法官制度，讓來自各行各業、四面八方的社會人士，和職業法官一起審理，爲司法審判注入一道活水。」

「有人說，國民法官制度是要引進人民的正當法律感情；也有人說，國民法官制度是要讓民眾更加瞭解司法。我覺得這些觀點應該都是對的，但對我來說，國民法官制度有著更重要的意義。」徐義霆倒茶的手有著令人安心的平穩，「我

覺得，讓各行各業、各種不同生活經歷的人一起審判，可以豐富審判的觀點，可以看到更多的面向，也可以做出更好的判決。」

「這一杯融合茶，截長補短，相互補充，共融共合。」徐義霆請大家用茶，「我想，這可能是我這輩子泡過最好的茶。」

「那這一杯大概？」程平爽笑著問。

「無價。」徐義霆也笑了。

眾人舉杯喝茶，喉間豐富的茶香堆疊，韻味綿延不絕。

大家人生第一次喝到融合茶，也是第一次參與國民法官審判。

「那我們就開始評議吧。」徐義霆放下茶杯，看著大家清澈的雙眼。

下午三點多，雲林地檢主任檢察官辦公室，高至湧與羅宇妍喝著咖啡，等待法院四點鐘的宣判。

「宇妍，如果等等宣判被告無罪，妳會怎麼辦？」高至湧突然問道。

「法院判決無罪的話，我會上訴。」羅宇妍不加思索地果斷回應，「如果最後真的無罪判決確定，我也會繼續偵查，找出新證據，聲請不利益被告的再

審。」

「我覺得一定是被告殺了邱教授，我絕對相信何小還有他們科偵隊弟兄的能力，我不相信邱教授還活著。」羅宇妍喝著咖啡，平靜地說著，「二石山這麼大，被告又這麼狡猾，或許他殺害邱教授的方式根本跟我們想得不一樣，甚至也不一定是在二石山上殺的。」

「哈，我就知道妳會窮追不捨，我看被告終究是法網難逃。」高至湧笑了，他早已在法庭上看見了羅宇妍的決心。

「罪疑惟輕不應該是被告的保護傘，而是檢察官不能逃避的責任。」羅宇妍飲盡了杯中的黑咖啡，「主任放心，我會負責到底。」

羅宇妍起身，她已經開始穿法袍了。

「才三點半耶。」高至湧苦笑，「原來從容不迫要這麼辛苦啊。」

羅宇妍也笑了，穿上鑲紫邊法袍的她總是如此耀眼。

法院後方大樓，僻靜的吸菸區。

曾初恩拿著午餐外帶的熱拿鐵，倚靠在牆邊；施奇正抽著菸，眼神放在法院後方的午後天空。他們在等待宣判。
「老狐狸，這件你怎麼看？」曾初恩突然問道。
「一翻兩瞪眼囉。」叼著菸的施奇正翻著右手掌，「不是無罪，就是死刑。」
曾初恩沒有接話，這確實符合她的預期，不過這麼絕對的結果，實在太過沉重了。
「妳有沒有看過測謊資料？」施奇正突然問道。
「我有看到啊，卷裡面有。偵查中羈押階段，黃遊聖接受了兩次測謊。」曾初恩聳聳肩，「不過兩次測謊，問題都相同，問他到底有沒有殺害邱令典，結果他第一次說有，第二次說沒有，卻都沒有不實反應，所以檢察官認為是無效證據才沒有主張吧？」
「最近刑事訴訟法在討論修正，有提案說要明定測謊不得作為認定犯罪事實存否的證據。要不要修法我是沒什麼意見啦，」施奇正笑了笑，「不過我看過資料，有人說實證結果顯示，測謊的準確度高達百分之九十八以上。而以我自己的經驗，測謊還眞的是蠻準的。」
「或許對黃遊聖來說，他殺了邱令典，或者他沒有殺邱令典，這兩個可能都是眞實的吧！」施奇正吐了一口煙霧，思緒混濁，「該怎麼樣就怎麼樣吧！」

國民法官法庭評議結束，會議室裡的眾人收拾東西，準備前往第二法庭宣判。

「欸，你知道嗎？」張丕飛輕拍了鄭彥昇一下，「今天是記者節耶。」

鄭彥昇「喔」了聲：「記者節快樂。」

「你的小說名字取好了沒？」張丕飛說，「記得要把我寫得厲害一點啊。」

「《誰是審判人》。我的新小說就決定叫《誰是審判人》了。」鄭彥昇微微一笑，「你本來就很厲害了啊，只比我這個主角差一點而已。」

「臭小子！」張丕飛摸了摸鼻子，也還以微笑。他們從星期一相識到今天，這或許是意見常常相左的兩人，最為契合的一次對話。

「**法律馴服國家，人審判人。**」鄭彥昇的評議筆記上，最後寫著這一句話，作為他參與審判的終點，以及創作小說的起點。

下午四點鐘，雲林地院第二法庭。

「起立！」法庭中央的法警發號施令，法庭眾人起立。

徐義霆帶領國民法官法庭步入雙層法檯，眾人就定位，徐義霆環視了全場，法庭上的目光都聚集在他手上那一份終局評議的主文。

「本院受理一一二年度國審重訴字第一號殺人等案件，在此宣判……」徐義霆朗聲道，揭曉了本案的審理結果。

法庭上傳來了各式各樣的聲音，而判決主文的文字轟隆隆地，不斷在黃遊聖的耳邊作響，巨大地有如他久違的心跳聲。

程平奭左右張望了一下，他看著國民法官們一位位挺拔地站著，目光注視著法庭，注視著社會大眾。他不禁想起了法院一樓中庭花園那棵參天的榔榆樹，不驚不擾，生機不止。

嶄新的法檯上，法官們的鑲藍邊法袍、國民法官們的銀色徽章，正隱隱發亮。

***

這是黃遊聖寫給邱令典的第四十七封信，上頭寫著他對於監所剝削受刑人勞動價值的不滿。黃遊聖看著看著，突然將這封信撕得粉碎。一旁的老許注意到他不尋常的舉動，但他知道黃遊聖最近心情不好，也沒有多說什麼。

昨天看了報紙報導法務部執行死刑槍決的新聞後，黃遊聖一夜無眠，他一直愣愣看著鐵窗之外，看著漸漸天明的微光。

當他讀了越多法律書籍之後，他就越來越無法忍受國家掐著他的脖子，喝令他跪下，逼迫他面部朝下，狼狽乞求著最卑微的空氣。

然後那位死刑犯伏法了。黃遊聖並不認識他，他只知道他們犯過相同的罪，他彷彿能聽見刑場傳來的槍響。

黃遊聖撕掉了早已寫好的信紙，他縮在冰冷的牆角，重新寫信。他要告訴邱令典，一切都是徒勞無功的，黑暗之後，只有著更多的黑暗，然後就撞上了生命的盡頭。

「我們眞的能有改過自新的機會嗎？社會眞的希望我們更生嗎？還是我們永遠都是罪人？」

寫著寫著，黃遊聖突然想到，邱令典究竟是懷著什麼樣的心情在讀這些信呢？他是不是在一間冷氣開放，桌邊有一杯咖啡，窗外可以看見綠意盎然的研究室，打開了這封髒兮兮的來信？這些年他們的書信往來，日後是不是成爲了邱令典四處演講的素材，換來更多的掌聲？還是可以收錄進他那本《死刑的死刑》，賺取更多的版稅？黃遊聖慢慢地從巨大的悲傷中，分裂出極致的憤怒。

他從邱令典回覆的文字當中，看到了那些潛藏的、故作姿態的虛情假意，「一起努力」、「不要放棄」、「總有一天」等等，都是令黃遊聖作嘔的噁心字眼。

從那個時候開始，黃遊聖就決定了，出獄之後，一定要親眼看看，躲藏在這些假仁假義面具後頭的那張嘴臉。

二〇二三年三月八日早上，不請自來的黃遊聖，旁聽完邱令典的「表演」之後，站在走廊外等著他。

黃遊聖忍不住自己的質疑及咆哮，邱令典瞄了一眼教室走廊上方的監視器後，他告訴黃遊聖，如果不相信他對於廢除死刑的決心，明天早上九點，他們相約在校外的一個公園碰面，他會讓黃遊聖看到確切的證據。

隔天早上，戒備提防的黃遊聖偷偷帶著錄音筆赴約。

黃遊聖不得不承認，邱令典製造假凶殺案的社會實驗計畫，確實打動了自己。

「爲什麼找我？」黃遊聖提出了這個問題。

「因爲你今年才因爲殺人案假釋出監，社會歧視你，司法也會歧視你。」邱令典誠懇地看著他，「你最有可能被判死刑，我們的計畫也就最有可能成功。」

黃遊聖笑了，卻沒有一絲笑意——他知道邱令典並沒有說實話，邱令典之所以會找上他，是因爲他的人生早就已經沒救了，除了答應之外，根本沒有其他選擇。

「我答應你。」

二〇二三年四月二十九日深夜，二石山上，無人的路旁停車場，邱令典拿著生魚片刀，將自己的左手臂胡亂切割一通，鮮血沾染了黑色休旅車的後車廂。

「這把鑰匙給你，你收著，但不要藏得太好，這是我們最後的保險。」邱令典拿著毛巾摀住傷口止血，臉色有些蒼白。

「這是什麼鑰匙？」黃遊聖問道。

「這是一個櫃子的鑰匙，我放了一些『動機』在裡面。」邱令典說明，「如果大家不相信你的犯罪動機，或者懷疑我們兩個是串通演戲，這把鑰匙可以幫我們說謊。」

「什麼櫃子？在哪裡？」黃遊聖追問，「裡面放了什麼？」

「這不重要。」邱令典搖了搖頭，「等他們打開的時候，你自然就知道了，人們總是會被表面的動機所蒙蔽。」

邱令典不想說，黃遊聖也就不再多問了，他收起鑰匙，在夜風裡點了一支菸。

他遞了一支菸給邱令典，邱令典搖了搖頭，說他從來不抽菸。

黃遊聖深吸了一口菸，他想起了自己在獄中，靠著老許接濟的每一口菸。還未到盡頭，他就熄掉了菸。

黃遊聖從長褲口袋拿出了錄音筆，按下錄音鍵。

「你這是做什麼？」邱令典不解。

「其實從我們在公園見面那次開始，我就有錄音了。」黃遊聖的聲音有些嘶啞。

「爲什麼？」邱令典突然覺得竄起寒意。

黃遊聖關閉了錄音，收起錄音筆。邱令典這時候才注意到，黃遊聖手裡正拿著那把森冷的生魚片刀。

「**死刑的死刑，罪人的罪人。**」黃遊聖走近邱令典，兩人只剩下一大步的距離。

「什麼意思？」邱令典聞到了極度危險的氣味，卻不敢拆穿眼前的平靜。

四下漆黑，二石山早已沉沉睡去。

「**你想要死刑的死刑，就需要罪人的罪人。**」黃遊聖的表情突然變得異常溫柔，「**教授，我現在如果殺了你，在法律上我是不是無罪的？**」

昏暗的月光下，黃遊聖的呼吸緩慢而虔誠。

邱令典看著他的雙眼，卻看不出他的意圖。裡頭，是一道灰冷的高牆。

（完）

後記　方寸間的法治國

審判之後，判決就像一個剖面，將案件的人事時地物詳實記錄下來，但這些通常只是法律上的「事實」，並不是眞正的「事實」。以現在的科學技術來說，或許能知道眞相的人，就只有行為人自己，其他人不能，法官也無法。沒有眞相的判決，能夠代表什麼正義嗎？

法律有其極限，而它的極限距離正義還很遙遠，但問題並不在於法律本身，相反的，法律還是一種解決問題的方法，雖然成效並不是那麼令人滿意。

我曾經在好幾次所謂的「法普」演講中，試圖舉例說明法院判決信任度低落的問題：今天甲當面恐嚇乙，揚言要找人殺害他，讓乙感到十分害怕。依照這樣的事實，甲可能會成立恐嚇危害安全罪，但證據卻只有乙的指控，甲矢口否認有說過這句話，法院要如何判決呢？法官不是全知全能的神，呈現在審判中只有雙方各執一詞的混沌不明，依照罪疑惟輕原則，法院無法獲得甲恐嚇乙的確信心證，不能排除乙因為先前跟甲有所糾紛，所以故意誣陷甲的可能性（試想，如果今天任何沒有證據的提告法院都照單全收、判決有罪的話，那會是多麼恐怖的一

件事），法院也就只能判決無罪。於是，甲明明就恐嚇了乙，卻還是獲得了無罪判決，活生生的「恐龍法官」。可以想像，眞正的被害人乙心裡會有多麼忿忿不平，抱怨法律根本就無法保護他，而眞正的加害者甲恐怕也在心裡竊笑，愚蠢的法院被他所蒙蔽了，結果沒有任何一方信服判決。這就是法院的日常，法官只能依照「被證明的事實」判決，但更多重要的事實，卻往往無法被證明，所以法院離眞相很遠，離正義很遠，離人民也很遠。

不過如果退一步來說，我們不知道甲到底有沒有恐嚇乙，法官應該判決有罪還是無罪呢？是要錯殺一百而不放過一個，還是要錯放一百而不錯殺一個呢？法治國選擇了後者，倘若哪一天我們不幸坐上了被告席，我們是不是也一樣期待這種審判方式呢？在很多時候，我想法官工作的核心就在於確保法治國的審判，雖然看起來並不討喜，但卻是重要無比，一磚一瓦築起了法治國的高牆。

國民法官法施行之後，人民一起參與審判，一起判決，也跟法官一起「築牆」，期待久而久之，越來越多人能夠指出我們周遭無形的牆，可以自豪地說，我們活在法治國之中。

《誰是審判人》最初的構想，來自於二〇一八年法律文學創作獎極短篇法律小說組，我的首獎作品《殺人自白》，由衷感謝臺北律師公會長久以來對於法律文學創作的支持及鼓勵。在各式各樣自我介紹的場合，我總是自稱「寫小說的法

官」，判決書雖然乏人問津，但或許以小說當作媒介，可以讓更多人接近生硬的法律，也可以讓司法更加貼近民眾的生活。

我覺得國民法官制度是一個合適的起點，《誰是審判人》可能也是。還記得去年確診新冠肺炎的隔離期間，我在幾坪大的房內踱步了幾天，完成了故事大綱，那時的法治國在外，卻也在方寸之間。

乍看之下，《誰是審判人》留下了兩個開放式結局，一個是宣判結果，另一個則是案件的「眞相」。不過對於我而言，我其實只保留了後者，宣判結果則是不言而喻。就像一開始所說的，判決往往並不是眞正的事實，而是法治國的選擇。

《誰是審判人》的完成要感謝許多人，謝謝奇幻基地的用心編輯，讓它有了相當理想的形式。也很感謝我的太太，她反覆翻閱著初稿，一字一句和我討論甚至爭辯，希望能讓《誰是審判人》變得更加成熟。謝謝我的家人們，這些年我們經歷了許多事情，苦樂與共，相信我們永遠都會站在一起。

謝謝雲林地院，謝謝那些指導、照顧過我的師長、學長姐們，我是一位寫小說的法官，不論小說或者判決，但願都能一本初心，不忘來時。

謝謝《誰是審判人》的角色們，當「最好」的檢察官遇上「最好」的辯護人，或許還有「最好」的法官及國民法官們，各自有不同的職責及立場，在審判中的交鋒是如此耀眼且值得深思，某種程度上，那都是法律上理想的模樣。期待未來他們還有機會再和大家見面，案件雖然結束了，但他們的故事人生仍會繼續走下去。

於是我寫在審判之後，黎明之前。

不帶劍　二〇二四年，春

境外之城 163

誰是審判人

作　　者／不帶劍
企畫選書人／張世國
責 任 編 輯／張世國

發　行　人／何飛鵬
總　編　輯／王雪莉
業 務 協 理／范光杰
行 銷 主 任／陳姿億
資深版權專員／許儀盈
版權行政暨數位業務專員／陳玉鈴
法 律 顧 問／元禾法律事務所　王子文律師
出版／奇幻基地出版
城邦文化事業股份有限公司
臺北市 115 南港區昆陽街 16 號 4 樓
電話：(02)25007008　傳眞：(02)25027676
網址：www.ffoundation.com.tw
e-mail：ffoundation@cite.com.tw
發行／英屬蓋曼群島商家庭傳媒股份有限公司城邦分公司
臺北市 115 南港區昆陽街 16 號 8 樓
書虫客服服務專線：(02)25007718・(02)25007719
24 小時傳眞服務：(02)25170999・(02)25001991
服務時間：週一至週五09:30-12:00・13:30-17:00
郵撥帳號：19863813　戶名：書虫股份有限公司
讀者服務信箱 E-mail：service@readingclub.com.tw
歡迎光臨城邦讀書花園 網址：www.cite.com.tw
香港發行所／城邦（香港）出版集團有限公司
香港九龍土瓜灣土瓜灣道86號順聯工業大廈6樓A室
電話：(852) 2508-6231 傳眞：(852) 2578-9337
馬新發行所／城邦（馬新）出版集團
【Cite (M) Sdn Bhd】
41, Jalan Radin Anum, Bandar Baru Sri Petaling,
57000 Kuala Lumpur, Malaysia.
電話：(603) 90563833　傳眞：(603) 90576622
E-mail：services@cite.my

封面版型設計／Snow Vega
排　　版／芯澤有限公司
印　　刷／高典印刷有限公司
■2024 年11月5日初版一刷

售價／380元

國家圖書館出版品預行編目資料

誰是審判人 / 不帶劍著　一初版一臺北市：奇幻基地出版；
家庭傳媒城邦分公司發行；2024.11
面：公分 . –（境外之城：.163)
ISBN 978-626-7436-50-9 (平裝)

863.57　　113013805

ISBN　978-626-7436-50-9
Printed in Taiwan.

※ 本故事內容純屬虛構，如有雷同，純屬巧合。

廣　告　回　函
北區郵政管理登記證
台北廣字第000791號
郵資已付，免貼郵票

115臺北市南港區昆陽街 16 號 8 樓

英屬蓋曼群島商家庭傳媒股份有限公司城邦分公司 收

請沿虛線對摺，謝謝

每個人都有一本奇幻文學的啓蒙書

奇幻基地粉絲團：http://www.facebook.com/ffoundation

書號：1H0163　書名：誰是審判人

奇幻基地・2024山德森之年回函活動

好禮雙重送！入手奇幻大神布蘭登・山德森新書可獲2024限量燙金藏書票！集滿回函點數或購書證明寄回即抽山神祕密好禮、Dragonsteel龍鋼萬元官方商品！

【2024山德森之年計畫啟動！】購買2024年布蘭登・山德森新書《白沙》、《祕密計畫》系列（共七本），各單書隨書附贈限量燙金「山德森之年」藏書票一張！購買奇幻基地作品（不限年份）**五本以上，即可獲得限量隱藏版「山德森之年」燙金藏書票；購買十本以上還可抽總值萬元進口龍鋼公司官方商品！**

好禮雙重送！「山德森之年」限量燙金隱藏版藏書票＆抽萬元龍鋼官方商品

活動時間：2024年1月1日起至2024年10月30日前（以郵戳為憑）

抽獎日：2024年11月15日。

參加辦法與集點兌換說明：2024年度購買奇幻基地任一紙書作品（**不限出版年份，限2024年購入**），於活動期間將回函卡右下角點數寄回奇幻基地，或於指定連結上傳2024年購買作品之紙本發票照片／載具證明／雲端發票／網路書店購買明細（以上擇一，前述證明需顯示購買時間，連結請見奇幻基地粉專公告），寄回五點或五份證明可獲限量隱藏版「山德森之年」燙金藏書票，寄回十點或十份證明可抽總值萬元進口龍鋼公司官方商品！

活動獎項說明

■ 山神祕密耶誕好禮 +「寰宇粉絲組」（共2個名額）

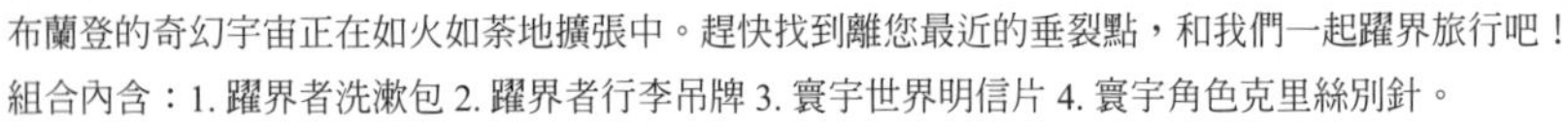

布蘭登的奇幻宇宙正在如火如荼地擴張中。趕快找到離您最近的垂裂點，和我們一起躍界旅行吧！

組合內含：1. 躍界者洗漱包 2. 躍界者行李吊牌 3. 寰宇世界明信片 4. 寰宇角色克里絲別針。

■ 山神祕密耶誕好禮 +「天防者粉絲組」（共2個名額）

衝入天際，遨遊星辰，撼動宇宙！飛上天際，摘下那些星星！組合內含：1. 天防者飛船模型 2. 毀滅蛞蝓矽膠模具 3. 毀滅蛞蝓撲克牌 4. 寰宇角色史特芮絲別針。

特別說明

1. 活動限台澎金馬。本活動有不可抗力原因無法執行時，主辦單位有權決定取消、中止、修改或暫停本活動。
2. 請以正楷書寫回函卡資料，若字跡潦草無法辨識，視同棄權。
3. 活動中獎人需依集團規定簽屬領取獎項相關文件、提供個人資料以利財會申報作業，開獎後將再發信請得獎者填妥資訊。若中獎人未於時間內提供資料，主辦單位有權取消得獎資格。
4. **本活動限定購買紙書參與，懇請多多支持。**

個人資料：

姓名：＿＿＿＿＿＿ 性別：＿＿＿ 年齡：＿＿＿ 職業：＿＿＿＿ 電話：＿＿＿＿＿＿

地址：＿＿＿＿＿＿＿＿＿＿＿＿ Email：＿＿＿＿＿＿＿ □ 訂閱奇幻基地電子報

想對奇幻基地說的話或是建議：＿＿＿＿＿＿＿＿＿＿＿＿＿＿＿＿＿＿＿＿

請剪下右邊點數，集滿十點寄回奇幻基地即可參加抽獎，影印無效。

1
A Year of Sanderson
2024